KB241394

"typEmotion"

문자학의 정립을 위하여

STUDIUM
스투디움 총서 01

"typEmotion"

문자학의 정립을 위하여

정항균

문학동네

제2부 작품

제3장 음성중심주의

제4장 문자의 형상성

머리말

2009년 첫번째 연구 학기를 맞아 독일 뮌헨에 머물렀다. 한국에 있다 보면 이런저런 일로 시간이 없다는 핑계하에 손대지 못한, 뭔가 새로운 분야를 공부하고 싶었다. 당시 내게는 동시대의 학문적 흐름에 뒤처진다는 위기의식이 있었는지도 모른다. 매체이론에 대한 관심은 이때만 해도 어쩌면 막연했다. 그렇게 오 개월 남짓 머무른 뮌헨에서 플루서, 보드리야르, 키틀러 등의 책을 읽기 시작했다. 물론 어떤 책을 쓰겠다는 생각은 없었다. 그저 새로운 분야를 알아가는 것에 작은 만족을 느끼고 있었다. 그러던 어느 날 우연히 비교문학과에서 개최한 집담회에 갈 기회가 있었다. 총 네 개의 발표가 있었던 것으로 기억하는데, 대체로 그리 인상적인 강연은 없었다. 하지만 인상적인 강연자는 있었는데, 그날 악천후 때문에 늦게 강연장에 도착한 베를린 대학 철학과의 지빌레 크레머 교수였다. 육십대쯤 된 여자교수였는데, 꽉 끼는 가죽바지를 입고 강렬한 인상을 심어주더니 자신은 앉아서 강연하면 답답하다며 일어서서 열성적으로 강연하는 모습이 퍽이나 인상적이었다. 이후 저녁식사에서 이런저런 이야기를 나누었는데, 주소를 물으면서 자신의 책을 보내주겠다고 했다. 그렇게 개방적이고 호감이 가는 독일인을 만나기란 쉽지 않을 것이다. 인터넷으로 그 사람에 대해 좀더 알아보니, 주로 문자에 관해 연구하고 있음을 알 수 있었다.

원래 나는 호감이 가는 사람이 있으면 그 사람과 같은 책을 읽고 대화 나누기를 즐긴다. 유학 시절에도 다른 유학생이 전공하는 작가들의 작품을 많이 읽곤 했다. 그런 비슷한 이유에서 이번 기회에 문자에 관해 한번 본격적으로 공부해보면 어떨까 하는 생각을 가졌던 것 같다. 마침 독일에서 조금씩 공부해온 매체이론과도 전혀 무관하지는 않았다. 국내 관련 학계의 흐름을 살펴봤더니 매체로서의 문자(텍스트)에 대한 진지한 연구가 거의 이루어지지 않았음을 확인할 수 있었다. 문자학 관련 책은 거의 없고, 그나마 출판된 책 역시 모두 문자의 역사에 관한 것이었다. 반면 미국이나 유럽에서는 문자에 관한 연구가 꽤 활발히 진행되고 있었다. 이러한 학문적 불균형을 해소하고 국내에도 문자에 관한 학문적 논의를 본격적으로 도입할 필요가 있으리라는 생각이 들었다. 더욱이 오늘날 '구텐베르크 은하계'의 종말을 심심찮게 거론하고 있는 상황에서, 문자로 쓰인 텍스트를 공부하는 문학 전공자로서 문자란 무엇이며, 앞으로 문자의 운명은 어떻게 전개될 것인가 하는 문제는 결코 사소한 문제가 아니기 때문이다.

사전에서 찾아보면, 문자학은 "세계 문자의 종류 및 그에 대한 역사, 표기법의 원리, 표기법으로 실현되는 문자언어의 특징 따위를 연구하는 학문"으로 정의되어 있다. 그리고 한국의 관련 출판물 역시 중국 문자학을 위시하여 주로 문자의 종류와 역사에 집중되어 있다. 그러나 이 책에서는 이러한 문자의 역사 자체를 다루기보다는, 코드 내지 매체로서의 문자의 특성에 초점을 맞추고자 한다. 과연 문자란 무엇이며, 그것은 어떻게 변해왔는지, 그리고 말과 문자의 관계를 중심으로 문자에 대한 철학적, 문학적 입장이 어떻게 변해왔는지를 살펴보는 것이 이 책의 기본 목적이다.

이 책은 크게 두 부분으로 구성되어 있다. 제1부에서는 문자에 관한 이론적 논의를 다루고, 제2부에서는 이와 관련된 다양한 문자 텍스트나 문자영화를 구체적으로 분석한다. 보다 구체적으로 살펴보면, 제1부에서는 플라톤에서 루소를 거쳐 소쉬르에 이르는 음성중심주의의 전통을 다룬 후, 이러한 음성중심주의에 거리를 두는 다양한 이론을 옹, 데리다, 키틀러 등을 중심으로 살펴본다. 또한 문자의 기능을 단순히 현실의 지시 기능에 국한되지 않는 것으로 보며, 특히 문자가 지닌 연산적 특성에 주목하여 연산문자 및 자동연산문자로서의 문자의 특성을 살펴본다. 이러한 과정에서 문자 연구의 최근 동향도 짚어보고자 한다. 제2부에서는 문자에 관한 논의가 이론적인 차원에 그치지 않도록 보다 구체적인 텍스트 분석을 시도한다. 이 경우에 음성중심주의적 전통에 머물고 있는 예로 호프만과 슈트라우스의 텍스트를, 그리고 문자의 시각적 형상성에 주목하며 실험을 하는 에로 조너선 사프란 포어와 구체시具體詩를 분석한다. 나아가 활자 텍스트를 넘어서 비물질적인 전자영상으로 새롭게 모습을 드러내고 있는 문자의 변화와 그 의미를 이해하기 위해 문자영화도 다루었다.

책을 다 쓰고 난 다음에는 항상 책제목에 대해 오래 고민하게 된다. 무미건조하지 않으면서도 이 책의 내용 전체를 포괄할 수 있는 함축적인 단어를 찾는 것은 결코 쉬운 일이 아니다. 움베르토 에코가 『장미의 이름』이라는 책제목을 선택하기까지 여러 가지 가제 사이에서 고민했듯이, 나 역시 『"typEmotion"』이라는 다소 특이한 제목을 선택하기까지 복잡한 사고의 과정이 있었다. 그렇게 탄생한 이 제목에는 두 가지 뜻이 있다. 첫번째, '움직이는 활자type in motion'라는 뜻이다. 두번째, '활자의 감정type's Emotion'이라는 뜻도 있다. 인쇄된 텍스트에 쓰인 활자는 정적이고 생명력 없는 것으로 간주되며 생명력 있는 말과 대비되곤 한다. 그러나 전자영상시대에 접어들면서 문자는 더이상 고정된 위치에 머물지 않고 움직일 수 있게 되었을 뿐만 아니라, 문자의 색과 운동을 통해 그리고 거기에 동반된 배경음악과 결합하여 다양한 감정을 표현할 수 있게 되었다. 'typEmotion'이라는 개념은 이처럼 변화된 문자의 지위를 표현하기에 아주 적합한 말이라 생각했다. 또한 하나의 단어로 표현된 이 시각적 문자를 '타입모션'과 '타입이모션'이라는 두 가지 발음으로 읽을 수 있다는 사실도 흥미롭다. 이것은 문자가 단순히 말을 기록하는 수단이 아니라는 사실을 보여준다. 문자는 단순히 말의 전사를 위해 존재하는, 말에 종속된 코드가 아니며, 그 때문에 문자를 말을 기록하는 단순한 전달 수단으로 간주하는 음성중심주의는 비판의 대상이 될 수밖에 없다. 이 책제목을 typEmotion이 아니라 "typEmotion"으로 정한 것 역시 이러한 음성중심주의 비판과 연결된다. 누군가에게 이 제목을 읽어보라고 한다면, 단어만 소리내어 읽을 뿐 인용부호인 큰따옴표는 발음하지 않을 것이다. 그러나 말로 표현되지 않는 이 부호로써 이 제목이 베른트 쉐퍼 Bernd Scheffer의 『문자영화 Schriftfilme』에서 따온 것임을 명확히 하고자 한다. 한편으로는 한 텍스트의 생성이 포스트모더니즘적인 의미에서 상호텍스트성을 통해 생겨난 것임을, 다른 한편으로는 문자가 말을 표현하기 위한 단순한 수단이 아니라 자신만의 고유한 법칙과 논리를 지닌 독자적인 매체임을 보여주기 위함이다. 그리하여 이 책제목은 음성중심주의 비판과 문자의 형상성에 대한 강조를 스스로가 선취해내고 있음을 보여준다.

이 책을 마무리하는 글 「오마주 투 시시포스」는 이전에 출간한 저서 『시시포스와 그의 형제들』에서 다룬 '반복'이라는 개념에서 많은 착상을 얻었음을 고백하는 것이기도 하고, 선형적인 글쓰기 의식에 대한 소극적인 저항이나마 표명해보고자 한 나름의 의도이기도 하다. 따라서 이 책의 마지막에 해당하는 이 부분은 서론적인 성격을 띠면서도, 본문을 읽지 않고서는 완전히 이해할 수 없다는 의미에서 결론의 성격을 띠기도 하는, 즉 '나오면서 들어가는 말'이라고 할 수 있다.

이 책에서 나는 매체학의 일부로서 문자학을 새롭게 정립하여 독자들에게 그 영역에 대한 기존의 연구를 소개하면서 그것과 비판적으로 대결하게 하고 싶었다. 다른 사람의 책에서 따온 이 책제목이 단순한 모방에 그치지 않고 새로운 의미를 창출할 수 있는 것은 큰따옴표 덕분이다. 마찬가지로 이 책 역시 기존의 여러 연구서가 거둔 성과에 기대고 있지만, 제목에서 이 큰따옴표가 한 작은 역할이나마 할 수 있었으면 하는 바람이다. 개인적으로는 문자(텍스트)의 발전 과정을 가치와 놀이의 관계를 통해 설명하려고 시도하면서 큰따옴표의 역할을 수행하려고 해보았다. 물론 이 연구서는 문자학 연구의 시작일 뿐이며 많은 점에서 부족하지만, 그래도 이를 통해 창의적인 후속 연구들이 나올 수 있다면 그 역할을 다했다고 믿는다.

2011년 1학기 대학원 수업에서 한 학기 동안 '문자학'이라는 주제를 다루었다. 물론 수업 전에 이미 이 책은 거의 완성되어 있었지만 그럼에도 불구하고 학생들과의 토론을 통해 많은 자극을 받을 수 있었다. 나태함에 빠지지 않고 긴장하며 수업에 임할 수 있도록 항상 '매의 눈'으로 지켜보고 또 적극적인 질문으로 토론에 참여해준 독문과 대학원생 모두에게 진심으로 감사의 말을 전한다. 끝으로 이 책의 출판을 흔쾌히 허락해주신 문학동네 강병선 사장님과 편집과 출판 과정에서 애써주신 고원효, 송지선 님께도 고마운 마음을 전하고 싶다.

2012년 11월
정항균

제1부　이론

제1장

|

음성중심주의와 문자 비판

1. 플라톤의 『파이드로스』

플라톤의 『파이드로스*Phaidros*』는 소크라테스와 파이드로스라는 두 인물이 서로 나누는 대화로 이루어져 있다. 이 책에서는 에로스에 관한 소크라테스의 연설과 수사학에 대한 대화가 지혜에 대한 사랑인 철학을 매개로 연결되어 있다.[1] 리시아스의 연설을 듣고 온 파이드로스에게 소크라테스는 사랑에 대한 리시아스의 이해가 부족함을 지적할 뿐만 아니라 그의 연설 기술이 결함을 지니고 있음을 비판한다. 그러나 문자를 다루는 이 책과 관련하여 흥미로운 것은, 리시아스의 연설문에 대한 소크라테스의 비판보다는 문자 발명의 신화를 언급하면서 문자에 대한 말의 우위를 강조하는 소크라테스의 이야기이다.

소크라테스는 파이드로스에게 문자의 발명에 관한 신화를 이야기하는데 그 내용은 다음과 같다. 이집트의 신 토트는 수와 계산법, 기하

---

1. 조대호, 「파이드로스에 대한 해설」, 플라톤, 『파이드로스』(조대호 옮김, 문예출판사, 2008), 200쪽 참조.

학과 천문학, 장기놀이와 주사위놀이 외에 문자를 발명한다. 그는 이
집트의 왕인 타무즈를 찾아가 자신이 발명한 여러 기술을 보여주면서
그것들을 이집트에 보급할 필요성을 역설한다. 그러면서 그는 타무즈
왕에게 문자가 인간을 지혜롭게 하고 기억력을 높여줄 것이라며 문자
의 효용성을 강조한다. 그러나 타무즈 왕은 이러한 생각을 반박한다.
그에 따르면, 문자는 외부의 낯선 흔적에 우리를 의존하게 하며 스스
로 기억하는 능력을 약화시키기 때문에 궁극적으로 인간의 영혼을 망
각에 빠뜨린다. 또한 그는 문자가 선사한 것은 진정한 지혜가 아니라
그러한 지혜의 가상에 지나지 않는다며 문자를 안다고 해서 지혜롭게
되지는 못한다고 말한다.

토트 신의 말에 대한 타무즈 왕의 반박은 곧 이 신화를 이야기하는
소크라테스 자신의 생각을 표현한 것이다. 소크라테스에 따르면, 인
간의 영혼이 신체라는 감옥에 들어오면서 이데아의 세계와 단절되었
는데, 진정으로 지혜로운 사람은 감각적인 현실세계를 넘어 기억을 통
해 이러한 이데아를 다시 획득해야만 한다. 따라서 플라톤에게서 '아
남네시스anamnesis' 즉 '상기想起'라는 개념은 이데아와 관련해 중요한
핵심 개념이라고 할 수 있다.

그런데 이러한 상기를 통한 이데아로의 도달은, 문자로 쓰인 책을
통해서가 아니라 논리적인 추론과 대화를 통해 이루어질 수 있다. 특
히 "여러 곳에 흩어져 있는 것들을 함께 바라보면서 그것들을 하나의
이데아로" 모아 대상을 정의하고 그것을 "다시 형상들에 따라 나누
는" 변증술辨證術dialektikē에 의해 진정한 지혜에 도달할 수 있다.[2] 소크
라테스는 문자로부터 명석함과 확실함이 생겨난다는 믿음은 순진한
생각에 지나지 않으며 글로 쓰인 말은 이미 아는 것 이상을 가져다주

---

2. 같은 책, 113쪽.

지 못한다고 주장한다. 즉 문자는 우리가 이미 알고 있는 것을 전달하고 다시 한번 떠올리게 할 뿐 새로운 인식을 생산하지 못한다는 것이다. 이에 반해 인간은 변증술을 이용한 말에 의해 본질적인 영혼의 세계를 포착하고 그러한 인식을 타인에게 확장시켜나갈 수 있다. 소크라테스는 문자와 말을 농부가 파종하는 행위와 비교하여 설명한다. 이에 따르면, 문자를 통해 씨를 뿌리고 수확하는 것이 단지 의미와 유희하고 의미를 소비하는 놀이와 축제를 위한 것인 반면, 말은 본질적인 의미를 진지하게 수확하기 위한 것으로 간주된다.

또한 소크라테스는 문자로 쓰인 말, 즉 텍스트가 그것을 이해하는 사람과 그렇지 못한 사람을 가리지 않고 모든 사람에게 말을 거는 반면, 말은 청중이나 대화 상대자를 선택할 수 있음을 강조한다. 특히 소크라테스가 연설의 목적을 영혼의 인도로 규정하면서 연설을 듣는 청중의 특성을 고려해야 함을 강조할 때, 이러한 고려는 글이 아닌 말에 시민 가능하다.

더 나아가 소크라테스는 문자를 그림과 같은 선상에 놓으며 이 둘을 말과 대립시킨다. 이때 이러한 비교의 척도는 문자나 그림 모두 일단 그것이 쓰이거나 그려지면 침묵한다는 것이다. 즉 그것들은 언뜻 보기에는 시각적인 인상을 주며 생명력을 지닌 듯이 보이지만, 사실은 말과 달리 상호작용할 힘이 없어 기록되거나 그려지고 나면 죽은 듯이 침묵한다는 것이다. 그래서 책을 읽고 이해할 수 없는 구절이 나와도 책을 읽는 사람은 책에서 어떤 답변도 늘을 수 없는 데 반해, 말을 할 때는 상대방에 대한 질문과 이에 대한 답변을 통해 이러한 의문이 해결될 수 있다는 것이다. 또한 소크라테스는 그림과 마찬가지로 문자 역시 본질적인 이데아 세계의 그림자에 지나지 않는다고 생각한다. 그는 말을 문자의 "이복형제요 직자嫡子"라고 부르며 "영혼 속에 쓰인 말"의 참된 본성을 언급한다.[3] 이것은 문자가 말을 그대로 기록하며 전달하는 표층적인 차원에 머무는 데 반해, 말은 영혼이라는 본질적인 세계와 직접적인 관련을 맺으며 궁극적인 의미(기의)를 포착할 수 있음을 의미한다. 이러한 소크라테스의 말을 통해 플라톤의 철학에서 음성중심주의와 로고스중심주의가 서로 결합하고 있음을 알 수 있다.

『파이드로스』에서 소크라테스는 '인간적인 열병'으로서의 쾌락적인 사랑을 비판한 후, 어떤 목소리에 이끌려 에로스에 대한 자신의 연설을 정정하며 '신적인 광기'로서의 사랑을 긍정한다. 즉 그는 감각적인 사랑을 비판하면서 보다 높은 차원에서 지혜에 대한 사랑을 긍정한 것이다. 그런데 그가 에로스에 대한 부정적 견해를 변증법적으로 극복하고 에로스가 지닌 또다른 측면에 주목하게 된 계기는 강물을 건너다가 다이몬[4]의 목소리를 듣게 된 데 있었다. 다이몬은 소크라테스가 어떤 행동을 하고자 할 때 그것을 말리며 경고하는 목소리로 자주 등장하곤 한다. '문자에 서툰 예언가'로서 소크라테스는 이러한 다이몬의 '목소리'를 듣고서 자신이 신에 대한 불경을 저질렀음을 깨닫고, 지혜에 대한 사랑으로서의 에로스를 찬미하는 연설을 한다. 여기서 다이몬의 목소리는 신이 인간에게 보내는 징조이자 영혼의 내면적 목소리로 간주되는데, 이로써 말은 표면적인 문자와 구분되는 본질적이고 근원적인 지위를 갖게 된다.

문자와 말에 관한 소크라테스의 설명을 듣고 나서 파이드로스가 내린 다음과 같은 결론은 이 책의 저자인 플라톤의 생각을 고스란히 전달하는 것으로 보인다. "당신은 앎이 있는 자의 말을 일컬어 살아 있고 영혼이 있는 것이라고 말하는 거군요. 글로 쓰인 말은 그것의 영상映像이라고 불러야 마땅할 겁니다."[5] 지혜로운 사람이 한 말은 논리적

---

3. 같은 책, 144쪽.

4. 다이몬은 그리스 신화에 등장하는 인간의 운명을 결정하는 초자연적인 존재이다. 소크라테스에게 다이몬은 신적인 영역에 속하지만 그 자체로 신은 아니며, 주로 기독교의 수호천사처럼 인간의 운명을 좋은 방향으로 이끄는 역할을 한다.

인 추론을 통해 인식을 생산해내고 끊임없이 이어질 수 있는 대화를 통해 생명력을 얻을 수 있다. 더 나아가 그것은 먹물에 담근 철필로 쓴 문자와 달리, 외적인 물질성에 의존하지 않으면서 인간 내면의 목소리를 직접적으로 표출하기 때문에 영혼과 바로 맞닿아 있고, 그 때문에 감옥과 같은 인간 신체의 제약을 극복하고 근원적인 이데아의 세계를 기억하는 데 사용될 수 있다. 문자와 말에 대한 플라톤의 이러한 생각은, 이후 19세기 초반까지 로고스중심적이고 음성중심적인 서양의 형이상학적 사고를 형성하는 근간을 이룬다.

플라톤은 소크라테스를 내세워 문자를 비판하고 말의 우월성을 강조한다. 플라톤의 철학에 나타나는 이러한 음성중심주의적 사고는, 오늘날 그 의미가 제약받고 있긴 하지만 여전히 현재성을 지니는 부분이 있다. 가령 그는 주어진 생각을 반복하는 죽은 문자와 달리 생명력 있는 말의 특성을 언급하는데, 이것은 말이 이미 존재하는 생각을 단순히 표현하는 데 그치는 것이 아니라 말을 하는 과정에서 점진적으로 새로운 인식을 도출해낼 수 있음을 의미한다. 이런 말의 인식 형성적 기능은 오늘날 새롭게 주목받고 있다. 또한 플라톤은 문자와 그림을 모두 본질적인 말의 그림자로 간주하며 말과 비교하여 부차적인 지위를 부여한다. 그런데 이때 그가 그림뿐만 아니라 문자에도 시각적인 특성을 부여한다는 점에 주목해야 한다. 왜냐하면 오늘날 문자가 단순히 말의 기록이 아니라 그것이 지닌 '형상성' 덕분에 독자적인 매체적 고유성을 갖고 있음이 강조되기 때문이다.

플라톤은 소크라테스를 통해 문자를 비판하고 말의 우월성을 강조했지만, 그러한 그의 사상은 오늘날 우리에게 문자 텍스트의 형태로 전해진다. 플라톤이 한편으로 형이상학적이고 초월적인 생각에 빠져

---

5. 같은 곳.

있으면서도 다른 한편으로 이성적이고 논리적으로 사고한 것처럼, 그는 목소리와 말의 의미를 강조하면서도 동시에 문자 코드를 사용해 책을 저술하였다. 목소리가 화자와 청중을 연결시키는 공동체적 결속을 강조하며 신화적, 종교적 맥락에 위치해 있다면, 문자는 인간을 인식 대상이 된 텍스트를 쓰거나 읽으면서 그 의미를 생산하거나 해독하는 '주체'로 만들며 이러한 인식론적 '거리'를 통해 인간의 합리적 사고를 발달시킨다. 물론 플라톤은 소크라테스의 입을 빌려 말의 인식 형성적 기능을 언급하지만, 매체사적으로 볼 때 그의 합리적 사고는 알파벳문자의 발전과 무관하지 않다. 이러한 점에서 플라톤은 문자에 대한 말의 우위를 강조했으나 역설적으로 문자를 통해 합리적 사유를 발전시킨 철학자로 규정할 수 있을 것이다.

2. 루소의 『언어 기원에 관한 시론』

(1) 마음의 말과 이성의 문자

루소는 『언어 기원에 관한 시론*Essai sur l'origine des langues*』(1781)에서 언어의 기원을 밝히면서 오늘날의 언어가 얼마나 타락했고 본래의 언어에서 멀어졌는지 보여준다.

루소는 인간이 자신의 감정과 사고를 전달하기 위해 사용하는 두 가지 언어의 형태를 언급한다. 첫번째는 몸짓 언어이고, 두번째는 목소리 언어이다. 몸짓 언어는 관습의 구속을 덜 받고 눈으로 볼 수 있는 상황을 목소리의 언어보다 더 잘 모방한다. 이러한 몸짓 언어는 자신의 생각을 전달하고자 하는 욕구와 생존의 필요성에서 생겨난 것이다. 루소는 인도의 거래중개인을 예로 들면서, 몸짓 언어만으로도 소통이 가능하며 따라서 사회적인 목적을 위해서는 몸짓 언어로 충분하다고 주장한다. 이에 반해 목소리 언어는 모방의 정확성은 떨어지지만 다른 사람의 마음에 파고들어 심금을 울리기에 더 적합하다. 다시 말해 목소리 언어는 인간의 감정을 표현하기에 아주 적합하다는 것이다. 실제로 시각이 일정한 거리를 필요로 하며 그 때문에 대상에 대한 몰입을 방해하는 데 반해, 청각은 귀를 통해 직접 우리의 몸속으로 들어오기 때문에 더 감정이입적이라고 할 수 있다.[6]

루소는 목소리 언어인 말이 욕구가 아닌 정념情念passion에서 나온 것으로 간주한다. 즉 최초의 욕구는 인간을 흩어져 살도록 만들었는데, 이것은 번식이 늘어나 한 지역에 밀집함으로써 일어나는 문제를 피하기 위함이었다. 다시 말해 인간은 먹고살기 위해 분산되어 살아야 했다는 말이다. 그런데 언어란 인간을 떼어놓는 것이 아니라 소통을 통해 서로 가깝게 만드는 것이다. 따라서 사람을 서로 떼어놓는 욕구는 언어의 기원이 될 수 없다.

사람들에게 목소리를 토해내게 하는 것은 배고픔도 목마름도 아니고 사랑, 증오, 동정심, 분노 같은 것들이다. 우리는 열매를 손에서 놓치지 않는다. 말을 하지 않고도 그 열매를 먹을 수 있다. 사람들은 말을 하지 않고도 포식하고 싶은 먹이를 쫓는다. 그러나 어떤 젊은이의 마음을 감동시키고, 부당한 공격자를 물리치기 위해서는 본성에 따라 억양, 외침, 비명을 지르게 된다. 바로 그렇게 하여 가장 오래된 말들이 발명된 것이다.[7]

---

6. 그러나 이러한 이분법적 구분을 절대화하는 것은 문제가 있다. 비록 청각이 시각보다 더 감정이입적 특성이 강하다고 하더라도 시각적으로 생겨난 상을 통해 감정의 변화가 생기지 않는 것은 아니다. 또한 청각이나 시각을 통해 지각된 것은 궁극적으로 뇌를 통해 최종적인 상이나 음으로 형성되기 때문에 청각이 소리를 직접적으로 수용하고 그래서 우리의 감정과 직접 맞닿아 있다는 주장은 사실이 아니다.
7. 장자크 루소, 『언어 기원에 관한 시론』(주경복, 고봉만 옮김, 책세상, 2008), 28쪽.

이처럼 정념에서 비롯된 최초의 말은 비유적인 특성을 지닌다. 가령 인류의 최초 단계인 야생인은 낯선 사람을 만나면 두려움을 느껴 원래보다 더 크고 무서운 존재로 인식했을 것이다. 이에 따라 야생인은 그를 거인으로 불렀을 수도 있는데, 이러한 말은 그 야생인이 자신의 정념에 흘려 붙인 것이다. 이처럼 착각의 이미지로 떠오른 최초의 정념적 언어는 비유적이며 시적 특성을 지닌다. 이 최초의 말이 대상을 올바로 지시하지 못한다고 해서 루소가 이를 가치절하하지는 않는다. 오히려 정반대로 그는 이를 인간 언어의 모범으로 삼는데, 왜냐하면 그에게 언어의 근본적 기능은 대상의 올바른 인식보다는 정념의 솔직한 표현에 있기 때문이다. 그는 회화와 음악을 비교하면서, 회화가 대상의 모방을 목표로 하는 반면, 음악은 정념의 모방을 목표로 하고 있다고 말한다. 최초의 말은 음악과 하나였으므로 이것은 곧 최초의 말이 정념을 올바르게 모방하는 데 사용되었음을 의미한다. 따라서 최초의 말이 지닌 비유적이고 시적인 특성은 정념의 모방에서 비롯된 것으로 볼 수 있다.

앞에서 살펴본 것처럼, 루소는 회화가 대상을 모방하는 특성을 지녔음을 지적한다. 형상적 특성을 지닌 문자 역시 말과 달리 대상의 모방에서 출발한다. 따라서 인류가 사용한 문자의 단계를 살펴보면, 첫 번째는 야생인들이 사용한 형상적인 특성을 강조하는 '그림문자'이다. 즉 그러한 문자는 말소리가 아닌 사물 자체를 그리는 것이다. 루소는 이러한 상태가 "정념적 언어에 부합하면서도, 정념이 만들어낸 욕구와 어떤 사회를 이미 가정"[8]하고 있다고 말한다. 이로써 루소는 최초의 그림문자가 지닌 형상성을 정념적 언어(말)의 비유적, 형상적 특성과 연결시켜 긍정적으로 여기면서도 말과 달리 문자로서 그것이 지

---

8. 같은 책, 41쪽.

닌 한계, 즉 순수한 정념의 표현보다는 사회적인 욕구로서 소통의 필요성에 더 종속되고 만 측면을 지적한다.

두번째는 미개인들이 관습적 문자를 사용해 말소리를 시각적으로 그려내는 '표어문자logogram'의 단계이다. 표어문자란 하나의 문자로 하나의 완전한 단어와 형태소를 나타내는 문자로, 중국어가 대표적인 예이다. 하나의 문자로 음소나 음절을 나타내는 표음문자와 달리 그것은 그 자체로 단어의 뜻을 지시할 수 있다. 이러한 표어문자는 근원적으로 상형문자인 히에로글리프hieroglyph로 거슬러올라간다. 하지만 표어문자는 그림문자나 표의문자와 달리, 구체적인 사물을 그림으로만 표시하는 기호가 아니며 의미를 전달하는 음소적인 단위를 가지고 있다. 즉 그것은 "말소리를 그려내며 시각적으로 말을 한다."[9] 이 단계에서는 문자의 형상적 특성과 말의 음성적 특성이 혼합되어 나타난다.

세번째는 문명인들이 사용하는 '알파벳문자'의 단계이다. 알파벳문자 체계는 목소리를 서로 구분되는 단위로서 일정 수의 음소들로 분해한다. 이러한 음소들은 그 자체로는 의미가 없으며, 조합을 통해 모든 음절과 낱말을 구성해낼 수 있다. 루소는 이러한 알파벳이 여러 나라를 여행하며 무역을 하는 상인들에 의해 발명되었다고 주장한다. 상인들은 원활한 무역을 위해 모든 언어에 통용될 수 있는 문자를 발명할 필요성을 느꼈고, 이것이 알파벳문자의 탄생을 낳았다는 것이다. 이러한 알파벳문자는 표음문자로서 표어문자와 달리 말을 그리는 것이 아니라 목소리를 그대로 모방한다.

루소는 문명의 발전에 따라 언어의 성격이 변한다고 강조한다. "필요성이 증가하고 세상이 복잡해지며, 문명이 발전함에 따라 언어는 성

---

9. 같은 책, 42쪽.

격을 바꾸어간다. 그것은 더 정확해지면서 정념적인 면은 줄어들게 된다. 그런 언어는 감정을 개념으로 대체한다. 그것은 이제 마음이 아닌 이성에 호소한다."[10] 상인들의 언어인 알파벳문자는 측량과 계산을 위해 만들어진 언어로서 합리성이 그 특징이다. 이러한 언어는 이전의 언어에 비해 더 작은 기본 단위로 나뉘고, 훨씬 적은 숫자의 기호로 훨씬 많은 것을 표현할 수 있는 경제적인 언어이다. 그러나 루소는 정확하고 합리적인, 이러한 문명인의 언어를 긍정적으로 평가하지 않는다. 말의 자연스러운 악센트가 사라지면서 언어는 음절별로 더 명확히 발음되지만, 이로써 자연스러운 악센트가 표현하는 다양한 감정의 표현 가능성은 잃어버리게 된다. 정확성을 추구하는 알파벳은 더이상 말하는 사람의 열정을 표현하는 마음의 언어가 아니라, 차갑고 계산적인 이성의 언어가 된다.

알파벳문자에 대한 이러한 루소의 비판은 문자 전반에 대한 비판으로 확대된다. 그는 문자가 언어를 기록함으로써 오랫동안 그 언어를 보존하기도 하지만, 또한 그 언어를 변질시키기도 한다고 말한다. 문자를 사용한 글쓰기는 표현성을 정확성으로 대체하는데, 왜냐하면 우리가 단순히 말할 때는 명확하게 표현해야 한다는 부담이 적기 때문에 생동감 있는 표현을 할 수 있는 데 반해, 문자로 글을 쓸 때는 정확성을 추구하기 때문에 언어가 지닌 본래의 표현성을 잃게 된다는 것이다. 문법과 논리의 발달은 이 경향을 더욱 강화시킨다. 이러한 문자와 글쓰기의 확대는 다시 말 자체에도 영향을 미친다. 책에서 사용된 어투는 일상적인 대화에도 영향을 미쳐 마치 글을 쓰듯이 생동감과 표현력이 결여된 말을 하게 된다는 것이다. 루소의 이러한 비판은 '죽은 문자'와 '살아 있는 말'을 대비시킨 플라톤의 입장을 이어받고 있으며,

---

10. 같은 책, 41쪽.

음성중심주의적인 생각을 드러낸다. 그러나 플라톤과 달리, 루소는 언어를 감정의 산물로 보고 있으며 자기 표현의 매체로 활용할 것을 강조하고 있다는 점에서 차이를 보인다.

(2) 노래하는 말과 음성중심주의

루소는 '지역성'을 언어들을 서로 구분하는 척도로 삼는다. 언어는 그것이 발달하는 풍토와 형성 방식의 영향을 받으며, 이에 따라 북방 언어와 남방 언어로 서로 구분된다. 루소에 따르면, 이 두 언어 가운데 보다 근원적인 언어는 남방 언어이다. 이것은 더운 지역에서 살던 인류가 점차 추운 지역으로 퍼져나갔다는 생각에 기반을 두고 있다. 태초에 가족 단위로 분산되어 살던 인류는 사냥을 하고 고기를 먹던 야생인들로, 사회를 이루지 않고 흩어져 살았기 때문에 특별히 말을 필요로 하지 않았다. 그러나 소위 신의 손가락이 지구의 축을 건드려 자연재해가 일어나면서 흩어져 살던 인간들이 함께 모여 사는 것이 필요해졌다. 특히 우물로만 물을 조달할 수밖에 없는 건조한 지역에서 우물을 파기 위해서는 서로의 결집이 필요했다. 루소는 더운 남방에서 이렇게 해서 언어와 사회가 형성되었을 것이라고 추정한다. 이러한 우물은 자신이 물을 마시거나 가축에게 물을 먹이려고 찾아온 사람들이 서로 만나는 장소로, 낯선 이성 간에 사랑의 감정이 싹트는 장소이기도 했다. 그 이전까지 가족 단위로 떨어져 살던 때에는 남매가 결혼하여 부부가 되어도 이상할 게 없었다. 왜냐하면 근친상간이 금기시되지 않아 그 자체를 전혀 의식하지 않고 살았기 때문이다. 그러다가 낯선 남녀가 서로 만나 사랑하게 되고 결혼하면서 근친상간 금지와 같은 사회적인 규범이 생겨났다. 우물가에서 낯선 남녀가 상대방에게 특별한 감성을 느낄 때 열정적인 제스처만으로는 충분하지 않기에 성열적인 악센트가 담긴 목소리가 터져나오게 된 것이다. 이로써 정념이 최초의 언어를 낳았다는 주장이 다시 한번 뒷받침된다.

반면 북방에서는 열정적인 마음 대신 생존에 대한 욕구와 합리성이 지배한다. 척박한 땅과 혹한의 기후에서 생존하기 위해 사람들은 열심히 일하고 서로 협력해야 했다. 따라서 북방지역의 사람들이 사용한 말은 열정적인 마음의 언어가 아니라, 필요성과 생존에 대한 욕구에 의존하는 이성의 언어였다. 그 언어는 표현력이 풍부하면서도 모호한 악센트보다는, 강하고 분명한 악센트가 있는 분절음으로 이루어진다. 이 북방 언어는 남방 언어보다 글로 쓰기에 더 적합한 것으로 간주된다. 그래서 오늘날에도 서양 언어는 듣기보다는 읽기에 더 적합한 것으로 간주되는 반면, 동양 언어는 읽으면 생명력을 잃는 것으로 간주된다. 문자에 대한 루소의 비판을 고려해볼 때, 이는 그가 북방 언어보다 남방 언어를 더 이상적인 언어로 여겼음을 보여준다.

루소는 남방 사람들이 우물가에서 나누던 최초의 언어가 노래였다고 말한다. 이러한 언어는 자연스러운 악센트를 지니고 있었으며, 열정적인 감정을 비유적으로 표현한 시詩이기도 했다. 그래서 시와 노래와 말은 그 기원이 같다. 이후 점차 문명화가 진행되면서 텍스트가 운문이 아닌 산문으로 쓰이고 자연적인 악센트를 지닌 말이 사라지면서 말과 노래가 분리되어 독자적인 영역으로 변하게 된다. 루소가 언어의 기원에 관한 책을 쓰면서 음악에 대해 여러 장을 할애하고 있는 것은 이 때문이다.

루소는 화음和音이란 우리의 정념을 모방하고 음악적으로 표현하는 선율이 열정적인 악센트를 상실하면서 생겨난 것으로 본다. 장조와 단조라는 두 개의 음조에 노래가 예속되면서 그 체계에 속하지 않은 많은 음들은 사라지게 된다. 이것은 분절음과 문법 규칙의 발전에 따라 말의 악센트가 사라지게 된 것과 같은 이치이다. "선율은 목소리의 억양을 모방함으로써 원망과 고통 그리고 환희의 외침, 위협, 탄식 등을 표현한다. 정념에 관한 목소리의 표시는 선율의 원동력이다. 선율은 말의 악센트, 그리고 각 고유 언어에서 영혼의 움직임에 영향을 받은 어투를 모방한다. 그것은 모방만 하는 것이 아니라 말을 한다. 그런데 분절되지 않지만 힘차고 열렬하며 열정적인 그것의 언어는 말 그 자체보다 백 배 이상의 에너지를 가지고 있다."[11] 이러한 선율은 처음에는 별도의 음악의 형태로 존재하기보다 열정적인 말의 악센트에 내포된 것이자 그 악센트 자체였다. 그러나 철학적 논리와 문법의 발전은 언어에 점점 많은 규칙을 강요하며 기존의 에너지를 상실하게 만들었다. 이리하여 언어와 시인의 이야기에서 떨어져나온 음악은 별도로 자신만의 선율을 갖게 되었다. 그리고 이 선율이 점점 힘을 잃자 그것을 대신하기 위해 힘 있는 음들로 구성된 협화음이 사용되기 시작한 것이다. 이로써 음악은 선율 대신 화성에 조점을 맞추게 된다. 이 경향은 특히 언어에서 악센트가 그러하듯이 전통적인 동양음악보다는 서양음악에서 잘 나타난다.

　루소에 따르면, 당대의 언어와 음악의 발전, 더 본질적으로는 언어와 음악의 분리 자체는 언어가 자신의 기원과 본질에서 떨어져나와 퇴화하고 있음을 의미한다. 언어와 음악이 규칙의 지배를 받기 시작하면서 다양한 감정을 솔직히 표현할 수 있는 힘을 점점 잃어버린 것이다. 심지어 루소는 발화된 말로서의 구어口語까지 문어文語의 영향을 받아 죽은 언어로 전락하는 현실을 강하게 비판하고 있다. 이러한 루소의 지적은 근대의 이성중심주의에 대한 비판으로도 읽을 수 있지만, 그렇다고 그가 근대에 완전히 등을 돌려 근원적인 자연으로 돌아가려는 것은 아니다. 물론 루소의 책에서 여전히 신에 대한 언급이 등장하고 있는 것은 사실이지만, 그가 언어의 음성적 특성을 강조할 때, 그는

---

11. 같은 책, 110-111쪽 참조.

말을 신의 목소리보다는 주관적인 자아의 목소리가 현전하는 장소로 보는 관점을 취하고 있다. 이러한 점에서 그는 음성중심주의와 로고 스중심주의의 전통을 이어받고 있다고 할 수 있다.

3. 소쉬르의 『일반언어학 강의』

(1) 언어의 재현 수단으로서의 문자와 문자의 전횡

소쉬르는 '언어활동langage'의 기본적인 두 차원으로서 언어와 말, 즉 '랑그langue'[12]와 '파롤parole'을 설정한다. 쉽게 말해 랑그는 언어규칙이라고 할 수 있고, 파롤은 언어행위라고 할 수 있다. 랑그는 개인이 수동적으로 습득하는 것이며 한 개인이 만들어낼 수도 없고 바꿀 수도 없는 사회적인 성격을 띠고 있다. 랑그는 '소리의 심상Lautbild'[13]과 그것을 듣고 떠오르는 관념으로서의 '개념Vorstellung', 즉 기표(시니피앙 signifiant)와 기의(시니피에signifié)의 결합으로 이루어진 기호체계이다. 예를 들면, 사람이 주거하는 집이라는 기의는 'house'(영어), 'Haus' (독어), '집'(한국어)과 같이 각 언어마다 다른 소리(의 심상), 즉 다른 기표로 지칭될 수 있는데, 이러한 기의와 기표가 결합할 때 비로소 기호로서의 랑그가 성립된다. 이러한 랑그는 파롤과 명확히 구분된다. 파롤은 같은 언어공동체에 속하는 모든 사람들의 머릿속에 잠재적으로 존재하는 언어체계인 랑그를 각각의 개인이 실제로 수행하는 것을 의미한다. 랑그에서 소리의 심상이었던 기표는 파롤에서는 개인에 의해 실제로 발화되는데, 그렇게 실현된 발화는 매번 다른 것이 된다. 가

---

12. 소쉬르에 관한 장에서 언어와 랑그는 동일한 의미로 사용되며, 해당 문맥에 어떤 개념이 더 적합한지를 고려하여 단어 사용을 결정할 것이다.
13. 우리는 대개 소리의 심상이 지닌 정신적 측면을 입을 전혀 움직이지 않고 마음속으로 어떤 말을 떠올리거나 시를 암송할 경우 더 잘 이해할 수 있다.

령 프랑스 사람들이 내는 'r' 발음은 이상적인 소리의 심상과 달리 실제로는 개인마다 모두 다르다. 또한 집이라는 단어 역시 각 개인마다 그것을 실제로 말할 때 떠올리는 표상은 상이하다. 그 때문에 "랑그와 파롤을 구분하는 것은 동시에 첫번째로 사회적인 것과 개인적인 것을, 두번째로 본질적인 것과 부차적인 것 그리고 다소간 우연적인 것을 서로 구분하는 것을 의미한다."[14]

소쉬르가 일반언어학의 대상으로 관심을 갖는 것은 고유한 질서를 지닌 체계로서 모든 개인의 뇌에 저장되어 있는 사회적 산물인 랑그, 즉 언어이다. 그런데 『일반언어학 강의*Cours de linguistique générale*』(1916)의 서론 제6장인 「문자에 의한 언어의 재현」에서 그는 언어와 문자의 관계를 다루고 있다. 소쉬르는 언어와 문자를 서로 구별되는 두 개의 기호체계로 부르며, 문자체계의 존재 이유가 언어를 재현하고 표기하는 데 있다고 주장한다.[15] 이러한 구분의 이면에는 문자체계가 언어체계에 비해 부차적인 것이며 그것에 기생하는 것이라는 생각이 전제되어 있다. 소쉬르는 문자가 언어를 기록하고 보존하는 측면이 없는 것은 아니지만, 문자체계가 없다고 해서 언어가 사멸하는 것은 아니라고 주장한다. 구술문화적인 전통을 유지하며 문자체계 없이도 존재하는 언어가 있다는 것이 그 증거이다.

소쉬르는 문자체계를 크게 '표의문자'와 '표음문자'로 분류한다. "1. 표의문자는 하나의 기호로 낱말을 표현하는 체계로, 이 경우 그 기호는 그것을 형성하는 소리들과는 아무런 관계가 없다. 기호는 전체로서의 단어 및 그것이 표현하는 개념과 간접적으로 관련을 맺는다. 이 체계에 대한 고전적 예가 중국문자이다. 2. 일반적으로 표음문자라

---

14. Ferdinand de Saussure, *Grundfragen der allgemeinen Sprachwissenschaft*(Berlin, 2001), 16쪽.
15. 같은 책, 28쪽.

고 불리는 체계는 낱말에서 잇달아 나오는 소리들의 연속체를 재현하려고 한다. 이러한 표음문자는 부분적으로 음절문자이고 부분적으로는 알파벳문자이다."[16]

소쉬르가 언어와 문자의 관계에서 모델로 삼는 문자는 표음문자이다. 이것은 그가 언어와 상징을 구분하는 데서 잘 드러난다.

언어기호를 구성하는 요소가 기표와 기의라고 한다면, 기표와 기의가 맺고 있는 관계는 자의적이다. 가령 영어로 집이라는 개념을 'house'로 부르지만, 그러한 'house'라는 단어가 내는 소리의 연쇄 자체가 집이라는 개념과 자연적인 관계를 맺고 있는 것은 아니다. 쉽게 말해 그것은 원칙적으로는 얼마든지 다른 소리로 지칭될 수 있는 것이다. 이에 반해 상징은 그것이 지시하는 대상과 어떤 내적인 연관성을 지닌다. 가령 정의의 상징인 '저울'을 자의적으로 '마차' 같은 낱말로 대신할 수는 없다. 그런데 표음문자의 바탕이자 재현 대상인 언어의 이러한 자의성에 반해, 표의문자의 경우 대상을 지시하는 기호가 그 대상을 직간접적으로 모방하는 경우가 일반적이다. '人'이라는 중국 문자는 사람의 모습을 본뜬 표의문자이다. 즉 여기서는 지시하는 기호와 그 대상 간에 자연적인 관계가 성립할 수 있다. 그리하여 표의문자에는 상징적인 특성이 있다. 이렇듯 표의문자가 기본적으로 대상을 모방하는 시각적 특징을 가지고 있는 데 반해, 표음문자는 기본적으로 연속적으로 나타나는 음을 표기하므로 청각적인 특징을 지닌다. 물론 표음 '문자'는 문자로서 언어의 기표라는 청각적인 심상을 시각적으로 표현하지만, 그것이 모방하는 기표는 청각적인 본질을 가지고 있다.[17] 그러나 표의문자는 청각적 심상, 즉 소리의 심상으로서의 기표를 지시하는 것이 아니며, 따라서 기표와 기의로 이루어진 언어체계로서의 랑

---

16. 같은 책, 30쪽 이하.

그와 근본적으로 아무런 관련을 맺지 못한다. 언어를 재현하고 표기하는 것이 문자의 존재 이유라는 소쉬르의 정의에 따르면, 결국 표의문자는 소리의 심상을 재현하지 않기에 언어를 재현하지 않는 것이 되며, 따라서 청각적인 심상과 개념의 연결인 언어를 재현하는 표음문자만이 '진정한' 문자로 간주되는 것이다. 이처럼 소쉬르는 전통적인 음성중심주의적 사고를 고수하며 표음문자와 표의문자 간의 관계를 위계적인 것으로 설정한다. 소쉬르가 자신의 연구 대상을 그리스 알파벳이 원형인 표음체계에 한정시키는 것도 이러한 해석을 뒷받침한다.

그러나 표음문자 역시 궁극적으로는 문자의 지위를 가지므로 결함과 위험을 내포하고 있는 것으로 간주된다. 소쉬르는 언어체계에 대해 글자로 쓰인 문자체계가 갖는 힘의 우위를 다음과 같이 설명한다. 문자의 시각적 인상은 청각적 인상보다 더 명료하고 지속적이며 그래서 세월의 흐름에 더 잘 견뎌낸다. 특히 구술문화가 쇠퇴하고 문자문화기 지배적이 되면서 문자의 힘이 더욱 커진다. "사람들은 글쓰기를 배우기 전에 먼저 말하는 법을 배운다는 사실을 잊어버린다. 그래서 (언어와 문자 사이의) 자연적인 관계는 전도된다."[18]

소쉬르에 따르면, 언어는 끊임없이 진화하고 변하는 데 반해, 문자체계는 있는 그대로 존속되려는 경향이 강하다. 그래서 발음의 변화와 정서법 사이의 불일치가 생겨난다. 또는 한 민족이 다른 민족의 알파벳을 차용하는 경우, 자신들의 고유한 언어를 표기하는 데 어려움을 겪는 경우도 있다. '새'를 가리키는 불어의 'oiseau' 같은 단어에서 발

---

17. 이 해석에 따르면 표음 '문자' 역시 일종의 상징이다. 그러나 실제로 소리의 심상과 그것을 재현하는 문자 간에는 자연적인 연관성이 존재하지 않으며, 사실은 이들 간의 관계 역시 자의적이다. 소쉬르는 이 점을 간과하고 있는데, 이것이 갖는 의미에 대해서는 다음 장에서 보다 자세히 다루고자 한다. 이 논리에 따르면 표음문자에서 무방대상인 기표와 문자 사이의 재현 관계가 성립되지 않으므로, 표음문자는 상징이 될 수 없다.
18. 같은 책, 30쪽.

음되는 음[wazo]들은 기호로는 전혀 표기되지 않는다. "이 모든 것의 명백한 결과는 문자가 언어의 발전을 은폐한다는 것이다. 문자는 언어의 의복이 아니라 변장이다."[19]

소쉬르는 문자체계가 언어의 변화를 제대로 쫓아가지 못하고, 그래서 이들 간의 불일치가 심화될수록 사람들이 점점 더 문자체계를 기준으로 삼는 경향이 강해진다고 본다. 즉 문자가 어떤 소리를 포착하여 기록하는 것이 아니라, 그렇게 표기된 문자를 원상으로 간주하며 거기에 맞춰 발음할 것을 요구한다는 것이다. 그는 당대의 파리에서 'sept femmes'라는 단어들에서 첫번째 단어의 't'를 발음하고 있다며, 앞으로는 'vingt'의 마지막 두 글자까지 발음하는 날이 오게 될 것이라는 아르센 다르메스테테르Arsène Darmesteter(1846~1888)의 예견을 언급한다. 이러한 말에서 부차적이고 종속적인 위치에 있는 문자가 언어를 억압하고 왜곡하는 현실에 대한 비판이 여실히 드러난다. 그것은 시각적인 문자가 음성중심적인 언어의 본질을 왜곡할 것에 대한 우려의 표현이라고 할 수 있다.

(2) 언어의 자의성과 시간성―음성중심주의의 극복을 위하여

앞에서 말한 것처럼 언어기호는 하나의 사물과 그것을 지시하는 명칭의 결합이 아니라, 하나의 개념과 그것에 대한 소리의 심상, 즉 기의와 기표의 결합이다. 그런데 이러한 "기표와 기의를 연결시켜주는 고리는 자의적이다. 기호가 기표와 기의의 연상적 결합에 의해 생산된 총체이므로, 이것을 더 간단히 표현하자면 언어기호는 자의적이다."[20] 예를 들면 집이 표상하는 개념과 'h-a-u-s(house)'라는 소리 사이에는 아무런 자연적인 내적 관계가 존재하지 않는다.

---

19. 같은 책, 35쪽.
20. 같은 책, 79쪽.

그러나 이 '자의성'이라는 말은 오해의 소지가 있다. 가령 이 말은 화자가 자신이 마음대로 한 기의에 해당하는 기표를 선택할 수 있음을 의미하지 않는다. 자신의 기분이나 의지에 따라 집을 영어로 'hols'라고 부를 수는 없다. 언어는 사회적인 것이고 하나의 언어공동체에 의해 정립된 것이기에 한 개인이 마음대로 그것을 바꿀 수는 없는 것이다. 그런데 한 집단이 받아들인 언어는 구성원들의 협약에 따른 것이 아니라 앞선 시대의 유산으로 어쩔 수 없이 받아들인 것이다. 그래서 "기표가 그것이 나타내는 개념과 관련해서는 자유롭게 선택된 것으로 나타난다면, 이와 반대로 그것은 그것을 사용하는 언어공동체와 관련해서는 자유롭지 못하며 강요된 것이다."[21] 따라서 자의성이란 개념은 화자의 개인적 의지나 이에 따른 선택과는 무관하며, 단지 기표와 기의가 맺는 관계가 사연적이 아님을 가리키는 것으로 이해해야 한다.

비록 언어기호가 자의적이라고 하더라도, 그 자의성은 여러 가지 이유에서 세약을 받는다. 그중 가장 중요한 이유는 바로 언어가 체계를 이룬다는 것이다. 언어체계는 대립적인 관계에 기반을 둔 구체적인 단위로 이루어져 있다. 그 구체적인 단위는 바로 '가치'이다.

한 기호의 가치는 소리의 심상과 개념, 즉 기표와 기의의 차원에서 그 밖의 모든 다른 기호들과 서로 구분됨으로써 생겨난다. 이때 중요한 점은, 하나의 기의에 상응하는 기표를 발견한다고 해서 그 기호의 가치가 생겨나는 것이 아니라 다른 기호와의 차이를 통해 가치가 생겨난다는 사실이다. 소쉬르는 가치valeur와 의미sens를 구분한다. 물론 가치를 기표 차원이 아닌 기의의 차원에서 보면 의미와 유사해 보일 수도 있다. 그러나 한 언어기호의 의미가 정해졌다고 해서 그것의 가치가 정해진 것은 결코 아니다. 소쉬르는 이를 위해 언어와 경제를 시도

---

21. 같은 책, 83쪽.

비교한다. 예를 들어 5프랑짜리 동전의 가치를 알기 위해서는 두 가지 사실을 알아야 한다. 첫번째로 이 동전은 일정량의 다른 물건, 예를 들면 빵과 교환될 수 있다. 두번째로 이 동전을 동일 체계의 유사한 가치를 지닌 다른 나라의 화폐나 1프랑짜리 동전 다섯 개와 비교할 수 있다. 이것은 가령 하나의 낱말에도 적용된다. 이 낱말도 어떤 개념, 의미와 교환될 수 있다. 그러나 이 낱말이 의미를 지니더라도 그것의 가치는 아직 결정되어 있지 않다. 그 낱말의 가치는 그것과 유사한 가치를 지닌 다른 낱말들과의 비교를 통해서 비로소 결정된다. 따라서 한 낱말의 의미와 가치는 서로 구분된다.

소쉬르는 '양'을 뜻하는 불어의 'mouton'과 영어의 'sheep'이 의미는 같지만 가치는 다르다고 말한다. 그 이유는 여러 가지이지만, 특히 요리되어 식탁에 놓인 한 점의 고기를 'mouton'이라고 하지 'sheep'이라고 부르지 않기 때문이라는 것이다. 이처럼 한 낱말의 가치는 그것과 인접하고 구분되는 다른 낱말에 의해 비로소 생겨난다.

여기서 아주 흥미로운 결론이 도출된다. 소쉬르는 언어기호의 자의성에 대해 언급하면서 기표와 기의가 맺고 있는 인위적인 관계에 주목한다. 기표가 아무런 연관성도 없는 의미를 지시하는 한, 우리는 그러한 기의의 진리를 믿기 어렵게 된다. 그런데 위의 예시처럼 한 기호의 가치가 다른 기호들과의 관계에 의해 규정되면서 그것들과의 차이를 통해 그 기호는 '동일성'을 획득하게 된다. 소쉬르가 동일성의 개념은 가치의 개념이고 가치의 개념이 곧 동일성의 개념[22]이라고 한 것은 바로 이런 이유에서이다. 예를 들면 '한국'이라는 단어는 중국, 일본을 비롯한 모든 다른 나라를 가리키는 단어와의 대비를 통해서 고유한 동일성의 가치를 얻는다. 이처럼 기표와 기의의 자의적인 관계에 의해 생길 수 있는 의미의 혼란은 기호의 가치 생성과 이를 통한 동일성의 정립을 통해 억제될 수 있다.

또 한 가지 흥미로운 것은, 소쉬르가 기호의 자의성을 다시 절대적 자의성과 상대적 자의성으로 나눈다는 것이다. 그는 기호들 가운데 절대적으로 자의적인 것은 일부분일 뿐이며, 다른 많은 기호들은 자의성을 완전히 잃지는 않으면서도 그러한 자의성에 제한을 받는다고 주장한다. 이러한 자의성을 제한하는 방식은 크게 두 가지이다. 첫번째는 직선적으로 나타나는 언어의 결합을 의미하는 통합체이다. 이 통합체 안에 위치한 어떤 요소는 그것의 앞이나 뒤에 나오는 요소와의 대립적인 관계에 의해 자신의 가치를 획득한다. 두번째는 통합체로 현재화된 각 요소의 밖에서 그것에 잠재적으로 붙어 연상될 수 있는 공통점을 지닌 다른 요소들의 집단이다. 그렇게 현재화된 요소는 실현되지 않은 다른 요소들의 부정으로서 자신의 가치를 갖게 된다.

비록 언어체계 전체는 자의성이라는 비합리적인 원칙에 기반을 두고 있더라도, 그것이 극단적인 혼란에 빠지지 않도록 부분적으로 질서의 규칙의 원칙을 기호에 도입하고 있다. 그것은 혼돈의 체계를 부분적으로 교정하면서 자의성을 제한하고 있는 것이다. 이러한 공존하는 언어적 가치의 체계를 연구하는 것이 바로 공시적 언어학이다.

소쉬르는 앞에서 (표음)문자의 존재 이유가 언어를 표기하고 재현하는 데 있다며, 전자를 후자의 모방으로 간주한다. 이로써 표음문자는 언어의 상징이 된다. 그러나 또다른 곳에서 그는 "문자기호는 자의적이다. 예를 들면 알파벳 't'와 그것이 지시하는 음 사이에 아무런 내적인 관계가 존재하지 않는다"[23]라고 말한다. 이 경우 표음문자는 더 이상 상징이 되지 못한다. 그러나 이렇게 되면 정신적인 목소리라고 할 수 있는 소리의 심상과 그것을 표기하는 문자 't' 사이에는 더이상

22. 같은 책, 131쪽: "그러므로 구성요소들이 특정한 규칙에 따라 서로 균형을 이루고 있는 언어야 간은 기호학적 체계에서는, 동일성 개념은 타당성 내지 가치 개념과 일치하고 여으로 가치 개념은 곧 동일성 개념을 의미한다는 것을 알 수 있다."
23. 같은 책, 143쪽.

어떤 전후관계나 우위관계가 성립하지 않게 된다. 의미를 지닌 청각
적인 심상인 언어는 안에 위치하고 그것을 차후에 표기하는 시각적인
문자는 바깥에 위치한다는 식의 안팎 구분은 더이상 타당하지 않다.
언어의 청각적인 기표가 문자의 시각적인 기표보다 더 본질적이라는
소쉬르의 생각은 음성중심주의적인 사고를 폭로할 뿐이다. 그의 주장
이 지닌 모순점은 데리다의 이 글로 정리할 수 있을 것이다.

따라서 소쉬르가 문자를 '모사模寫'이자 언어의 자연적인 상징으로
정의한 것은 기호의 자의성이란 이름으로 거부되어야 한다. 음소音素가
모사될 수 없는 것 자체이면서 어떤 시각적인 것도 그것과 닮을 수 없
다는 사실을 차치하고서라도, 상징과 기호의 차이에 대한 소쉬르의 말
을 참조하는 것만으로도 충분하다. 그렇다면 그가 어째서 한편으로 문
자가 '모사' 또는 언어의 '(형상적) 재현'이라고 말하면서, 다른 한편
으로 언어와 문자는 '기호의 상이한 두 체계'라고 정의할 수 있는지 더
이상 이해하기 힘들다. 왜냐하면 모사되지 않는 것이 기호의 특성이기
때문이다. 프로이트가 『꿈의 해석』에서 생각한 운동의 형태로 소쉬르
는 서로 모순되는 논거를 쌓아가는데, 이것은 궁극적으로 문자의 배제
라는 단 하나의 만족스러운 해법을 찾기 위함이다.[24]

소쉬르는 자의성과 함께 선형적 시간성을 언어의 근본적인 특징으
로 간주한다. 기표는 소리의 심상으로 시간 속에서 전개되기 때문에
선형적으로 흘러가는 시간적 특성을 지닌다. 그러나 이러한 선형적
시간성과 관련해 언어의 기표적인 특성만 강조해서는 안 된다. 왜냐
하면 단순히 시간적으로 전개되는 연속적인 소리는 그 자체로 구분 불
가능한 선을 이루며, 그래서 그것을 구분하고 이해하기 위해서는 의미

---

24. Jacques Derrida, *Grammatologie*(Frankfurt, 1983), 79쪽.

의 도움을 받아야만 한다. 우리가 알지 못하는 외국어를 들을 때 그 연속적인 소리를 분석하지 못하는 것은 의미를 알지 못하기 때문이다. 이러한 기의를 동반하는 기표들의 연속적인 흐름은 언어를 표지標識와 같은 시각적 표기들과 뚜렷하게 구분시켜준다. 그러한 시각적 표기들이 공간적인 특성을 지니며 동시성을 보여줄 수 있는 반면, 청각적 기표는 단지 시간의 선만을 사용한다.

소쉬르는 청각적 기표가 형성하는 시간적 연속성은 특히 그것을 문자체계로 재현하면 그 특성이 금방 드러난다고 말한다. 즉 연속적으로 흘러가는 소리의 연속은 알파벳문자로 형성된 일직선으로 드러난다는 것이다. 이처럼 소쉬르가 언어의 청각적 기표가 시각적 문자에 의해 그 선형성을 고스란히 드러낼 수 있다고 주장할 때, 그가 또다시 문자가 언어를 그대로 표기하고 재현한다는 생각을 전제로 하고 있음을 알 수 있다. 그러나 그는 다른 한편 문자가 '공간적인' 선의 형태로 나타난다고 말함으로써 위의 주장과 모순되는 관점이 제시될 수 있는 가능성을 암시하고 있다. 이것은 자의성을 둘러싸고 보여주는 그의 모순성에 상응한다. 그러나 소쉬르는 문자가 지닌 시각성과 공간성의 특성에 대해 더이상 고민하지 않으며 그로부터 아무런 결론도 도출하지 않는다.

그런데 사실 알파벳문자의 연쇄는 음의 연속적인 흐름을 그대로 반영하는 것이 아니라 나름의 고유한 질서를 가지고 있으며, 그러한 질서는 공간적인 특성을 지닌다. 구두점이나 쉼표는 문장 간의 불연속성을 뚜렷하게 보여주고, 이탤릭체나 굵은 글자체는 책제목을 표시하거나 해당 단어를 강조한다. 이처럼 문자는 시각적 특성과 이와 연관된 공간적 조직의 특성을 지니며, 청각적인 언어의 단순한 모방이 아닌 나름의 고유한 질서를 보여준다. 이로써 기호의 생산 수단은 중요한 의미를 지니지 않기 때문에 문자를 흰색으로 쓰든 검은색으로 쓰든 그것이 의미와는 아무런 상관이 없다는 소쉬르의 주장은, 문자의 시각적 특성을 간과하고 있는 것이다. 그는 문자체계를 언어체계의 단순한 모방으로 보고 있기 때문에 청각적인 언어체계에서 별다른 의미가 없는 요소들이 문자체계에서도 마찬가지로 아무런 의미도 지니지 않을 것이라고 생각한다. 그러나 우리가 예를 들어 복수하겠다는 표시로 '복수'라는 글자를 쓴다면 파란색보다는 피를 연상시키는 빨간색으로 쓰게 될 것이다. 이것은 문자가 지닌 시각적 특성 때문에 글자의 색이나 크기 또는 모양이 그 의미에 얼마든지 영향을 미칠 수 있음을 보여준다.

소쉬르처럼 표음문자의 청각적인 선형성을 강조할 경우, 자간이나 문장 또는 문단 간의 여백 또는 구두점 등과 같은 문자 텍스트의 시각적, 공간적 조직이 지닌 의미는 간과되고 만다. 앞으로 자크 데리다와 관련하여 더 자세히 다루겠지만, 로고스중심주의는 끊임없이 이동하며 기표의 차이를 만들어내는, 무의식적인 흔적의 근원문자를 억압하며 목소리의 현전이라는 형이상학을 만들어내는 것이다. 물론 소쉬르는 기표를 소리가 아닌 소리의 심상으로, 언어를 실재가 아닌 형식으로 간주했다. 이로써 그가 음성중심주의와 현전의 형이상학에 완전히 빠져 있지는 않다고 생각할 수도 있다. 그러나 그는 문자에 대한 언어의 우위와 언어의 청각적 연속성을 강조함으로써 이러한 전통에 여전히 서 있다고 할 수 있다.

제2장

|

문자의 형상성
가치의 경제학에서 해체의 놀이로

1. 가치와 놀이의 범주로 본 문자의 형식 및 기능 변화

마르크스는 물질적인 생산관계의 총체를 일컫는 하부구조와 이에 의해 규정되는 정치, 도덕, 예술 등의 관념 및 이에 상응하는 제도와 기관을 의미하는 상부구조를 서로 구분한다. 이에 따르면 경제는 하부구조이고, 문학은 상부구조에 해당한다. 근대 이후 종교적, 궁정적 목적에서 벗어난 자율적인 제도로서의 문학(혹은 예술)[25]은 유용성의 영역인 경제와는 무관한 듯 보인다. 실러도 『인간의 미적 교육에 대하여 *Über die ästhetische Erziehung des Menschen*』(1795)에서 예술의 자율적인 특성을 강조하며, 예술이 국가로 대변되는 도구적 이성의 억압에서 인간을 해방시켜줄 수 있기를 기대하였다.

그러나 유용성의 영역인 경제와 놀이의 영역인 예술이 단순히 대립 관계에 있는 것은 아니다. 이미 소쉬르는 경제와 언어를 가치라는 개

25. 자율적인 제도예술의 개념에 대해서는 다음을 참조하시오: Peter Bürger, *Theorie der Avantgarde*(Frankfurt, 1974), 63-66쪽.

념으로 서로 비교하며 이들 간의 연관성을 말한 바 있다. 마르크스는 상품의 사용가치적 특성과 교환가치적 특성을 언급한다. 사용가치란 인간의 욕망을 충족시키는 상품의 효용성과 관련된 것이다. 빵, 가방, 면도기 등 모든 상품은 각각 상이한 사용가치를 지닌다. 그런데 이러한 상품들에는 화폐를 통해 가격이 매겨져 있어 서로 비교가 가능하다. 가령 빵 하나가 500원이라면 100개가 있어야 50,000원짜리 가방과 맞바꿀 수 있다. 모든 상품은 화폐로 책정된 가격이라는 동질적인 기준에 따라 자신의 교환가치를 획득하게 된다. 여기서 주목할 것은, 개별 상품의 실질적인 교환가치는 단순히 화폐로 책정된 상품가격(사용가치)에 의해서가 아니라 다른 상품과의 관계와 가격 차이에 의해 결정된다는 것이다. 이것은 앞에서 소쉬르가 낱말의 가치는 단순히 그것의 기의에 의해 결정되는 것이 아니라 다른 낱말과의 비교를 통한 차이에 의해 결정된다고 말한 것에 상응한다. 이처럼 경제학과 언어학 또는 상품/화폐(가격)와 기의/기표 사이에는 구조적인 유사성이 있다. 즉 화폐와 상품의 관계나 기표와 기의의 관계가 사용가치와 연관된다면, 화폐를 통해 가격이 매겨진 상품들 간의 관계는 개별적인 기호들 간의 관계와 마찬가지로 교환가치와 연관된다.[26]

상품과 가격의 관계는 노동과 임금의 관계에 상응한다. 상품의 사용가치란 투입된 노동력이며, 그러한 상품의 가치를 책정하는 가격은 곧 노동력의 대가, 즉 그것을 화폐로 환산한 임금에 상응하기 때문이다. 소쉬르도 이 점에 주목하며 다음과 같이 말한다. "이 두 학문에서

---

26. Jean Baudrillard, *Der symbolische Tausch und der Tod*(Berlin, 2005), 17-18쪽; J. Derrida, 같은 책, 515-516쪽 참조. 매체학자인 매클루언도 언어와 화폐의 연관성을 다음과 같이 언급하고 있다. "언어는 경험을 저장할 뿐만 아니라 한 형태에서 다른 형태로 번역한다는 의미에서 은유이다. 화폐도 기술과 노동을 저장하고, 한 기술을 다른 기술로 번역한다는 의미에서 은유이다. 교환과 번역의 원리 혹은 은유의 원리는 우리의 모든 감각을 다른 감각으로 번역하는 이성적 능력이다." 마샬 맥루한, 『구텐베르크 은하계—활자 인간의 형성』(임상원 옮김, 커뮤니케이션북스, 2001), 20-21쪽.

문제가 되는 것은 상이한 질서에 속하는 사물들 사이의 등가체계이다. 그 하나는 노동과 임금이고, 다른 하나는 기의와 기표이다."[27] 마르크스가 노동과 임금(또는 상품과 가격)의 자의적인 관계를 지적한 것처럼, 소쉬르도 기의와 기표의 자의적인 관계를 지적한다. 그렇다고 이 두 사람이 이러한 자의성을 극단적으로 밀고나가지는 않는다. 마르크스가 잉여 노동력이 자본가의 착취로 인해 임금에 반영이 되지 않음을 지적하며 그것의 개선 가능성을 열어둠으로써 자의성을 제한하는 것처럼, 소쉬르 역시 상대적인 자의성 개념이나 다른 기호들과의 차이를 통한 기호의 가치 개념을 도입함으로써 기호의 자의적 관계를 제한하고 있다.

소쉬르가 경제학의 모델을 언어학의 모델에 도입한다면, 부르디외 P. Bourdieu는 경제학의 모델을 문학과 예술에 적용하고 있다. 그는 문학장文學場이 자본주의 사회에서 고유한 가치체계를 따르고 있음을 지적한다. 부르디외 역시 경제적인 가치의 개념을 넘어서 상징 자본이라는 개념으로 불리는 문화적 가치에 대해 언급하며, 마르크스적인 상부구조와 하부구조의 대립 구도를 완화시키고 있다.

보드리야르는 『상징적 교환과 죽음L'échange symbolique et la mort』(1976)에서 소쉬르의 언어이론 및 마르크스의 정치경제이론과 대결하며 거기서 강조되는 자의성 개념을 한층 더 급진화한다. 그는 이 책의 2장에서 시뮬라크르simulacre의 세 가지 질서를 구분하며, 현실에 대한 모델을 형성하는 추상적인 기호 시스템의 역사적 변전 과정을 살펴보고 있다.[28] 이러한 역사적 변천 과정을 살펴보기 위해서는 우선 여기서 사용된 시뮬라크르 개념에 대한 이해가 선행되어야 한다. "우리가

---

27. F. Saussure, 같은 책, 94쪽. 여기서 '두 학문'이란 경제학과 언어학을 가리킨다

28. 아래에서 언급하고 있는 보드리야르의 시뮬라크르 이론은 다음을 참조하시오. J. Baudrillard, 같은 책, 77-130쪽.

무언가를 묘사하고 표상하기 위해서는 기호를 필요로 한다. 그 때문에 모든 시뮬라크르는 사회의 상징적인 교환 과정을 규정하는 기호들을 사용할 때 전제되는 특정한 질서로 이해할 수 있다."[29] 다시 말해 시뮬라크르는 우리가 표상하는 현실을 상징적인 질서와 문화로 구성해내는 기호체계를 의미한다.

보드리야르는 이러한 시뮬라크르의 질서가 가치질서의 변천에 상응하여 변화하는 것으로 간주한다. 첫번째 시뮬라크르의 질서인 '모방'은 가치의 자연법칙을 다루고, 두번째 시뮬라크르의 질서인 '생산'은 가치의 시장법칙을 다루며, 마지막 단계인 세번째 시뮬라크르의 질서인 '시뮬라시옹 simulation'은 가치의 구조법칙을 다룬다.

모방의 시뮬라크르와 자연적인 가치의 법칙이 지배하는 시기는 르네상스에서 시민혁명까지이다. 이 시기에 인간은 봉건제 사회의 위계적이고 배타적인 기호의 질서가 붕괴된 상태에서 자유롭게 기호를 사용하고 만들어내며 기호의 해방을 이룰 수 있는 전기를 맞는다. 그러나 다른 한편으로 이 시기에 인간이 모범으로 삼는 가치는 여전히 신의 자비나 자연의 선물로 주어진 것으로 간주되었다. 그래서 이 시기의 인간에게는 순수하고 가공되지 않은 실재, 즉 자연이라는 원상을 기호를 통해 어느 정도 충실히 모방할 수 있느냐가 가치의 척도가 된다. 이로써 인간은 모순적인 위치에 놓이게 되는데, 즉 한편으로 기호의 해방을 통해 자유롭게 새로운 가치들을 만들어낼 수 있으면서도, 다른 한편으로 그러한 가치들이 자신의 고유한 생산이 아니라 자연의 모방에 예속되어야 하는 모순에 빠지게 되는 것이다. 여기서 보드리야르가 전근대와 근대의 모순적 결합으로 내세우는 르네상스의 기호체계는 사실은 르네상스 이전의 시기까지 소급하여 적용될 수 있다.

---

29. Christa Karpenstein-Eßbach, *Einführung in die Kulturwissenschaft der Medien*(Paderborn, 2004), 158쪽.

왜냐하면 신 중심적인 세계관이 지배하는 전근대에도 인간은 문자기호체계를 만들어내며 제한된 틀 속에서 합리적이고 유용한 가치를 만드는 작업을 수행해왔기 때문이다.

생산의 시뮬라크르와 가치의 시장법칙이 지배하는 두번째 시기는 산업혁명과 더불어 시작된다. 자본주의 시대에 기술을 통한 대량생산이 이루어지면서, 가치는 더이상 주어지는 것이 아니라 인간에 의해 생산되는 것으로 간주된다. 이제 모든 대량생산된 상품들은 원상原狀과 모상模相의 위계적 관계가 아니라 서로 비교 및 교환 가능한 등가적인 관계에 있게 된다. 그러나 다른 한편 이것은 신이나 자연에 의해 보장된 절대적인 가치질서가 붕괴됨으로써 가치의 상대성이 열리게 된 것을 의미하기도 한다. 규범과 달리 가치란 본래 상대적인 것이기 때문에,[30] 신과 자연의 규범이 붕괴된 이 단계에 와서야 비로소 진정한 가치법칙이 시작된 것으로 볼 수 있을 것이다.

기술의 도움으로 동일한 존재(대상/기호)를 무한히 대량생산할 수 있게 되면서 인간은 자연적인 질서에 도전한다. 왜냐하면 인간이 더이상 자연의 법칙에 종속되어 그것을 모방하는 대신 스스로 자신의 고유한 질서, 즉 생산의 질서를 만들어내면서 진정한 의미에서 창조주의 위치에 올라서기 때문이다. 또한 이러한 생산의 시뮬라크르에서는 모방의 시뮬라크르에서와 달리 대상과 기호 간의 유사성 관계가 사라지면서 이 둘 사이의 구분이나 차이도 사라진다.

---

30. 하버마스는 윤리적 가치와 도덕적 규범을 보편성의 척도에 따라 구분한다. 도덕적으로 옳고 그름의 문제는 어떤 일부 집단에만 적용되는 것이 아니라 보편적으로 모든 인간에게 적용되어야 할 규범적인 것이다. 가령 '살인을 해서는 안 된다'는 도덕규범은 보편타당성을 요구한다. 이에 반해 윤리적인 가치의 문제는 보다 주관적이고 상대적인 특성을 띤다. 가령 내 삶을 어떻게 사는 것이 보람된 일인가에 관한 문제는 가치관의 문제이다. 내가 다른 사람을 위해 봉사하고 내 자신을 희생하는 삶을 살겠다는 것은 자신이 설정한 가치의 문제이지 결코 그런 삶을 살지 않은 사람을 도덕적으로 비난할 수 있는 보편적 도덕규범의 문제가 아니라는 것이다. Jürgen Habermas, *Erläuterungen zur Diskursethik*(Frankfurt a.M., 1992), 39쪽 참조.

이차적인 질서의 시뮬라크르가 산업적인 대량생산, 지시체계 없는 현실들을 만들어내고 그것을 등가성의 법칙에 종속시키면서, 존재와 가상, 본질과 현상, 실재와 기호 사이의 전통적인 구분은 불확실해진다. 모방의 내부에 존재하던 존재와 기호 사이의 대립 대신에 대상들의 교환 가능성에서 생겨나는 의미론적 무차별성이 들어선다. 이로써 우리가 세계를 상징적으로 모사하고 표상하는 기호의 질서조차 다른 것이 되어버렸다. 기호는 물질적으로 구분하는 어떤 것을 의미하지 않는다. 대량생산에서 차별적인 것이 권력을 빼앗기면서 생산의 핵심은 재생산, 서로 구분될 수 없는 대상들의 복제로 입증된다.[31]

소쉬르가 일반언어학의 영역에서 기표와 기의의 관계를 자의적인 관계로 해석하였다면, 마르크스는 정치경제학의 영역인 시장경제체제에서 노동과 임금(또는 상품과 가격)이 맺고 있는 자의적인 관계를 강조하였다. 이로써 이들은 메시지, 즉 기의나 사용가치에 종속되지 않는 매체, 즉 기표와 교환가치의 자율성을 어느 정도 인식하였다. 그러나 이들은 이러한 매체적 차원의 특성과 법칙, 즉 무차별적인 등가성의 논리와 재생산의 법칙에 몰두하는 대신, 실제 언어행위인 파롤 속에서 언어규칙인 랑그를 발견하려 하고 자의적인 교환가치 속에서 사용가치의 의미를 복원시키려고 하면서 또다시 메시지와 의미의 차원으로 후퇴한다. 생산의 시뮬라크르 단계에서는 이러한 메시지와 의미에 대한 집착에서 완전히 벗어나지는 못하고 있다.

이러한 생산이라는 사회적 체계가 사라지면서, 다시 말해 기계적인 대량생산이 모델생산으로 넘어가면서, 세번째 단계인 시뮬라시옹의

---

31. C. Karpenstein-Eßbach, 같은 책, 163쪽.

시뮬라크르와 가치의 구조법칙이 나온다. 여기서 중요한 것은 최종 결과로서의 기계적 생산이 아니라, 재생산을 가능하게 하는 원인이자 구상으로서 생산의 핵심인 '모델'이다. 이러한 모델은 차이를 조금씩 변주시켜 다양한 형태를 끊임없이 재생산할 수 있다. 바꿔 말하면, 모든 것은 그것과 연관된 모델이라는 기표를 통해 생겨나며 그것의 지배를 받는다. 이것을 현대적인 용어로 부르자면 '시뮬라시옹'이라고 할 수 있다. 생산의 시뮬라크르에서 기술적으로 재생산된 동일한 생산물이 등가적인 가치를 지니고 서로 교환될 수 있는 것이었다면, 시뮬라시옹의 시뮬라크르에서는 이러한 등가성이 더이상 결정된 것이 아니라 무차별적이고 '자의적인' 성격을 띤다. 시뮬라시옹의 차원에서 모델이라는 기표는 더이상 무언가를 지시해야 하는 의무에서 벗어나며, 그것을 구성하는 대립적인 항들 간의 자유로운 소통과 변주를 통해 무차별적인 등가적 가치를 만들어낸다.[32] 이러한 등가성은 무차별적으로 교환될 수 있는 가치들의 등가성이며, 그러한 교환을 허용하는 원칙은 가치의 구조적 법칙이다. 모델이라는 기표는 항들의 구조적인 차이와 그것들의 변주를 통해 가치로서의 의미를 만들어내지만, 그러한 의미는 사실은 환영에 지나지 않으며 또다른 기표를 의미할 뿐이다. 이와 같이 가치로서 재생산된 허상으로서의 기표들은 서로 구분되며 구조적 차이를 보이지만 그럼에도 궁극적으로는 무차별적인 등가성을 지닌다. 이제 가치는 근원적 대상과의 비교를 통해 그것과의 유사성에 의해 결정되지 않으며, 오히려 구조적인 차이의 유희를 통해 재생산되는 가운데 모든 가치평가에서 벗어나게 된다. 이것이 바로

---

32. 앤디 워홀의 매릴린 먼로에 관한 실크스크린 작품을 떠올리면 보다 쉽게 이해할 수 있을 것이다. 먼로의 사진을 다시 복제하여 만든, 서로 조금씩 차이가 나는 상이한 먼로의 모습들은 먼로 자신이라는 원상이 부재하는 상태에서 무차별적으로 교환 가능한 등가적 가치로서의 허상들을 보여준다.

무차별적인 등가성이 지닌 진정한 의미이다.

이러한 기호의 질서는 모방의 시뮬라크르에서와 달리 더이상 실재를 지시하지 않으며, 그것과 분리되어 독자적인 작동체계를 형성한다. 이것은 특히 정보공학기술의 발달과 더불어 생겨난 컴퓨터의 모델에서 잘 드러난다. 0과 1이라는 코드를 통해 모든 조작이 가능한 컴퓨터는 어떤 규정도 받지 않고 자유롭게 임의의 모델을 만들어낼 수 있다. 이때 "이러한 모델은 기표로 이해될 수 있다. 왜냐하면 한 대상의 모델은 그것에 따라 생산될 수 있는 미래의 다른 대상들을 지시하기 때문이다."[33] 그러나 그러한 기표와 기의 간의 관계는 더이상 근원이나 실재에 대한 기호의 지시관계에 있지 않다는 데 그 특징이 있다. 즉 이제 대상의 지시에 대한 아무런 의무 없이 자유롭게 자신의 내적 논리에 따라 작업이 가능해진 모델이라는 기표는 실재보다 더 실재 같은 이미지들을 만들어내며 시뮬라시옹의 새로운 질서를 구축한다.

'문학(문헌)Literatur'이 가장 포괄적인 의미에서 문자로 된 텍스트를 의미한다면,[34] 문학 텍스트의 의미를 논하기에 앞서 문학의 기본 구성요소인 문자 자체가 지닌 가치적 특성을 이해해야 할 것이다. 그런데 흥미로운 것은, 문자의 발전 과정이 바로 위에서 보드리야르가 제시한 가치법칙의 삼단계 발전에 시대적으로는 아니지만 구조적으로 어느 정도 상응하는 모습을 보인다는 점이다. 물론 보드리야르의 이론을 문자 코드의 발전에 기계적으로 적용하는 것은 문제가 있지만, 그럼에도 불구하고 이 둘을 비교하는 것은 문자의 형식과 기능의 변화를 이해하는 데 생산적인 인식을 가져다줄 수 있다.

그림문자나 표의문자에서처럼 근본적으로 대상이나 이념을 시각적으로 재현하는 문자 발달의 단계에서는, 원상과 그것을 직간접적으로

---

33. 같은 책, 165쪽.
34. Dietrich Weber, *Erzählliteratur*(Göttingen, 1998), 72쪽.

모방하는 문자 사이에 상징적인 유사관계가 존재한다. 이것은 대상과 그것을 지시하는 문자 간의 관계가 자의적인 것이 아니라 유사성을 내포하는 상징적인 것임을 보여준다. 그러나 이러한 문자는 그림과 달리 선형적인 배열의 특성을 지니고 경제적인 목적에 사용됨으로써, 초시간적이고 신성한 원시적인 그림과는 전적으로 다른 속성을 지니게 된다.[35] 그래서 대상을 시각적으로 모방하는 그림문자나 표의문자의 단계에서 인간이 전통적으로 주어진 자연적 가치의 모방만 추구하는 것이 아니라, 선형적인 문자의 합리적 배열을 통해 어느 정도는 스스로 가치를 만들어내고 있음을 알 수 있다. 초기의 문자가 신성함과 세속성, 종교성과 합리성 사이에서 동요한 것 역시 여기서 그 이유를 찾을 수 있을 것이다. 이것은 전근대적인 자연적 가치의 법칙이 지배하는 시대에 이미 자본주의적인 생산이 이루어지고 있음을 의미하기도 한다. 실제로 농업자본주의와 초기 문자의 생성 및 발전 사이에는 연관성이 존재한다.

문자 발달의 두번째 단계인 그리스 알파벳문자를 위시한 표음문자의 단계에 들어오면서, 언어가 지닌 기표와 기의의 자의적 관계가 보다 분명해진다. 물론 구술문화에서 사용된 언어 역시, 설령 그것이 신화적, 종교적 세계관에 의해 감춰져 있더라도, 기표와 기의의 자의적 관계에 기반을 두고 있었겠지만, 그러한 기호의 자의성은 표음문자를 통해 보다 명확해진다. 기호가 대상을 모방하는 상징적 관계에 있는 것이 아니라 자의적인 특성을 지니고 있으며, 기호가 다른 기호들과의 차이를 통해 스스로의 가치를 만들어낸다는 사실을 인식함으로써 기호의 생산성에 주목할 수 있게 된다. 특히 표음문자를 통해 문자 사용의 효율성이 극대화되고 상징적 가치의 생산 및 묵직의 가능성이 부면

---

35. 문자 코드와 그림 코드의 차이에 대해서는 이 책의 플루서에 관한 부분에서 자세히 다루고 있다.

히 확대된다.

그러나 표음문자에서 드러나는 기호의 이러한 자의성은 표음문자의 발전과 더불어 시작된 음성중심주의와 로고스중심주의, 즉 문자 안에서 신이나 자아 또는 이성의 목소리의 현전을 체험하려는 형이상학적 사고에 의해 또다시 제한받는다. 기호들 간의 차이를 통해 생산된 상징적 가치들이 극단적인 자의성과 이로 인한 무차별적 교환으로 나아가는 대신 의미에 대한 집착으로 회귀한다. 물론 이러한 로고스중심주의적인 경향은 기술영상과 디지털 기술의 발전으로 인해 (표음)문자가 점점 주변부로 내몰리면서 흔들리기 시작한다. 그리하여 19세기 후반 이후 표음문자가 지닌 선형성이나 음성중심주의의 허구성이 비판되고 문자가 지닌 시각적, 공간적 특성이 강조된다. 이와 함께 문자 발달의 세번째 단계, 즉 문자 텍스트에서 진리의 음성을 듣기보다는 그것에 유희적으로 접근하며 문자 텍스트를 차연의 놀이가 벌어지는 공간으로 바라보는 시각이 생겨나기 시작한다. 이것은 특히 문자가 인쇄된 텍스트를 벗어나, 영화나 컴퓨터와 같은 기술적인 영상에서 자유롭게 배치되고 운동하며 대상 지시의 의무에서 벗어날 때 더욱 분명하게 드러난다. 자본주의의 형식이 생산자본주의에서 소비자본주의로 이동하면서, 문자 텍스트 역시 더이상 상징적인 가치의 생산과 축적에 몰두하기보다는 오히려 그것의 소비나 해체를 추구하는 경향으로 나아가고 있다. 보드리야르는 기표와 기의가 더이상 실재적인 관계가 아닌 무차별적인 자의적 관계를 맺고 있다고 주장하며, 이를 구조적 가치법칙의 단계로 명명한다. 이러한 구조적 가치법칙의 단계에서 인간은 시뮬라시옹을 통해 가상과 현실을 구분하지 못하며 시뮬라시옹의 환영에 빠져들 수도 있겠지만, 보드리야르의 우려를 넘어서기호들의 구조적 차이를 통해 무차별적이고 자의적으로 생산된 가치가 사실은 실재가 아닌 환영에 불과하며 무가치를 의미한다는 인식에 이를 수도 있다.

상징적인 가치의 생산과 축적을 인간의 자유와 해방으로 착각한 근대 자본주의 사회의 작가들은 자본주의적인 삶의 양식과 인간관계를 극렬히 비판하면서도, 다른 한편으로 상징적인 가치의 차원에서 진리와 같은 의미를 추구하고 생산해내면서 여전히 자본주의적 태도를 보여주는 모순을 저질렀다. 이에 대한 대표적인 예로 폰타네 T. Fontane(1819~1898)와 브레히트B. Brecht(1898~1956)를 들 수 있을 것이다. 이러한 모순적인 태도는 자율적인 놀이의 장場인 예술이 유용성을 추구하는 경제적인 체계와 절대적으로 구분되며 독립적으로 존재한다는 근대적인 인식에서 비롯된다. 그러나 이러한 생각은 생활세계 간의 경계가 불분명하고 그 경계를 넘어서는 것이 빈번히 일어나는 현실에서는 더이상 유효하지 않다. 따라서 이러한 근대적 인식의 한계를 극복하고, 삶 전체를 미학적으로[36] 바라볼 것을 요구하는 니체적인 의미에서 '놀이'를 예술의 영역에서 끌어내어 삶 전반에 저용시키는 것이 필요하다. 이것은 자율적이고 독립된 영역으로서의 예술에 관한 환상을 깨줄 것이며, 역으로 예술이 가치의 문제를 통해 다른 영역들과 긴밀히 연결되어 있음을 인식시켜줄 것이다.

다른 생활세계나 사회체계와 구분되는 제도로서의 예술이 더이상 존재하지 않고 그 경계가 허물어졌다고 한다면, 이제 중요한 것은 예술이라는 명사가 아니라 '예술적' 또는 '미학적'이라는 형용사이다. 이것은 세계를 바라보는 개방적이고 나각적인 시선을 가리키며 현내 사회에서의 놀이의 중요성을 강조한다. 모든 확고한 가치들의 전도를 요구하는 니체는 놀이가 지닌 가치 해체적인 기능을 보여준다. 이러

---

36. 여기서 '미학적'이라는 말은 선과 악, 진리와 비진리의 이분법적 구분을 넘어서 삶의 모든 영역을 놀이를 하듯이 개방적이고 다중시점적인 시각으로 바라보는 것을 의미한다.

한 관점에서 오늘날 문자 사용에 나타나는 변화를 살펴보면, 문자가 가치 형성으로서의 대상 지시의 의무에서 벗어나 유희적인 성격을 띠고 있음을 알 수 있다. 이것은 문학이 내용적 차원에서의 가치 비판을 넘어서 형식적, 매체적 차원에서 문자가 내포하는 상징적 가치를 해체하거나 그것을 유희적으로 구성하는 것에서도 잘 나타난다. 이처럼 가치와 놀이의 범주를 통해 또 이들 간의 상관관계를 살펴봄으로써, 우리는 문자의 발달과 문자 사용에 나타나는 기능 변화를 보다 잘 이해할 수 있을 것이다.

2. 문자의 시각적 조직과 가치의 경제학

(1) 구술문화에서 문자문화로

지금까지 밝혀진 인류 최초의 문자는 기원전 5300년경 도나우 지역 근처에서 생겨났다. 유럽 남동부에 존재했던 고대 도나우문명은 야금술冶金術과 다양한 수공업이 발전한 농업공동체의 문화로, 도시 규모의 집단 취락과 저장 경제의 특성을 지니고 있었다.[37] "고대 유럽에서 문자는 종교적 매체였다. 그것은 제의적 행위나 종교적 의식을 수행하는 것과 긴밀히 연관되어 사용되었다…… 문자는 종교적 의례를 지키고 정확히 수행하는 것을 감독해야 했던 전문가들, 성직자계급의 도구였다."[38] 고대 도나우문명에서 문자가 경제적인 목적에 사용되었다

---

37. Harald Haarmann, *Geschichte der Schrift*(München, 2007), 17쪽 참조.
　　하르만은 인류 최초의 문자가 기원전 3200년경 메소포타미아 지역에서 생겨났다는 신화가 아직도 널리 퍼져 있지만, 오늘날 고고학자들의 발굴로 인해 이보다 앞선 문명과 문자가 존재했음을 지적한다. 이에 따르면 기원전 5300년경에 고대 도나우문명 지역에서 최초의 문자가 있었고, 다음으로 기원전 3320-3150년 사이에 이집트에서 문자가 발명되었으며, 메소포타미아 지역의 문자가 그 뒤를 따른다고 한다. H. Haarmann, 같은 책, 8-9쪽 참조.

는 증거는 아직까지 발견되지 않았기 때문에 문자의 기원이 경제적인 목적과 직접적인 연관이 있다고 주장하기는 힘들 것이다. 다만 문자 이전의 의사소통 코드였던 그림이 갖는 주술적, 신화적 성격을 최초의 문자도 물려받았으며, 그래서 제의적, 종교적 목적이 최초의 문자가 지닌 주된 기능이었던 것은 확실하다.

그러나 이미 기원전 4000년경 메소포타미아 지역이나 고대 이집트에서 사용된 문자는 경제활동 및 행정활동과 밀접한 연관성을 드러낸다. 이곳에서는 신전의 관료들이 조세 수입을 기록하고 신민들에 대한 국가의 통제를 효율적으로 수행하기 위한 수단으로 문자가 사용되었다.[39] 또한 그보다 훨씬 이후에 등장한 알파벳문자는 특히 무역과 긴밀한 연관을 맺고 있다. 여러 나라를 여행하는 상인들은 다른 나라 사람들이 이해할 수 있는 기호를 발명해야 할 필요성을 느껴, 개별 언어에 예속되지 않고 다른 언어를 전사할 수 있는 보편적인 기호 시스템을 발명한다.[40] 상인계층이 주로 사용한 알파벳은 배에 적재한 목록이나 물품창고 목록을 작성하고 물품을 측량하거나 그것의 무게를 계산하는 등 주로 계산과 측량의 목적에 효과적으로 사용되었다.[41] 이런 의미에서 플루서는 "알파벳은 상인들이 상인들을 위해 세고 계산하고 무게를 재고 측량하기 위해 발명해낸 코드이며 그래서 그것은 탈세속화하는 코드이다"[42]라고 주장한다. 그러나 이러한 주장은 지나친 감이 없지 않는데, 왜냐하면 최초의 알파벳은 종교적인 목적을 비롯한 다양한 용도로 사용되었기 때문이다.[43] 기원전 1050년경 등장한 페니기아

---

38. 같은 책, 22쪽.
39. 같은 책, 29-30쪽; 월터 J. 옹, 『구술문화와 문자문화』(이기우, 임명진 옮김, 문예출판사, 1996), 134-135쪽 참조.
40. 장자크 루소, 같은 책, 42쪽 참조.
41. Vilém Flusser, *Kommunikologie*(Frankfurt a.M., 2003), 92쪽 참조.
42. 같은 책, 97쪽.

의 알파벳문자가 아직까지 자음 알파벳의 형태를 띠고 있었다면, 그로 부터 영향을 받은 크레타 섬의 알파벳문자는 자음과 모음을 모두 사용 하는 최초의 완벽한 형태의 알파벳문자이다. 고대 그리스인들이 활발 한 무역교류를 통해 알파벳문자의 필요성을 느끼고 고유한 알파벳을 발명했다는 견해를 무비판적으로 받아들일 수는 없다고 하더라도,[44] 지중해 국가들의 알파벳 사용이 경제적인 목적과 긴밀한 연관을 맺고 있었다는 것을 부인하기는 힘들 것이다. 대상을 직접적으로 모사하는 '그림문자pictogram'나 특정한 합의에 따라 대상을 원래와 다른 형상으 로 표현하는 '표의문자ideogram'[45]와 달리 '표음문자phonetische Schrift' 인 알파벳문자는 연속적으로 나타나는 음 자체를 재현하는 것으로 간 주된다. 이러한 표음문자는 사물을 시각적으로 재현하는 문자들과 비 교해 사용되는 기호의 수를 급격히 절감함으로써 문자 경제의 측면에 서도 매우 경제적이다.

플루서는 이차원적 그림세계에서 일차원적 문자세계로의 발전을 신화적 사고, 즉 원형적 사고에서 역사적 사고, 즉 선형적 사고로의 이 행으로 기술한다. 자신이 지시하는 대상을 모사하는 그림문자는 '그 림'문자라는 형상적 특성에도 불구하고 그림과는 분명히 구분되는데, 그 이유는 그것이 세계를 초시간적인 장면으로 묘사하지 않고 시간적

---

43. 플루서의 주장과 달리 알파벳문자의 기능이 처음에 단순히 경제적인 목적에 국한되었던 것은 아니다. 오히려 이미 초기부터 알파벳문자의 기능은 상당히 분화되어 있었다. 가장 오래된 알파벳문자로 기원전 1700년경에 사용된 시나이문자는 주로 종교적 대상과 관련이 있었고, 기원전 1500년경 지중해 연안의 도시국가 우가리트의 알파벳문자는 신화적 문학, 제의와 행정 등 다양한 용도로 사용되었다. H. Haarmann, 같은 책, 80쪽, 82쪽 참조.
44. 가령 하르만은 그리스인들이 알파벳문자를 사용하기 이전에도 수백 년간 무역을 해 왔음을 지적한다. 또한 그는 가장 오래된 그리스 알파벳으로 기록된 문서들이 구매계약 이나 상품목록 등의 경제적인 내용을 다루는 것이 아니라 문학적, 종교적 내용을 다루 고 있다는 점을 언급하면서, 그리스 알파벳이 무역의 발달과 경제적 교류라는 조건하에 서 생성된 것이 아니라고 주장한다. H. Haarmann, 같은 책, 85쪽 참조.
45. 일반적으로는 언어의 음과 상관없이 특정한 의미를 나타내는 문자로 정의된다.

인 맥락에 집어넣어 '이야기Geschichte'로, 즉 역사로 만들어내기 때문이다.[46] 행으로 나타나는 이러한 문자의 선형성은 가치의 축적 및 행정관료주의와 구조적 유사성을 드러내며 경제적, 행정적 목적에 사용된다. 농경문화가 시작되면서 사람들은 정주해 살기 시작하고 물품창고를 만들어 소비를 유예하고 생산을 조직화한다. 가치의 생산과 축적이라는 자본주의적 특성이 이미 농경문화와 함께 시작된 것이다. 데리다는 앙드레 르루아구랑André Leroi-Gourhan을 인용하며 야금술과 함께 문자가 생겨났으며, 농업자본주의가 시작되면서 문자로 장부를 정리할 수 있는 수단이 발전되었다고 말한다.[47] 그는 "화폐경제 및 화폐 이전의 경제와 문자적인 계산이 같은 근원을 갖고 있다"[48]고 말한다. 또한 문자는 글을 쓸 수 있는 엘리트 계층이나 그러한 계층을 지배하는 계층이 문자를 모르는 계층을 지배하는 이데올로기로 기능하기도 한다. 이것은 사회적인 위계질서를 낳는 원인이 되기도 한다. 물론 고대 도나우문명이 보여주듯이, 문자가 최초로 사용된 시기에는 아직 신화와 주술 시대의 잔재가 많이 남아 있기 때문에 문자의 경제적, 이데올로기적 의미가 제대로 드러나지 않지만, 문자의 역사적 발전은 문자에 내재한 잠재적 의미를 점차적으로 구현해간다. 특히 알파벳문자로의 발전은 상징적 가치인 의미의 축적 및 그것의 효과적인 전달, 즉 상징적 가치의 경제학으로 나아간다. 좀더 확대해서 이야기하자면 문자, 특히 알파벳문자는 근대의 합리주의와 자본주의 경제로 나아가는 길을 열어주었다고 할 수 있을 것이다.

문자가 지닌 이러한 성격을 보다 분명히 인식하기 위해서는 문자문화를 문자와 쓰기를 전혀 모르고 말로만 정보를 전달하던 구술문화와

---

46. V. Flusser, 같은 책, 87쪽 참고.
47. J. Derrida, 같은 책, 153-154쪽 참조.
48. 같은 책, 168쪽.

비교하는 것이 필요하다. 월터 옹은 『구술문화와 문자문화*Orality and Literacy*』(1982)라는 책에서 구술문화의 특징적인 현상을 자세히 열거하고 있는데, 이를 통해 간접적으로 문자문화가 지닌 특징이 밝혀지고 있다.

일차적인 구술성을 바탕으로 하는 구술문화란 문자가 없는 문화가 아니라 표음문자가 없는 문화를 가리킨다.[49] 에릭 해블록은 알파벳문자가 사용되지 않고 소리만을 이용해 의사소통하는 구술문화에서도 단순한 형태라 하더라도 문명화된 사회가 생겨날 수 있음을 강조하며, 호메로스의 서사시와 같은 것이 구술문화의 산물임을 지적한다. 문자문화권 문맹들이 변화된 매체적 조건, 즉 문자 텍스트에 적응하지 못하고 의사소통적 무능력을 보이며 문화 밖에 존재하는 반면, 일차적인 구술문화권 사람들은 소리를 이용한 의사소통으로 고유의 문화를 만

---

49. Eric A. Havelock, *Als die Muse schreiben lernte. Eine Medientheorie*(Ulrich Enderwitz/Rüdiger Hentschel 옮김, Berlin, 2007), 63쪽: "구술성이란 개념상 어떤 표음문자도 사용하지 않는 사회와 관련된다." 해블록에 따르면 온전한 의미에서의 문자문화는 모음을 표기하는 그리스 알파벳을 사용하는 고대 그리스 시대에서 시작된다. 왜냐하면 그 이전에 셈족이 사용한 자음 알파벳은 실제로 사용하는 말에서 나타나는 모음을 표기하지 않았기 때문에 그것을 읽기 위해서는 항상 먼저 그것을 말할 수 있어야만 했다. 즉 텍스트는 항상 비텍스트적인 생활세계의 말을 염두에 둘 때만 이해 가능하였으며, 그래서 시각적인 텍스트 외에 청각적인 말을 고려해야 했기 때문에 고대 그리스의 문자 텍스트가 지닌 정도의 시각적 특성을 지닐 수 없었다. 또한 모음과 자음을 모두 사용하는 글쓰기는 뇌의 좌반구 활동을 활발하게 하여 추상적이고 분석적인 사고를 기르는 데 도움이 되는데, 이것은 고대 그리스 문자문화의 합리적인 측면과도 상통한다(월터 J. 옹, 같은 책, 139-141쪽 참조). 옹은 해블록과 달리 일차적인 구술문화를 쓰기를 전혀 알지 못하는 문화로 정의한다. 물론 호메로스의 서사시가 아직까지 구전으로 전해지던 시기는 불완전한 음절문자인 선형문자 B가 사라지고 자음과 모음을 갖춘 알파벳이 생겨나기 이전의 시기, 즉 문자가 공백이 생긴 시기로 추정되며, 그런 한에서 옹이 말한 의미에서 구술문화의 시기라고 할 수 있다. 그러나 옹의 정의에 따르면 표의문자나 심지어 그림문자를 사용하던 시대 역시 쓰기가 행해지는 문자문화에 포함되는데, 이것은 문자문화를 너무 포괄적으로 설정한 감이 없지 않다. 왜냐하면 그림문자로는 전통을 보존하고 전수하는데 한계가 있으며, 그래서 이를 위한 수단으로 구술적인 방법이 주도적인 역할을 하기 때문이다. 따라서 이 책에서는 일차적인 구술문화를 옹의 정의보다는 해블록의 정의에 따라 이해하고자 한다(같은 책, 14쪽과 52쪽 참조).

들어낼 수 있었다. 따라서 구술문화에 속했던 사람들을 미개인으로 간주하며 이들 고유의 문화를 인정하지 않는 것은 문자문화에 속한 사람의 편견이 빚은 독단이라고 할 수 있다.[50]

여기서는 우선 옹이 언급하는 다양한 구술문화의 특징을 합리성과 경제성이라는 범주와 관련해 살펴보자.[51] 구술문화는 주술적, 종교적 배경하에 있으며, 근본적으로 기존의 지식과 정보를 잘 보존하고 그것을 그대로 전달하는 것을 목적으로 한다. 그 때문에 구술문화는 전통적이고 보수적인 성향을 띤다. 또한 지식의 보존 및 전수를 목적으로 하지만 그것을 매개할 물질적인 매체가 없기 때문에 인간의 기억이 중요한 역할을 한다. 옹은 밀먼 패리Milman Parry의 견해를 따라 『일리아스』나 『오디세이아』는 호메로스가 글로 쓴 서사시 작품이 아니라 오랫동안 여러 가수가 전해온 신화와 영웅담을 나중에 호메로스가 글로 기록한 것이라고 말한다. 따라서 두 서사시는 사실은 구술적인 제작 방식에 의해 작성된 것이며, 그래서 여기에는 구술문화의 특징적인 정보 보존 및 전달 방법이 잘 드러난다.[52] 특히 해블록은 서사시를 비롯한 구술문화에 속하는 사고 전체가 획득된 지식과 정보를 잊지 않고 전수하기 위해 쉽게 기억될 수 있는 여러 가지 방식을 고안해냈음을 지적한다.[53] 정확히 반복되는 정형적인 구문이나 육각 운율 같은 것은 전통을 기억하고 보존하기 위한 목적에서 비롯된 것이다.

무언가를 새롭게 만들어내거나 생산하지 않고 기존의 것을 보존하려는 구술문화의 특징은 그것이 신화적, 종교적 맥락에 의존하고 있는

---

50. E. A. Havelock, 같은 책, 124쪽 참조.
51. 이 뒤에서 살펴보는 구술문화와 문자문화의 비교는 옹의 비교에 따른 것이다. 다만 여기서는 이 책의 의도에 따라 합리성과 경제성이라는 범주를 중심으로 두 문화를 서로 비교하고 그 특징을 부각시킬 것이다. 월터 J. 옹, 같은 책, 60~92쪽 참조.
52. 같은 책, 37쪽 참조.
53. E. A. Havelock, *Preface to Plato*(Cambridge, 1963) 참조.

것과 무관하지 않다. 모든 것이 신과 관련해 설명되고 의미가 결정되는 상황에서, 인간이 그것과 무관한 새로운 의미, 즉 정보를 생산해내야 할 필요는 없는 것이다. "쉽게 말하자면, 구술문화의 세계에서는 텍스트를 새롭게 혁신하고 새로운 정보를 추가할 수 있는 가능성이 적으며, 전반적으로는 이미 알려져 있는 내용만을 문화적 기억으로 전수하는 반면, 문자문화의 세계에서는 이전과 구분되는 새로운 내용을 담은 텍스트가 끊임없이 생산된다. 구술문화에서 혁신은 망각을 의미하며 전통을 파괴할 것이기 때문에 반복이 사회의 보존에 필수적인 요소라면, 정반대로 문자문화에서는 문자의 선형적인 특성처럼 이전의 텍스트와 구분되는 새로운 텍스트의 끊임없는 창조, 즉 변형이 필수적인 요소가 된다."[54] 따라서 자본주의 경제의 특징인 생산성의 추구와 가치의 축적은 구술문화가 지닌 미덕이 될 수 없다. 오히려 구술문화는 정보이론적인 측면에서 보자면 아주 비경제적이고 비효율적인 요소를 지니고 있다. 구술문화에서는 앞에서 말한 것을 다시 반복하며[55] 화자가 이야기의 본 줄거리에서 이탈하지 않도록 신경 쓴다. 그래서 구술문화에서 말은 조직되어 있지 않고 장황하며 같은 내용을 자주 반복한다. 반복되지 않은 말은 곧 기억에서 사라지며 계속 전수되지 못한다. 이에 반해 쓰기의 경우에는, 글을 쓰는 사람이 자신이 쓰는 글의 내용을 조직할 수 있고 이를 통해 불필요한 반복을 피해 가장 효율적인 방식으로 자신의 생각을 전달할 수 있다. 또한 문자는 한 방향으로 기록되며 연속성을 만들어나가는데, 이렇게 생긴 선형성은 인류가 신

---

54. 정항균, 『시시포스와 그의 형제들』(을유문화사, 2009), 60쪽; Jan Assmann, *Das kulturelle Gedächtnis. Schrift, Erinnerung und politische Identität in frühen Hochkulturen*(München, 2005), 97-98쪽 참조.
55. 가령 구술문화의 전통에 의해 작성된 구약성서에서는 누가 누구를 낳는다는 식으로 계보를 이야기할 때, 그냥 이름을 나열하지 않고 주어—술어—목적어를 되풀이함으로써 한 이름을 두 번씩 반복해 사용하고 있다. 월터 J. 옹, 같은 책, 153쪽 참조.

화에서 역사로 접어들 수 있는 기반을 만든다. "이처럼 기호를 행으로 나열하는 것인 문자를 통해서야 비로소 역사의식이 가능해진다. 행으로 글을 쓰게 되면서 비로소 인간은 논리적으로 사고하고 계산하고 비판하고 학문을 하고 철학을 할 수 있게 된다."[56] 끊임없이 돌아오는 원으로 표상되는 구술문화에서의 반복과 달리 문자문화는 기본적으로 선형성을 만들어나가며 새로운 의미와 정보를 생산하고 축적한다. 그 때문에 문자문화에서 기록은 전통의 보존이라는 의미를 넘어서 새로운 것의 생산이라는 의미를 지닌다.

이러한 경제적 효율성과 관련해서 구술문화의 구체적인 상황 연관성과 문자문화의 추상화 및 일반화를 대비시킬 수도 있다.[57] 구술문화에서 사람들은 생활경험 속에 빠져 있으며 그것에 대해 거리를 두고 바라보지 못한다. 그래서 그들은 매번 일어나는 상황을 그 자체로만 해석할 뿐, 그것을 추상화하거나 일반화시켜 바라보지 못한다. 구술문화는 구체적인 맥락과 동떨어진 어떤 추상적인 지식에는 관심이 없으며, 그 때문에 무엇을 정의하거나 개념적으로 사고하지 않는다. 구술문화에 속해 있는 사람들은 똑같은 짐승이나 식물에 대해서도 그것이 자신과 맺는 관계에 따라 구체적인 이름을 부여하기도 하고 그렇지 않기도 한다. 반면 발전된 형태의 문자문화에서는 개개의 나무에 별도의 이름을 부여하지 않고 그것을 추상화하고 일반화하여 나무라고

---

56. V. Flusser, *Die Schrift. Hat Schreiben Zukunft?*(Göttingen, 2002), 11쪽 이하.

57. 문자문화의 발전과정 자체에서도 이러한 추상화와 경제적 합리성이 강화되는 경향을 확인할 수 있다. 가령 최초의 문자인 그림문자를 쓰기 위해서는 사물 한 개당 그에 해당하는 기호 한 개를 사용해야 했으며, 그러한 문자를 쓰기 위해서는 사물의 특징을 정확히 이해해야만 했다. 이러한 문자는 지극히 비경제적이라고 할 수 있다. 이에 비해 보다 뒤에 등장한 고대 이집트인들이 사용한 알레고리적인 히에로글리프는 하나의 형상으로 여러 대상을 지시할 수 있기 때문에 보다 경제적이었다. 그리고 그 이후에 등장한 표음문자는 극히 형식적인 그래픽 문자로, 최소한도의 자음과 모음을 서로 결합하여 최대한의 의미를 만들어내는 경제적 합리성을 추구한다. J. Derrida, 같은 책, 487-490쪽 참조.

총칭한다. 이러한 개념적 사고와 형식적 논리는 고대 그리스 알파벳 문화의 산물이다. 특히 기원전 5세기 후반 그리스 철학의 발전과 함께, 동작을 나타내는 동사보다는 상태를 나타내는 동사(be)를 사용함으로써 주체의 특성을 묘사하고 대상을 인식하려는 경향이 나타나기 시작한다. 이로써 대상의 객관적인 인식과 자아에 대한 성찰이 싹튼다. 그리고 생동감 있는 이야기 서술보다는 특정한 주제를 테마로 다루는 성찰이 나타난다. 또한 글을 쓰는 사람은 어떤 특정한 상황적 맥락이나 청자의 도움 없이 모든 것을 명료하게 표현해야 하기 때문에 정확한 분석과 표현을 필요로 한다. 알파벳문화 이전에는 자신과 사물이 맺고 있는 관계가 얼마나 깊고 열정적인가에 따라 개별적인 개체들에게 각각의 고유한 이름이 부여되었다. 또한 그러한 시적이고 열정적인 관계는 항상 동사 원형으로 표현되었는데 여기서 과거, 현재, 미래의 시간 구분이 사라지면서 현재 순간으로의 몰입이 일어남을 알 수 있다. 그러나 알파벳문자의 등장과 함께 점점 합리적이고 경제적이며 추상적으로 생각하기 시작하면서 이제 동일한 종류의 개체들을 개개의 고유명사로 부르는 대신, 그것들을 묶어서 하나의 종으로 분류하여 개념적인 명사로 지칭하게 된다. 또한 동사 원형도 과거, 현재, 미래의 동사로 분화되어 시간적 연속성 속에서 역사의식을 표현할 수 있게 된다. 알파벳문자에 이르러서야 형용사가 사용된 것 역시 형용사가 기본적으로 추상적인 단어라는 사실에서 기인한다.[58]

또한 구술문화는 분석적이라기보다는 집합적이며, 종속적이라기보다는 첨가적이다. 그리스 서사시에 자주 등장하는 '아름다운 공주'나 '용맹한 군인'과 같은 정형화된 표현은 구술문화에서 사고를 표현하는 단어를 개별적으로 분리해서 사용하기보다는 집합적으로 사용하

---

58. 같은 책, 478-480쪽 참조.

는 데 익숙해 있음을 보여준다. 문자문화가 발전하면서 이러한 정형화된 표현은 점점 분해되고 해체되는데, 그 이유는 문자와 쓰기가 기본적으로 합리적인 분석에 기초해 있기 때문이다. 특히 알파벳은 단어마저 가장 기본적인 철자로 분해하고 다시 그것을 종합하여 의미를 만들어내기 때문에, 그 자체로 굉장히 분석적인 특징을 지니고 있다. 더 나아가 구술문화가 말을 하면서 새로운 것을 계속 첨가해나가는 반면, 문자문화는 일정한 논리적 질서 속에서 시간적, 인과적 전후관계를 만들어나간다. 그래서 같은 성서라도 구술문화가 강하던 16~17세기의 두에판 성서가 '그리고and'와 같은 첨가적인 특성을 지닌 접속사를 주로 사용했다면, 문자문화가 확립된 1970년의 뉴아메리카 성서에서는 그것이 주로 종속접속사로 대체된다.[59]

그러나 구술문화와 문자문화의 대립적 특징은 무엇보다 청각문화와 시각문화의 대비를 통해 가장 잘 드러난다. 언뜻 문자문화가 시각문화와 관련을 맺는다는 주장이 다양한 시각매체에 익숙한 현대인들에게는 낯설게 여겨질 수도 있다. 그러나 구술문화와 비교할 때, 문자문화는 귀보다는 눈에 의지하는 시각문화와 연관을 맺고 있다는 것이 분명해진다. 글에 의지하지 않는 말은 시간과 함께 흘러가며 붙잡을 수 없는 시간 연관적인 '사건Ereignis'[60]의 속성을 지닌다. 이에 반해 문자는 우리의 생각과 경험을 포착하여 시각적으로 표현하며 그것을 사물처럼 지속적이고 객관적으로 바라볼 수 있도록 한다. 구술문화는 기본적으로 말하는 사람과 듣는 사람, 즉 화자와 청자의 관계 속에서 이루어지기 때문에 언제나 공동체적인 참여가 그것의 기반이 된다. 이에 반해 문자문화에서의 쓰기나 읽기는 저자와 독자가 직접적으로

---

59. 월터 J. 옹, 같은 책, 62쪽 참조.
60. 플루서는 Ereignis와 Geschehen을 구분한다. 문자 이전의 선사시대에 일어나는 Ereignis는 역사시대의 사건과 달리 과거─현재─미래로 이어지는 과정이 아니라 그 자체로 충일한 순간으로서의 사건이다. V. Flusser, 같은 책, 12쪽 참조.

만나 대화하지 않고 서로 떨어져 있도록 만든다. 또한 글을 쓰는 사람은 자신이 쓰는 글을 객관적인 대상으로 바라봄으로써 주체와 객체의 관계를 형성한다. 그래서 글을 쓰는 사람은 자신이 쓰는 대상으로서의 글 자체에 객관적인 거리를 취할 수 있다. 이로써 문자문화는 전근대적인 구술문화의 집단성에서 벗어나, 근대적인 주체와 객관성의 이념을 도입할 수 있는 첫번째 발걸음을 내딛는다.

대상을 바라보는 사람은 그 대상에 대한 거리를 필요로 한다. 만일 대상이 눈앞에 놓여 있다면, 그것을 보고 인식할 수 없을 것이다. 반면 소리는 듣는 사람의 귓속으로 파고들며 거리를 용납하지 않는다. 시각이 거리를 필요로 하는 공간 연관적인 감각이라면, 청각은 침투하고 흘러가는 시간 연관적인 감각이다.[61] 또한 시각이 분리하고 분해하는 감각이라면, 청각은 통합하고 조화를 이루는 감각이다. 시각은 바라보는 대상을 요소들로 분해하고 이러한 분석을 통해 명료성을 획득한다. 시각적인 분석을 통한 이러한 명료성과 시각중심주의는 근대철학을 대변하는 데카르트의 철학과 관련된다. 반면 흘러가는 소리를 듣는 청각은 상황 의존적이며, 청자는 이러한 소리에 빠져들어 집단적인 일체감을 느낀다. 학생에게 책을 읽도록 할 때는 모두가 같이 책을 읽으며 개인적인 고독에 빠지지만, 그의 발표를 들으면 그것에 귀 기울이며 동참하게 되는 것이 그 예이다. 이처럼 집단적인 일체감을 낳는 청각의 이러한 속성은 전근대적인 측면을 지닌다. 특히 청자가 듣는 목소리가 신성한 신의 목소리일 경우 듣는다는 것은 신에 대한 '예속 Hörigkeit'을 의미한다.

하지만 시각과 청각의 본질을 구조적으로 규정하며 양자를 서로 분명히 구분하는 볼프강 벨쉬의 정의나 구술문화와 문자문화를 청각문

---

61. Wolfgang Welsch, *Grenzgänge der Ästhetik*(Stuttgart, 1996), 247쪽 참조.

화 대 시각문화, 전근대성 대 근대성으로 대립시키는 월터 옹의 정의
는 몇 가지 위험을 내포하고 있다. 왜냐하면 벨쉬가 시각과 청각의 구
조적 특징으로 간주한 특성들 간의 경계가 때로는 분명하지 않고, 또
한 청각성이나 시각성의 의미가 시대마다 끊임없이 변화하기 때문에
그것들을 각각 전근대성이나 근대성과 등치시킬 수 없기 때문이다.

비록 구술문화와 문자문화를 대비시키며 각 문화의 특성을 밝히는
연구가 매체학적으로 볼 때 큰 의미를 지니며 기존에 인식할 수 없었
던 많은 점을 드러내줄지라도, 이러한 대립 구조를 도식화하는 것은
문제점을 내포하고 있기도 하다. 특히 구술성을 종교적이고 신화적이
며 상황 의존적인 공동체적인 특성과 연결시키고, 문자성을 합리적이
고 세속적이며 개인주의적인 특성과 연결시키는 것은, (알파벳) 문자
문화를 서구 발전의 시작이자 동력으로 간주하면서 구술문화와 문자
문화 사이의 위계화를 가져온 경향이 있다.[62] 비록 역사적으로 구술문
화에서 문자문화로의 발전이 그러한 양상을 띠었다고 하더라도, 구술
성과 문자성, 또는 청각문화와 시각문화의 본질을 초시대적으로 규정
하는 것은 문제가 있다.

지빌레 크레머는 구술성과 문자성을 이분법적으로 대립시키는 것
을 비판하며, 목소리를 정신적, 문화적 주제로 다루면서 구술성의 인
식적, 규범적 특성과 공간 연관성(즉 시각 연관성)을 강조한다. 분석
이나 논증 또는 추상화 등의 기능이 문자에만 부여됨으로써, 목소리는
단순히 의미를 진달하는 수단이나 감정적, 정서적 소통의 의미만 지닌
것으로 간주되었다. 그러나 전근대사회의 구술문화에도 복잡한 운율
이나 리듬, 나아가 문법이 존재한다. 특히 문자문화에만 존재하는 것
으로 간주되던 메타언어, 즉 설명하고 논평하는 언어가 구술문화에도

---

62. Sybille Krämer, "Die Rehabilitierung der Stimme. Über die Oralität hinaus,"
Stimme(Doris Kolesch/Sybille Krämer 엮음, Frankfurt a.M., 2006), 269-270쪽 참조.

존재한 것으로 밝혀지고 있다. 이것은 목소리와 구술문화의 인식적 특성을 보여준다. 또한 훔볼트나 헤겔에 따르면, 목소리를 통해 발화된 말이 내면성과 구분되는 '외면성'을 띠면서 그것은 인식의 대상이 되며 인식론적 지위를 갖는다. '내'가 하는 말은 스스로 들을 수도 있기 때문에 발화된 말은 항상 외화된 것이며 정서적인 면을 넘어 인식적인 면을 갖게 되는 것이다.[63]

또한 크레머는 목소리가 지닌 공간 형성적인 기능을 강조한다. 지금까지 소리는 흘러가는 시간 연관적 특성을 지닌 반면, 그림은 지속적으로 관찰이 가능한 공간 연관적 특성을 지닌 것으로 간주되었다. 그러나 그녀는 이러한 대립 구도의 불완전성을 지적한다. 최근의 연구들은 목소리가 지닌 공간 형성적인 기능에 주목하고 있다. 이에 따르면 소리를 시간적으로 흘러가는 시간 연관적인 것으로 간주하는 해석은 목소리가 언어적 내용의 전달 수단이라는 가정을 따른다. 그러나 목소리는 이러한 의미 전달 매체 이상의 의미를 지니며, 자기 표현의 감성적 특성을 지니고 있기도 하다.[64] 특히 목소리는 설치미술의 경우에서처럼 공간을 단순히 채우는 데 그치는 것이 아니라 스스로 공간을 만들거나 공간에 대한 인상을 형성한다. 가령 재닛 카디프Janet Cardiff의 〈To Touch〉라는 설치미술에서는 "어두운 방 한가운데 있는 나무탁자를 어떻게 만지는가에 따라 열여덟 대의 스피커가 작동하여 소음, 목소리, 노래, 음악이 공간을 완전히 채울 뿐 아니라 관람객에게 무시무시한 감정을 갖도록 만든다."[65] 이처럼 목소리나 음악은 우리에게 정서적인 영향을 미치며 특정한 공간을 연상시킴으로써 시간 연관적인 특성을 버리고 공간 연관적인 특성을 취하며 시각과 연결된다.

---

63. S. Krämer, 같은 글, 276-280쪽 참조.
64. 같은 글, 281-282쪽 참조.
65. 같은 글, 283쪽.

크레머가 지적한 것처럼, 목소리나 구술문화가 인식적 특성이나 시각적 특성을 취할 수 있는 것은 사실이지만, 그것이 갖는 의미를 모든 시대에 동일하게 적용해서는 안 될 것이다. 왜냐하면 음성이 갖는 공간 연관적 특성이나 인식적 특성은 신화적, 종교적 시대와 현대에는 전혀 다른 의미를 갖기 때문이다. 구술성은 그것이 갖는 인식적 특성에도 불구하고 전근대에는 여전히 신화적, 종교적 맥락의 지배하에 있었던 반면, 현대에는 오히려 시각 중심적이고 합리적인 근대의 일면성을 비판하는 기능을 갖는다. 따라서 구술성이 갖는 인식적 특성을 강조하면서 전근대적인 구술문화에 나타나는 합리성을 근대의 합리성과 직접 연결시키는 것은 무리가 있다. 그러나 다른 한편으로 이러한 구분이 구술성과 문자성 가운데 어느 하나의 우월성을 강조하는 것이 되어서는 안 된다.

이러한 전제하에 '역사적으로' 청각 중심적인 구술문화가 전근대적 성격을 띠고, 시각 중심적인 문자문화가 근대적 성격을 띤다고 주장할 수 있을 것이다. 문자 코드는 선형적인 텍스트를 만들어냄으로써 가치로서의 의미를 생산하고 축적해나간다. 문자가 역사를 만들어냈다는 것은, 달리 표현하면 문자가 인간적인 가치를 축적해나가며 가치생산과 축적의 경제학을 발전시켜나갔음을 의미한다. 필사와 인쇄를 통해 가시화된 문자 텍스트, 특히 인쇄된 텍스트는 이러한 자본주의적 경제 개념과 근대적 합리성의 지배를 받으며 르네상스의 일점 원근법과 데카르트의 단안적인 시선에 상응하는 시각적 장을 만들어낸다. 그것은 세계를 합리적으로 바라보고 조직하는 통일된 주체의 시선이다.

(2) 필사문화에서 인쇄문화로

구술문화에서 문자문화로 이행하면서 구술적 전통이 즉각적으로 사멸한 것은 아니다. 오히려 문자가 발명된 이후에도 오랫동안 구술적 전통은 쓰기에 남아 있었다. 그리스 문자문화를 살펴보면, 초기의 문자문화에는 구술문화의 특징이 잔존해 있음을 알 수 있다. 구술문화에서 문자문화로의 이행이 결코 급진적인 단절로 이어진 것은 아니며, 오히려 문자성과 구술성의 협력관계로 나타난다. 일차적인 구술 언어와 사고 형태는 알파벳이 발명되어 사용된 이후에도, 최초로 글을 쓴 첫번째 시인인 헤시오도스에서 에우리피데스에 이르기까지 살아남아 있었다.[66] 헤시오도스는 『신통기』에서 어떤 특정한 대상을 테마로 다루고 있지만 여전히 그것을 역동적인 상황 서술을 통해 제시한다. 고대 그리스 비극 작가들은 개별적인 작가의 의도와 양식이 있었음에도 불구하고 전통적인 신화와 같은 내용을 운문의 형식으로 전달하였다. 특히 합창단은 춤과 노래로 전통을 보다 쉽게 기억하게 하고 교훈적인 내용을 전달하면서 교육적 기능을 수행한다. 아이스킬로스, 소포클레스, 에우리피데스의 연극이 모두 신화와 같은 옛이야기를 끌어들이면서 동시에 당대의 문제를 간접적으로 다루고 있다는 사실은, 문학이 구술문화에서처럼 여전히 사회의 특정한 목적을 위해 사용되고 있음을 보여준다.

소크라테스와 플라톤을 중심으로 기원전 5세기 그리스에서 철학과 과학이 발전하면서, 역동적이고 생생한 이야기를 서술하는 구술문화에서 추상적이고 개념적인 사고를 하는 문자문화로의 변화가 본격적으로 이루어진다. 물론 이러한 변화가 갖는 의미를 과소평가할 수는 없지만, 그럼에도 불구하고 이들 철학자들 역시 여전히 구술적인 전통에서 벗어나지 못하고 있음을 간과해서는 안 된다. 소크라테스는 합리적인 사유를 전개하며 철학의 의미를 강조하지만, 자신의 철학적 사

---

66. E. A. Havelock, *Als die Muse schreiben lernte*, 91-92쪽, 130쪽 참조.

유를 한 번도 글로 남긴 바가 없으며 글보다는 대화의 중요성을 강조한다. 반면 플라톤은 자신의 철학을 책으로 저술하며 문자의 특성에 맞는 철학적 사유를 펼치지만, 『파이드로스』에서 나타나듯이, 문자보다 발화된 말에 우월성을 부여하거나 대화의 중요성을 강조하는 등 여전히 구술적인 전통에서 벗어나지 못한다. 문자문화 내의 이러한 구술성은 중세까지 이어져 내려오다가 인쇄술이 발전한 15세기에 전환점을 맞는다. 그 때문에 문자문화를 인간이 직접 손으로 글을 쓰던 필사문화와 기계를 통해 쓰던 인쇄문화로 다시 구분할 필요가 있다. 비록 필사문화와 인쇄문화 모두 문자를 사용하는 쓰기라는 공통점을 갖고 있더라도, 구술문화와의 관계에 있어서 양자 사이에는 질적인 차이가 존재하기 때문이다. 특히 위의 서로 다른 두 쓰기 문화를 시각적 질서 및 조직과 연관시켜 살펴보면 그 차이가 뚜렷하게 드러난다.

해블록이 지적하고 있듯이, 초기 문자문화에서는 쓰기를 직업으로 하는 필경사들이 존재하였다. 초기 문자문화에서 필경사들은 다루기 힘든 도구들을 사용해서 글씨를 써야 했기 때문에 특별한 기술적 능력이 필요했다. 즉 양피지나 점토판 또는 나무껍질에 철필이나 깃털 등으로 글을 쓰기 위해서는 숙련된 기술이 필요했던 것이다. 그 때문에 모든 사람들이 보편적으로 글씨를 쓸 수 있는 여건이 마련되지는 않았다. 또한 쓰기 기술이나 문자가 고도로 발달하지 않은 상황에서 쓰기가 청중을 대상으로 말하는 구술적인 필기의 형식을 유지하고 있었다.[67] 플라톤의 경우처럼 대화 형식의 철학서가 나타난 것도 문자문화에 나타난 구술문화의 영향력을 잘 보여준다.

구술문화에서 문자문화로의 이행은 청각 중심에서 시각 중심으로

---

67. 월터 J. 옹, 같은 책, 145-147쪽 참조.

감각 문화의 무게 중심이 이동하는 결과를 가져온다. 그렇지만 필사 문화에서는 아직까지 시각의 우위가 완전히 관철되지는 못하였다. 인쇄술이 발명되기 이전 고대와 중세 초기의 필사본에서는 단어 사이를 띄지 않고 이어 쓰는 것이 일반적이었다. 물론 이후에는 단어 사이에 간격을 넣으면서 텍스트를 시각적으로 조직화하는 경향이 점점 강해진다. 그러나 이때까지도 여전히 대문자로만 표기를 하였다. 그 후 8세기 말 카롤링거왕조 때 소문자(소위 '카롤링거 소문자'로 불리는)를 도입하면서 글자가 상단부, 중단부, 하단부로 구별되고 보다 읽기가 편해졌다. 통사론적인 단위들을 보다 명확하게 구분하는 콤마의 기능을 하는 사선은 16세기에 와서야 등장했고, 그 밖의 다른 문장부호는 근대에 와서야 널리 퍼지기 시작했다.[68] 이것은 인쇄술이 발명되기 이전까지는 텍스트를 시각적으로 인지하는 것보다 구술적인 쓰기와 읽기가 더 중요한 의미를 지니고 있었음을 의미한다. 반면 인쇄된 책은 필사본보다 읽기가 쉬워 소리 내어 읽지 않고 속독이나 묵독을 가능하게 한다. 또한 필사본에서는 문자나 그것들 사이의 공간에 대한 통제가 제대로 이루어지지 않아 여러 가지 장식이나 군더더기가 붙기 쉽다.[69] 이에 반해 활판인쇄술의 발달로 행들이 규칙적으로 늘어서고 문단의 오른쪽 끝이 가지런히 정렬되면서 시각적으로 조직된 질서가 들어서기 시작한다. 또한 인쇄는 문자로 이루어진 텍스트를 시각적으로 보다 효과적으로 조직하기 위해 색인을 만든다. 필사본에서는 이러한 알파벳 색인을 찾아보기 힘들다.[70]

인쇄술은 텍스트의 대량생산을 가능하게 하면서 "산업혁명의 모델

---

68. S. Krämer, "'Operationsraum Schrift': Über einen Perspektivenwechsel in der Betrachtung der Schrift," *Schrift. Kulturtechnik zwischen Auge, Hand und Maschine* (Gernot Grube/Werner Kogge/Sybille Krämer 엮음, München, 2005), 34쪽.
69. 월터 J. 옹, 같은 책, 184-186쪽 참조.
70. 같은 책, 188쪽 참조.

이자 출발점"[71]이 된다. 필사문화에서와 달리 인쇄문화에서는 기계의 힘으로 글을 쓰기 때문에, 보다 짧은 시간에 보다 적은 힘으로 보다 많은 책을 생산할 수 있는 효율성과 경제성이 담보된다. 인쇄술은 말과 책을 사물화하여 물건, 즉 상품으로 만드는데, 그 때문에 이 시기에 제목이 새겨진 책의 표지가 등장해 상품의 레테르(라벨)처럼 기능하게 된다.[72] 이로써 인쇄술의 발명은 자본주의적인 출판 시장의 출발점이 된다. 비록 저작권copyright과 같은 개념은 보다 이후에 생겨날지라도 말이다. 필사문화가 생산자 중심의 문화라면, 인쇄문화는 소비자 중심의 문화이다. 인쇄된 책이 하나의 상품으로 간주되면서 소비자인 독자는 그러한 책을 누가 만들었는지, 즉 책의 저자에 관심을 갖게 된다. 이에 반해 필사문화에서는 필사본의 저자가 누구인지 확인하기 어려운 경우가 적지 않았으며 심지어 저자보다 필경사가 더 잘 알려져 있는 경우도 드물지 않았다.[73] 또한 중세 대학에서는 필사본 책이 비싸서 교시들이 학생들에게 수업 내용을 받아쓰도록 했는데, 이로써 학생들은 스스로 필경사 역할을 하며 텍스트를 작성하는 저자가 된다. 이처럼 필사문화에서는 생산자와 소비자, 작가와 독자 사이의 경계가 분명하지 않으며 그 역할이 서로 교체될 수 있다는 점에서 인쇄문화와 구분된다.[74]

또한 인쇄술이 발명된 시기는 근대의 출발점인 르네상스 및 종교개혁의 시기이기도 하다. 유럽에서는 인쇄술이 발명되기 전까지는 성직자들만이 라틴어를 사용하며 책을 쓰거나 읽을 수 있었고, 일반 민중들은 민중어로 말을 할 수만 있었지 글을 읽지는 못하였다. 그러나 인쇄술의 발전으로 책 가격이 내려가고 판매 부수를 올리기 위해서 독서

---

71. V. Flusser, 같은 책, 53쪽.
72. 월터 J. 옹, 같은 책, 190쪽 참조.
73. 매루한, 같은 책, 261-266쪽 참조.
74. 같은 책, 191-192쪽 참조.

층을 넓힐 필요가 생겨난다. 이러한 상황에서 민중들에게 라틴어 습득을 요구할 수도 없었지만 그렇다고 그들이 살고 있는 각 지방의 방언을 인쇄를 위한 문자로 채택할 수도 없었다. 그리하여 보다 많은 독서층을 확보하면서도 그들의 민중어와 많은 유사점을 지닌 새로운 인공어를 발명할 필요성이 생겨난다. 소위 독일어, 프랑스어 등 '민족어'라고 불릴 수 있는 언어가 등장함으로써 식자층은 특정한 한 계층에 국한되지 않고 민족 구성원 전체로 확대될 수 있었다.[75] 비록 보다 강한 민족의식이나 민족국가 개념은 18세기에 들어서야 본격적으로 등장하지만, 이미 이 시기에 그 맹아가 보였다고 할 수 있다. 민족어로서의 인공어의 등장은 그전까지 주술적인 코드였던 그림이나 구술적인 말만을 의사소통 수단으로 사용하던 민중들에게 선형적 코드인 알파벳을 접하게 한다. 이러한 선형적인 알파벳 코드를 사용함으로써 민중들은 그때까지 성직자들만의 전유물이었던 역사의식[76]을 점차적으로 획득하게 된다. 또한 이들은 새로운 인공어를 사용하기 위해서는 우선 이것을 습득해야 했는데, 그러기 위해서는 문자로 쓰인 텍스트를 보고 읽어야만 했다. 이로써 인쇄술의 발명 및 책의 등장과 함께 그전까지 구술적인 말의 전통에 익숙해 있었던 일반 민중들이 시각적인 문자와 접하고 문자의 시각성을 의식하기 시작한다.[77]

---

75. V. Flusser, *Kommunikologie*, 55쪽 참조.

76. 물론 성직자들이 신을 믿는다는 점에서는 역사적인 사고방식에서 벗어나 있다고 할 수도 있겠지만, 이들이 알파벳문자를 사용함으로써 선형적 사고방식을 가지고 있었다는 점은 부인할 수 없다. 또한 고대의 주술적이고 신화적인 시대와 달리, 기독교는 단순히 초시간적인 특성만 지닌 것이 아니라 세상의 창조와 종말에 이르는 시간의 흐름도 전제하고 있다. 즉 그것은 신화적 시간에 역사적 시간이 침투한 당시의 상황을 반영하고 있다.

77. 그러나 르네상스 시대에 인쇄술이 가져온 변화를 지나치게 확대 해석해서는 안 될 것이다. 왜냐하면 인쇄술이 발명된 이후에도 여전히 라틴어는 교양어로서 자리를 지키고 있었으며, 17세기까지 대다수의 책들은 라틴어로 쓰였기 때문이다. H. Haarmann, *Geschichte der Schrift*, 68쪽 참조.

인쇄는 근대사회의 특징인 '개인화'와 '내면성'의 발달을 가져온다. 물론 이미 필사문화에서 이러한 경향이 엿보이지만 인쇄는 그러한 흐름을 더욱 강화시킨다. 인쇄된 책은 필사본보다 크기가 훨씬 작았기 때문에 휴대하기 편했고, 조용히 구석에서 홀로 책을 읽을 수 있는 심리적, 환경적 여건을 만들어주었다. 이제 다른 사람들 앞에서 소리 내어 책을 읽을 필요가 없어진 것이다.[78] 이로써 집단적인 참여의 감정은 개인의 내면으로의 침잠으로 대체된다. 또한 필사본은 필경사 자신이 단순히 베껴쓰는 것을 넘어서 주석이나 난외 방주를 통해 덧붙여 쓰는 것을 가능하게 한다. 그리고 이러한 주석이나 난외 방주는 또 다른 필경사에 의해 책의 본문에 포함될 수도 있다. 이처럼 필사문화에서 텍스트는 상호텍스트성의 성격을 지니며 참여적인 구술문화의 특성을 띤다. 이에 반해 인쇄된 책은 한 번 완성되면 더이상 수정할 수 없는 완결된 폐쇄적 특성을 지닌다.[79] 이로부터 인쇄된 책에서는 저자와 독자 간의 간극이 이전보다 더욱 커지며, 작품의 창조자로서의 저자 개념이 더욱 강해진다.

인쇄된 책과 더불어 폐쇄적이고 완결된 감각뿐만 아니라 고정된 시점이 나타난다. 인쇄된 텍스트의 구성과 질서에 상응하는 텍스트의 내용과 형식의 구성이 등장하는 셈인데, 이러한 고정된 시점은 르네상스 회화의 일점 원근법이나 데카르트의 단안적인 주체의 시선과 비교될 수 있다. 이러한 시선을 통해 그림과 세계 그리고 텍스트가 각각 합리적으로 조직되고 질서를 갖게 되는 것이다. 필사본의 글씨체는 개인마다 다 다르고 그 때문에 서로 다른 필사본을 모으는 것이 의미가 있다. 이러한 필사문화에서는 세세한 뉘앙스 자체에 대한 관심을 갖게 되며 다양성이 살아 있다. 이에 반해 실질적으로 서로 다른 필사본을

---

78. 월터 J. 옹, 같은 책, 198쪽 참조.
79. 같은 책, 200쪽 참조.

하나의 동일한 활자로 환원시키는 인쇄문화에서는 획일성과 단일 관점이 지배한다. 청각적인 구술문화에서는 소리가 다양한 방향에서 들려오는 데 반해, 책에 쓰여 있는 시각적인 문자는 조판 과정에서 드러나듯이 획일성을 띤다. 또한 인쇄본은 항상 같은 형태의 책을 반복적으로 제작하는 반복성의 특징도 지닌다. "활판인쇄에 의한 이러한 획일성과 반복성은…… 원근법에 필수적인 전제였다."[80]

획일적으로 조직된 인쇄된 텍스트는 중앙집권적 국가의 탄생 및 시장과 군대의 조직화를 가져왔다. 봉건적인 중세에 주변부 없이 개별적인 자족적 중심으로 기능하는 제후국만이 존재했다면, 절대군주 시대에 들어오면서 중앙으로부터 획일적인 통제를 받는 주변부들이 생겨난다. 인쇄된 텍스트의 획일적 전파는 국민 모두를 중앙집권적 국가에 직접적으로 예속될 수 있도록 만든다.[81] 이러한 획일적인 국가 체제와 마찬가지로 군대나 시장 등의 영역도 동일한 방식으로 조직된다. 그래서 농민, 수공업자, 문맹 등 다양한 사람들을 획일적인 방식으로 규율화하고 군사적으로 훈련시키기 위해서 문자 해독 능력이 필요할 뿐만 아니라 인쇄문화의 특징인 획일성과 반복성을 내면화하는 것도 필요하게 된다.[82] 또한 시장의 상품들도 서로 간의 다양한 차이에도 불구하고 상품적 가치라는 획일적인 척도에 따라 가격을 형성하며 시장체계로 조직된다. 이러한 현상들은 인쇄술의 발명이 단순히 의사소통 매체의 변화를 가져온 것을 넘어 사회 체제 전반에 광범위한 영향을 미쳤음을 보여준다. 그것은 특히 근대적인 민족 국가, 시장 체계, 군대 조직을 형성하며 중세에서 근대로 넘어가는 매체환경이 된다.

---

80. 맥루한, 같은 책, 223쪽.
81. 같은 책, 316쪽, 323-324쪽 참조.
82. 같은 책, 287쪽 참조.

　끝으로 활판인쇄술의 '활자type'가 지닌 근대적 의미에 대해 생각해 볼 수 있다. 플루서는 『문자. 글쓰기는 미래가 있는가?*Die Schrift. Hat Schreiben Zukunft?*』(1987)라는 책 6장에서 인쇄를 주제로 다룬다. 이 장에서 그는 그리스어 'typos'의 어원이 '흔적'이며, 그래서 모래 위에 새겨진 새의 족적이 'typoi'라고 말한다. 이러한 흔적은 모래 위를 지나간 새의 종류를 서로 구분하고 분류하기 위해 사용되며, 따라서 "'typos'란 모든 새의 발자국에 공통된 것('전형적인 것das Typische'), 즉 모든 특징적인 것과 개성적인 것 '뒤에hinter' 숨어 있는 보편적인 것을 의미한다"[83]는 것이다. 구텐베르크의 활판인쇄술의 발명은 필사 문화에 존재하던 다양한 개별적 글씨체를 '유형Typ'으로서의 '활자 Type'로 바꾸어놓는다. 또한 구텐베르크의 인쇄술 발명 이전에는 개별 적 언어의 철자 형태가 같아도 발음이 다르기 때문에(가령 라틴어의 'a'와 그리스어의 'Alpha') 각각의 문자는 개성적인 것으로 간주되었 다. 그러나 인쇄술의 발명은 각각의 언어를 다른 언어로 바꾸고 자신 의 언어에 없는 문자에 해당하는 활자를 만들면서 보다 보편적인 유형 을 찾으며 발전을 추구한다. 이처럼 인쇄술의 발명은 근대 과학처럼 구체적이고 개별적인 것을 추상화하거나 유형화하고, 그 유형을 끊임 없이 개선하고 발전시킴으로써 보편성을 추구하며 세계의 진보를 가 져오려는 근대적 사고를 모든 사회와 문화의 영역에 관철시킨다.[84] 따 라서 인쇄문화는 물질적, 매체적 차원에서 근대의 합리적, 추상적 사 고를 낳은 중요한 요인 가운데 하나였다고 할 수 있다.

---

83. V. Flusser, *Die Schrift*, 48쪽.
84. 같은 책, 51-53쪽 참조.

3. 문자의 시각적 해방과 의미의 해체

(1) 표음문자의 억압성—음성중심주의와 로고스중심주의 비판

월터 옹은 인간의 말이 문자에 선행하며, 문자가 인위적이라면 말은 자연적이라고 말한다. 그는 데리다가 문자가 말을 단순히 전달하는 도구에 지나지 않는다는 테제를 반박함으로써 말과 구분되는 문자 특유의 성질에 주목할 수 있게 한 공로는 인정하지만, 데리다의 음성중심주의 비판이 문자에 선행하는 말이 지닌 의미를 간과하고 있다고 비판한다.

그런데 만일 데리다의 관점에서 옹의 주장을 살펴본다면, 옹의 이러한 주장은 표음문자에 의한 비표음문자의 억압으로 비판받을 수 있을 것이다. 데리다는 문자의 역사에서 잇달아 나오는 소리를 모방하고 재현하는 표음문자에 앞서, 소리와 무관하게 사물 자체를 묘사하는 그림문자 및 사물과 직접적인 유사성은 없지만 합의된 기호의 도움으로 그것을 지시하는 표의문자가 존재했음을 지적한다. 그런데 옹의 주장처럼 많은 민족이 고유한 문자 없이 말만 가지고 있었다고 주장할 때, 데리다에 의하면 이러한 주장은 문자 개념을 협소하게 표음문자로 국한시킨 서구 중심적인 생각에서 비롯된다. 좁은 의미의 문자인 표음문자의 뿌리는 비선형적인 문자, 즉 그림문자나 표의문자로 거슬러 올라가는데, 이러한 과거의 문자들은 표음문자의 지배를 받으며 억압당했다는 것이다.[85]

그림문자나 표의문자는 문자의 기원이 시각적인 것과 연관을 맺고 있음을 보여준다. 하랄트 하르만에 따르면, "문자를 정보기술로 사용하는 동기는 일차적으로 발화된 말을 가시화하고 붙잡아서 다시 사용

---

85. J. Derrida, 같은 책, 151쪽.

할 수 있게 만드는 데 있지 않았다. 이러한 동기는 문자가 발전되면서 나온 이차적인 것이며 음성기록적인 문자체계(음절문자, 분절문자, 알파벳문자)를 도입하면서야 설득력을 얻게 된다. ……근원적으로 문자화는 언어와 관계없는 개념과 비언어적인 기호들을 시각화하는 과정이었다."[86] 다시 말해 문자의 기원은 인간의 언어와 상관없이 이념 자체를 포착하려는 데서 비롯되며, 그 때문에 개별 대상을 시각적으로 재현하는 방법을 취한다. 그러나 표음문자는 문자가 지닌 이러한 시각적 요소를 억압하며 감각적이고 외면적인 문자에 대한 정신적이고 내면적인 말의 우위를 강조한다. 문자에 대한 말의 우위는 플라톤에서 소쉬르에 이르기까지 서구 문자문화의 지배적인 경향을 이룬다. 플라톤은 『파이드로스』에서 문자가 우리의 기억력을 약화시키고 질문에 대답할 수 없다며 물질적인 문자에 대한 말의 우월성을 강조한다. 물론 옹이 올바르게 지저하듯이, 다른 한편으로 플라톤은 문자로 글을 쓰며 구술적인 신화적 세계에서 문자직인 칠힉의 세계로 옮겨오지만, 문자문화권에 살면서도 여전히 구술적인 전통의 영향에서 벗어나지 못한 채 음성중심적인 사고에 사로잡혀 있다. 헤겔도 문자의 이러한 외면성을 비판하지만 그의 비판은 알파벳문자 이전의 문자에만 해당된다. 그는 표음문자인 알파벳문자에서 문자가 이념적 내면성을 존중하며 목소리 앞에서 사라지기 때문에, 무한한 정신의 문자가 될 수 있음을 강조한다.[87] 이러한 생각은 소쉬르에게까지 이어진다. 소쉬르는 문자라는 기표가 그것에 선행하는 기표의 기표로서 자신에게 현

---

86. H. Haarmann, *Geschichte der Schrift*, 40-41쪽.
87. J. Derrida, 같은 책, 45쪽 이하: "표음문자로서의 알파벳은 차라리 예속적이고 하찮게 어겨지며 부차적이라고 할 수 있다. ……그러나 그것은 동시에 최고의 언어, 정신의 언어이다. 알파벳이 음성적인 기표의 이념적 내면성을 존중하며 목소리 앞에서 사라지는 짓, 그것이 공긴과 보는 것을 숭고하게 만들 때 사용하는 모든 것은 그것은 역사의 문자, 즉 스스로의 발전과 형성 과정에서 자기 자신과 관계를 맺는 무한한 정신의 문자로 만든다."

전하는 목소리(발화된 언어)를 재현하고 있는 것으로 본다. 이때 목소리는 의미(또는 이상적 대상)와 내적인 자연적 관계를 맺으며 그것을 직접적으로 지시할 수 있는 반면,[88] 문자는 이러한 언어체계 밖에 존재하는 외적인 것으로, 특권적인 기표의 질서인 목소리를 재현할 뿐이라고 생각된다. 소쉬르가 자신의 연구를 표음문자에 국한시키는 것 역시 그의 음성중심주의적인 사고를 잘 드러낸다.

이러한 음성중심주의는 로고스중심주의와 뿌리 깊은 관계를 맺고 있다. 로고스는 신의 이성, 신의 말씀, 사물의 본질적인 존재나 그것을 파악하는 이성 등 다양한 뜻으로 사용되었다. 이러한 로고스는 진리를 보장해주는 것인데, 그것의 어원은 고전 그리스어 '말하다 legein'에서 비롯되었다.

소리의 본질은…… 로고스로서의 '사고 Denken' 속에서 '의미 Sinn'와 연관되어 있는 것, 의미를 생산하고 수용하고 표현하고 모으는 것과 직접적으로 인접해 있다. 예를 들어 아리스토텔레스에게서 '목소리로 표현되는 기호가 영혼의 상태를 위한 것이고, 글로 쓰인 기호가 목소리로 표현된 것을 위한 것이라면,' 그 이유는 목소리가 첫번째 기호들의 생산자로서 영혼과 본질적이면서도 직접적인 친밀한 관계를 맺고 있기 때문이다. 그것은 첫번째 기표의 생산자로서 단순히 여러 기표 가운데 하나가 아니다. 그것은 '영혼의 상태 Seelenzustand'를 지시하는데, 이러한 영혼의 상태는 그 편에서 사물을 자연적인 유사성 속에서 반영하거나 반사한다. 존재와 영혼, 사물과 감정 사이에는 자연

---

88. 물론 다른 한편으로 소쉬르는 기표와 기의, 즉 소리의 심상과 개념의 관계를 자연적인 것이 아니라 자의적인 것으로 언급하는데, 이러한 주장을 급진화하면 특권적 기표로서의 발화된 언어, 즉 목소리와 (표음)문자의 관계 역시 자의적인 것이 된다. 이러한 결론은 문자의 외면성을 지적하고 문자에 대한 음성의 우월성을 강조하는 그의 또다른 주장과 모순된다.

적인 번역 내지 의미의 관계가 존재한다는 것이다.[89]

이처럼 영혼의 표현으로서 자신에게 현전하는 목소리는 로고스와 긴밀한 관계를 맺고 있다. 음성은 사물 또는 의미와 직접적인 자연적 관계를 맺고 있는 반면, 문자는 이러한 음성에서 파생된 것에 불과한 것으로 간주된다. 종교적인 세계관이 지배하는 시대에 이러한 음성이 신의 음성이요 말씀이라고 한다면, 주체성이 부각되는 17세기 합리주의적인 근대에는 음성으로 나타나는 현전의 대상이 창조주라는 로고스에서 주체(성)로 바뀐다. 즉 개인의 내면의 목소리가 그것을 대신하는 것이다. 특히 루소와 더불어 신의 절대적 현전은 "감성적인 코기토, 즉 감정에서 표현되는 자아현전"으로 대체된다.[90] 이처럼 우리가 음성을 통해 존재(기의)와 대면할 때, 물질적인 문자는 그 속에서 사라져버린다. 그래서 표음문자는 그것이 대상과 맺는 자의적인 관계나 대상을 추상적이고 비열정적으로 표현하는 특성 때문에 비판받으면서도, 목소리의 시녀로서 기능하면서 스스로의 문자성을 소멸시켜 재현된 음성이 현전할 수 있도록 함으로써 높이 평가받을 수 있었던 것이다.

데리다는 이러한 로고스중심주의와 음성중심주의의 전통을 비판하고, 기표에 대한 기의의 우위를 전복시키며 전면적으로 기표를 해방하고 기표의 놀이를 시도한다. 기표가 기의를 지시하며 그것을 표현하

---

89. J. Derrida, 같은 책, 24쪽. 이 인용문에서 데리다는 문자를 음성언어의 기록으로 간주하면서 음성중심주의를 낳은 근원적인 인물로 아리스토텔레스를 언급하고 있지만, 이러한 해석은 문자에 대한 아리스토텔레스의 언급을 잘못 번역한 것에서 비롯된 오류이다. 실제로 아리스토텔레스가 한 말은 다음과 같이 옮길 수 있다. "하지만 음성에 내포된 것은 영혼의 상태를 표현하기 위한 기호이고, 글로 쓰인 것은 음성에 내포된 것을 표현하기 위한 기호이다."(S. Krämer, 같은 책, 24쪽) 즉 아리스토텔레스는 문자를 음성언어를 표시하기 위한 기호가 아니라, 그것에 내포된 것을 표현하기 위한 기호로 간주했다는 것이다.
90. J. Derrida, 같은 책, 32-33쪽, 특히 직접 인용 부분은 33쪽 참조.

고 있다는 일반적인 생각에 맞서서 데리다는 두 가지 점에서 이러한 생각에 의문을 제기한다. 이러한 두 가지 비판은 표음문자만을 문자로 생각하는 사고가 그 밖의 다른 문자가 지닌 다층성을 억압하고 감추어왔다는 데서 출발한다. 그림문자나 표의문자 같은 문자들은 표음문자와 달리 음성이 아니라 문자가 지닌 시각성에 의존한다. 앞에서 살펴본 것처럼 인쇄문화의 발달로 텍스트는 한층 더 시각적인 양상을 띠게 되었음에도 불구하고, 르네상스 시대 이후에도 여전히 구술적, 음성적 전통에서 벗어나지 못했다. 거기에는 문자의 시각성을 간과하게 만드는 표음문자의 음성중심주의적 특성이 큰 역할을 하였다.

데리다의 첫번째 비판과 관련해서는 그림문자에서 고유명사를 표현하는 방식을 살펴볼 필요가 있다. 데리다는 어느 한 부족의 추장이 스스로를 '자신의 작은 부인을 쫓아가는 거북이'라고 부르며, 두 개의 거북이로 뒤덮인 인물로 자신을 묘사하는 예를 언급한다. "이러한 메타포는 고유명사에 형태를 부여한다. 여기서 본래적인 의미란 없으며, 그러한 의미의 '가상Schein'은…… 차이와 메타포의 체계 내에 존재하는 필연적인 기능이다."[91] 데리다는 여기서 그림문자라는 시각적인 문자가 갖는 비유적이고 가상적인 특성을 언급하고 있는데, 이것은 사실은 표음문자에도 적용될 수 있다. 이미 니체는 개념적인 언어와 비유적인 언어의 차이를 질적인 차이가 아니라 정도의 차이로 간주하면서, 모든 언어는 사실은 메타포임을 강조한다.[92] 표음문자의 음성중

---

91. 같은 책, 162쪽.
92. 정항균, 「Wenn *Der Stechlin-Leser Zarathustra läse*」, 『카프카 연구』 14집(2005), 230쪽: "니체에게서 철학적인 메타포 개념은 수사적인 문체의 형식을 지시하지 않는다. 메타포를 만드는 과정은 유사성의 기록, 즉 환원주의적이고 동화적인 원칙에 기초하고 있다. 이것은 개념의 생성에 있어서도 효력을 발휘한다. 다시 말해 단지 한 가지 점에서만 유사한 것으로 인식된 어떤 것이 동일한 것으로 설정된다. 직관적인 메타포를 도식으로 추상화하고 이미지를 개념으로 해체할 수 있는 능력으로 인해 인간은 동물과 구분된다. 개념은 이러한 의미에서 닳아빠지고 감각적 힘을 상실한 관습적인 메타포이다. 따라서 개념과 메타포 사이에는 단지 정도의 차이만 있을 뿐이다."

심주의와 로고스중심주의는 개념적인 언어에 진리라는 의미가 담겨 있는 것으로 주장하지만, 니체가 보기에는 그것마저 사실은 하나의 비유에 지나지 않는다. 니체는 개념적인 언어가 스스로를 진리로 내세우며 거짓말을 하는 반면, 메타포는 스스로의 비유적인 특성을 인식하고 있기 때문에 개념적인 언어보다 더 진실한 것으로 간주한다. 그가 『차라투스트라는 이렇게 말했다*Also sprach Zarathustra*』를 메타포와 픽션으로 구성한 것도 이러한 맥락에서 이해할 수 있다.

두번째로 데리다는 표음문자와 비표음문자 사이의 경계가 확고하지 않다는 사실을 지적한다. 그는 완전히 순수한 표음문자는 본질적으로 불가능하며 음성적, 비음성적이라는 말은 모든 기호 시스템 내에서 다수이거나 지배적인 성향을 일컬을 뿐, 결코 순수한 자질이 아님을 강조한다. "소위 말하는 표음문자는 기술적 내지 경험적인 불충분함으로 인해서뿐만 아니라 원칙적으로, 그리고 규칙상 그것이 비음성적인 '기호'(구두점, 사잇공간 등)를 자신 안에 받아들일 때만 기능할 수 있다."[93] 또한 그는 쐐기문자의 예를 들면서 그것이 표의적인 동시에 음성적임을 지적하며 그래서 개별 기호들을 그중 어디에 분류해야 할지 결정하기 쉽지 않다고 말한다.[94] 표음문자가 아닌 중국어도 오래전부터 이미 음성적인 요소를 가지고 있었다. 표음문자와 비표음문자 사이의 경계의 불확실성은 특히 현대의 언어 실험적인 시들에서 잘 드러난다. 그중에서도 아폴리네르G. Apollinaire의 『칼리그람 *Calligrammes*』(1918)에 나오는 시들은 글자의 위치와 배열을 통해 글자들을 하나의 그림으로 제시하고 있는데, 이러한 경우에는 표음문자가 문자로서의 기능 자체를 상실하게 된다. 모자를 쓴 여성이나 떨어지는 빗줄기를 표

---

93. J. Derrida, "Die différance," *Randgänge der Philosophie*(Jacques Derrida, Wien, 1999), 33쪽.

94. J. Derrida, *Grammatologie*, 160-161쪽 참조.

음문자인 알파벳만을 이용해 표현한 이 시들은 더이상 읽기 위한 시가
아니라 보기 위한 시이다.

위에서 언급한 것처럼, 데리다는 이러한 비판을 통해 서구의 알파
벳 중심의 사유가 문자의 시각적 특성을 간과하며 그 속에서 목소리만
을 듣고 진리의 형이상학을 만들어내고 있음을 폭로한다. 그는 이러
한 좁은 의미에서의 표음문자를 의미하는 문자 개념을 버리고 새로운
문자 개념을 만들 것을 제안한다. 이러한 새로운 문자 개념에서는 발
화된 말이 문자에 귀속될 수 있다. 즉 넓은 의미에서의 문자는 글로 쓰
지 않은 말까지 포함하며, 그것에 선행한다.

데리다는 문자가 단순히 현전하는 발화된 말을 번역하는 도구가 아
님을 강조한다. 문자는 단순한 언어의 외피가 아니라는 것이다. "서로
를 지시하는 기표들의 유희에서 벗어날 수 있는 기의란 없다"[95]고 한
다면, 의미라는 가치는 허구에 불과하게 되며 이것을 해체시키는 기표
들의 놀이가 가치 절상된다. 데리다는 발화된 말, 즉 음성과 결부된 기
의에 대한 소망이 차이를 제한하고 억압하고 있음을 지적한다. 그러
면서 모든 의미의 규정에 선행하는 차이를 생산해내는 운동으로서의
'차연différance' 개념을 내세운다. 여기에는 차이différence와 지연이라
는 의미가 같이 들어 있다.[96] 즉 기표들의 유희에서 기의는 끊임없이
지연되고 포착되지 않으며, 그 대신 차이로서의 기표만이 생산되는 것
이다. 데리다는 이러한 차연을 '흔적trace'이라는 말로 부르기도 한다.

흔적이란 사물(의미)의 부재absence도 아니고 현전présence도 아닌,
차연을 의미한다. 사물을 대체하고 보완하는 보충물로서 문자는 이러

---

95. 같은 책, 17쪽.
96. 같은 책, 44쪽 참조. 데리다는 'différer'라는 단어에 '무언가를 뒤로 미루다'라는 지
연 내지 유예의 의미와 '다르다' 또는 '동일하지 않다'라는 차이의 의미가 모두 들어
있음을 강조한다. 이로부터 차연은 지연으로서의 시간화와 차이의 거리로서의 공간화
의 의미를 모두 내포하게 된다. J. Derrida, "Die différance," 36-37쪽 참조.

한 흔적을 재현하려고 한다. 왜냐하면 흔적은 그 자체로 존재 또는 현전할 수 없기 때문이다. 그러한 기호는 사물(의미)의 직접적 현전을 가장하지만, 사실은 그것의 대체물에 불과하다. "기호는…… 사물, 현전하는 사물 자체를 대신한다. 이때 '사물'은 여기에서 의미와 지시대상에 해당한다. 기호는 현전하는 것을 부재의 형태로 나타낸다. 그것은 현전하는 것의 자리를 차지한다. 우리가 사물, 소위 현전하는 것, 현재적인 존재자를 포착하거나 보여줄 수 없다면, 현전하는 것이 임재하지 않는다면, 우리는 그것을 지시하게 되고 기호라는 우회로를 거치게 된다. ……따라서 기호란 유예된 현재일 것이다."[97] 차연이란 이러한 현전의 결핍을 제거하는 동시에 나타나게 하는 보충물의 무한한 연쇄로 이루어진 기표의 유희이며 현전과 부재의 놀이를 피하거나 유예할 수 있는 구조로서의 '대리보충supplément'이다.[98] 이러한 흔적은 목소리의 근원적인 현전과 달리 재구성해낼 수 없는 절대적이고 선험적인 과거이다. 프로이트가 『늑대인간』에서 네 살 반의 이린아이기 꾼 꿈의 원상을 재구성할 때, 그 원상은 사실 포착될 수 없는 '흔적'으로 존재할 뿐이며 차후에 분석가(프로이트)에 의해 마치 원상인 것처럼 재구성될 뿐이다.[99] 프로이트 자신은 무의식적인 기억의 흔적을 재구성할 수 있다고 믿었지만, 후기구조주의자들은 이러한 흔적이 개념적으로 포착 불가능하다는 입장을 보인다. 이러한 순수한 흔적은 지각 불가능하며 음성적 기호와 시각적 기호, 즉 발화된 말과 (좁은 의미에서의) 문자에 의존하는 것이 아니라 오히려 근원분자archi-écriture[100]로서 그러한 것을 만들어내는 조건이다. 이러한 흔적, 즉 차연의 운동은 의미를 만들어내지만, 그것은 역설적으로 그러한 의미가 없다는 것을

---

97. J. Derrida, 같은 글, 37쪽 이하.
98. J. Derrida, *Grammatologie*, 286-287쪽 참조.
99. J. Derrida, *Die Schrift und die Differenz*(Frankfurt a.M., 1992), 327쪽 참조.

반증한다.

흔적은 한곳에 머물러 있는 것이 아니라 끊임없이 이동한다. 그래서 선험적인 기의가 현전하는 것은 불가능하다. 흔적으로서의 차연은 '실재'로 존재하는 것이 아니라 '바꿔 쓰기Umschrift'의 운동으로서 끊임없이 그것과 구분되는 차이를 만들어내며 반복된다. 이러한 반복은 궁극적인 의미, 즉 기의의 포착이 지연되고 유예되기 때문에 이루어진다. 반대로 의미란 이러한 근원적 차이의 운동, 즉 차연을 정지시키고 붙잡아둘 때만 생겨날 수 있다. 현대 언어학에서 기표와 기의를 구분하고 전자만을 흔적으로 생각하는 경향이 있지만, 기의라고 생각한 것이 또다른 기표에 지나지 않을 때 궁극적으로 기의 역시 또다른 기표로서 흔적이라고 할 수 있다. 이러한 기표의 유희에 선행해 있는 선험적 의미란 결코 존재하지 않는다.

"우리가 전략적인 이유에서 흔적, 유예, 또는 차연이라고 부르는 차이 자체의 이러한 운동은 단지 역사적인 폐쇄성, 즉 학문과 철학의 경계 내에서만 문자라고 불려도 좋을 것이다."[101] 이러한 근원문자[102]로서의 흔적 내지 차연은 우리에게 텍스트에서 글자가 아닌 하얀 여백을 읽어내고, 그 속에서 의미가 아닌 무의미를 발견할 것을 요구한다.

끝으로 월터 옹이 구술문화와 문자문화의 경계를 긋고 양자의 대립

---

100. 프로이트적인 의미에서 흔적은 우리의 무의식에 '각인'된, 즉 새겨진 흔적이다. 데리다는 기억의 근원적 현상으로서의 흔적이 의미의 운동 자체에 속한다면, 그것은 선험적으로 '쓰인 흔적'이라고 말한다(J. Derrida, *Grammatologie*, 123쪽). 이러한 의미에서 그는 흔적을 (근원)문자라고 부르고 있다.

101. J. Derrida, 같은 책, 169쪽.

102. 같은 책, 167쪽: "근원문자란 근원들의 이러한 다양성을 지칭하는 명칭이다. 그리고 이 개념에서 사라져가는 것은 근원의 단순함에 관한 신화이다. 그것은 근원이라는 개념 자체와 결부되어 있는 신화이다." 다른 한편 데리다는 차연을 근원으로 부르거나 근원문자라는 개념을 사용하는 것이 문제적일 수 있다고 지적한다. 왜냐하면 근원이라는 개념은 차이를 말살하는 존재신학적인 체계에 속하기 때문이다(같은 책, 44쪽). 그래서 그는 그것을 '문자 이전의 문자' 내지 '현전하는 근원이 없는 근원문자'라고 부르기도 한다(J. Derrida, "Die différance," 45쪽).

을 절대화한 것을 데리다적인 시각에서 상대화시켜보고자 한다. 옹은 구술문화와 문자문화의 대립을 청각문화 대 시각문화의 대립으로 간주한다. 또한 그는 문자문화에 여전히 구술문화적 특성이 잔존하여 영향을 미치고 있음을 올바로 지적한다. 그러나 이에 반해 그는 구술문화에 존재하는 시각적 특성은 간과한다. 그는 말로 전달하는 소리를 시간적인 것으로만 파악하지만, 이러한 구술 시대의 언어는 공간적이고 시각적인 특성도 지니고 있다. 루소가 말한 것처럼 정념이 언어의 기원이라면, 말을 내뱉도록 만든 그 열정은 그러한 말을 추상적이고 정확한 개념적 언어가 아니라 비유적인 메타포의 특성을 띠게 한다.[103] 태고의 말, 즉 노래와 서사시 그리고 서정시는 필연적으로 시적이며 비유적이다. 원시시대에 야생인이 처음 다른 사람을 보고 그를 거인으로 표현했다면, 여기서 거인이라는 비유적 표현은 낯선 사람에 대한 두려움의 표현일 것이다. 이 표현은 야생인이 실제 대상을 잘못 인식한 데서 비롯된 것이며, 그 자신에게는 비유적 의미를 갖기보다는 그가 느낀 감정을 충실히 드러낸다. 그러나 모든 형이상학적인 진리와 마찬가지로 이것은 하나의 허구에 지나지 않는다. 소위 말하는 이러한 첫번째 언어에는 형상적 특성이 있으며, 사물 자체와 '거리', 즉 '차이'가 난다.[104]

문자 이전의 시대에 그림이 의사소통의 매체로 사용된 것이나 최초의 문자가 표음문자가 아닌 그림문자인 것도, 시각성과 공간성이 인류 최초의 시기에 중요한 역할을 했음을 의미한다. 물론 신화적인 시대의 인간들에게 시각성은 근대 이후의 합리적으로 조직된 시각적 공간과는 다른 의미를 지니고 있었다.

둥글게회시 괴효로 그녀였을 때는 주술적인 부적보다는 실용적인

---

103. 장자크 루소, 같은 책, 31쪽 참조.
104. J. Derrida, *Grammatologie*, 410-411쪽 참조.

목적이 더 강했다. 다시 말해 원시인들은 그림에 그려진 내용을 일종의 사용 지침으로 삼아 행동했던 것이다. 가령 그림에서 말을 죽이는 장면을 보고 실제로 그대로 사냥에서 그것을 실천에 옮기는 것이다. 그러다가 그림은 점차 현실에 나타나는 장애물을 극복하기 위해 그림에 소망하는 바를 표현하고 그림을 통해 그것이 실현되기를 바라는 주술적인 의례로 넘어간다. 이전에 그림의 도움으로 객관적인 세계에서의 행동 방향을 정했다면, 이제는 반대로 객관적인 세계에 의거해 어떻게 그림을 그릴지 정하게 되는 것이다. 예를 들면 비가 안 오는 상황에서 비를 그려 비가 내리기를 기원하는 것이다. 그림이 갖는 이러한 주술적 경향은 인간이 처한 상황과 소망하는 상황의 간극에서 비롯되며, 이를 메우기 위해 상상력이 필요하다. 그러나 이러한 그림의 주술적 요소가 점점 강해지면서, 마치 그림에 있는 사람을 바늘로 찌르면 그가 죽게 되리라고 믿는 것처럼, 그림 자체에 대한 절대적인 숭배가 생겨난다. 이러한 상황에 이르면 그림은 환각이 되며, 그림과 상상력의 간극을 메우는 상상력은 더이상 필요없게 된다.[105]

위에서 설명한 두번째 단계에서 드러나듯이, 초기의 인류는 그림을 통해 세상과 연결되고 자신들이 이해할 수 없는 사차원적인 세상을 이차원적인 장면을 통해 해독하고 체험하려 하였다. "그러므로 알려진 상황을 모사하기 위해서가 아니라, 정반대로 알려지지 않은 상황을 표상할 수 있도록 만들기 위해 그림을 그리는 것이다."[106] 그래서 동굴벽화의 목적은 동물을 구체적으로 묘사하며 그 해부학적 특성을 설명하는 데 있는 것이 아니라, 그러한 구체적인 묘사를 통해 원시인들이 소망하는 상태를 설계하면서 사냥에 성공하기 위해 무엇이 필요한지 보

<hr>

105. V. Flusser, *Kommunikologie weiter denken. Die Bochumer Vorlesungen* (Frankfurt a.M., 2009), 98-101쪽 참조.
106. 같은 책, 116쪽.

여주는 데 있다. 이러한 그림은 당위적인 동기를 지니며 응당 그래야만 할 상황을 만들어내기 위해 우선 그것이 실제로 어떤지를 보여준다.[107] "상상력이란 파악할 수 없게 된 세계와 인식하고자 하는 인간 사이에 놓인 심연을 그림을 통해 다리를 놓고 매개하고자 하는 능력이다. ……그러므로 여기서 정의되고 있듯이, 상상력이란 고독하게 수행되는 행위가 아니며 '재능'은 더욱 아니다. 오히려 그것은 인간이 세계와 그 안의 삶에 의미를 부여하기 위해 서로 소통하려 할 때 사용하는 방법 가운데 하나이다. 따라서 그것은 습득해야만 한다. 그림을 만들고 해석하는 것은 하나의 '기술'이다."[108] 인간은 이러한 상상력을 통해 파악할 수 없는 사차원의 세계를 이차원적인 장면으로 환원시켜 인식한다.

이러한 그림에 나타나는 요소들은 시간적으로 배열된 것이 아니라 공간적으로 배열되어 있다. 초시간적이고 공간적인 성격을 띤 그림에 나타나는 요소들을 시간적으로 배열하는 것이 바로 알파벳문자와 텍스트를 이용한 설명이다. 이러한 합리적이고 세속적인 설명이 나타나기 이전의 초시간적이고 성스러운 장면으로서의 그림은, 인간을 세속적인 시간의 흐름이 가져다줄 타락에서 지켜주고 구원해줄 주술적인 도구였다. 그러나 그러한 형이상학적이고 주술적인 구원에 앞서 우선 그림과 세계 사이에는 이미 '간극'이 있다는 것이 전제된다. 원시인들이 그림을 통해 자신의 소망을 표현하고 그것을 실현할 수 있기를 기원할 때, 거기에는 그들이 소망하는 이상이 결여되어 있고 생생하게

---

107. 근대 이후 그림은 유용성의 요구에서 벗어나 자기목적적인 미를 추구하는 자율적인 예술로서 스스로를 주장하며, 특정한 목적을 달성하기 위한 수단과 기술로서의 기능을 포기한 것처럼 간주되기도 한다. 그러나 현대미술에서도 그림은 여전히 세계를 체험하는 특정한 방식을 부여주는 모델로서 인식적, 윤리적 기능을 지니고 있으며, 정보를 저장하고 전달하는 의사소통의 목적으로도 사용되고 있다.
108. 같은 책, 116쪽.

현전하지 않는다는 인식이 깔려 있다. 그 때문에 이로부터 그러한 대상과 상황을 그림을 통해 표현하려는 '사회적인' 열정과 소망이 생겨나는 것이다. 그런데 만일 그들이 그러한 그림 자체를 세계와 동일시하고 경배한다면, 세계를 그림으로 코드화하거나 그림을 세계로 해독하는 상상력의 기능은 종결될 것이다. 왜냐하면 그림은 곧 현실이 되며, 그러한 환각 속에서 양자 간의 간극이 사라져버릴 것이기 때문이다. 그러한 상황은 개인적, 집단적 광기를 초래하며 그림 코드가 주도하는 주술적 세계 자체를 위협할 것이다. 따라서 원시 사냥 부족에서 발견되는 "비유적으로 치환하지 않는 순수한 재현, 순수하게 반영하는 그림은 최초의 상像, 즉 첫번째 형상적인 표현이다. 그러한 그림에서 가장 충실하게 재현된 사물이라도 더이상 생생하게 현전하지는 않는다. 사물을 반복하려는 의도는 이미 사회적인 열정과 일치하며 따라서 비유적 특성, 즉 기본적인 전이를 내포한다. 사태는 다른 것을 대체하는 대역(그것은 이미 이상성을 의미한다)으로 전이되는데, 이로써 완벽한 재현이라도 그것이 복제하거나 다시 현전하게 만드는 것과는 늘 다른 것이 된다. 여기서 알레고리가 시작된다. 따라서 '직접적인' 그림 역시 이미 알레고리적이고 열정적인 것이다."[109]

인류 최초의 의사소통 코드인 그림에 뒤이어 음이 아닌 대상 자체를 묘사하는 형상적인 문자체계가 생겨난다. 이러한 형상문자는 대상을 직접적으로 묘사하는 그림문자와, 시기적으로 뒤에 나오는 알레고리적으로 묘사하는 히에로글리프로 나뉜다. 이러한 형상적 문자 역시 사물을 불러내려는 '사회적인' 열정을 전제로 하며, 그 때문에 그림문자를 통한 '재-현Re-präsentation'은 신화적인 현전의 형이상학에 기반을 두고 있다.

---

109. J. Derrida, 같은 책, 500쪽.

문자는 지금까지 이러한 그림문자와 표음문자라는 양 극단 사이에서 발전해왔다. "우리는 이 양 극단 사이라는 점을 강조한다. 왜냐하면 순수한 그림문자와 순수한 표음문자는 입증할 수 있듯이 이성의 두 이념, 즉 순수한 현전의 두 이념을 나타내기 때문이다. 첫번째 경우는 완벽한 모사와 마주하고 있는 재현된 사태의 현전이고, 두번째 경우에는 말 자체의 자기현전이다. 두 경우 모두에서 기표는 현전 앞에서 사라지려고 할 것이다."[110] 그림문자가 시각성에 입각한 현전의 형이상학을 만들어냈다면, 표음문자는 청각성에 입각한 현전의 형이상학을 만들어냈다. 그러나 데리다는 최초의 문자인 그림문자에 내포되어 있는 사물과의 거리를 지시하며, 그러한 문자가 자신이 지시하는 사물 자체가 아니라 그것의 '대리보충'에 지나지 않음을 보여준다. 또한 그는 표음문자에 나타나는 형상적 특성을 지적하며 목소리의 자기현전의 이상을 허구로 폭로한다. 이를 통해 언어는 그것의 기원에서 현재까지 끊임없이 '대리보충'으로서 기표의 놀이를 수행해왔다는 것을 알 수 있다.

(2) 문자중심주의 비판과 문자의 새로운 정의

마셜 매클루언, 월터 옹, 잭 구디, 이언 와트 등의 학자들은 구술문화와 문자문화를 비교하면서, 전자에 신화적이고 비논리적인 특성을 부여하는 반면 후자에는 합리성과 논리성의 특성을 부여한다. 이로부터 합리적이고 근대적인 서구 문화의 발전은 그리스 알파벳의 발명과 더불어 시작되었다는 인식이 생겨난다.[111] 이러한 이분법적인 구분의 가장 중요한 근거 가운데 하나는 글을 쓰는 사람으로부터 문자(텍스

110. 같은 책, 517쪽.
111. Ludwig Jager, "Versuch über den Ort der Schrift. Die Geburt der Schrift aus dem Geist der Rede," *Schrift. Kulturtechnik zwischen Auge, Hand und Maschine*(Gernot Grube/Werner Kogge/Sybille Krämer 엮음, München, 2005), 197-198쪽 참조.

트)를 분리해내어 고립화시키고 탈맥락화하여 객관적인 인식의 대상으로 삼는 것, 즉 메타언어적 활동[112]이 가능한 반면, 구술적인 언어, 즉 말에는 이러한 능력이 결여되어 있다는 것이다.

데리다 역시 목소리와 문자를 대립시키고 목소리를 문자의 기호학적 영역에서 추방한다. 그는 목소리의 내면성과 문자의 외면성의 대립 구도를 부각시킨다. "주체는 자신이 말하는 소리를 듣거나 또는 자기 자신에게 말할 수 있으며, 일반적으로 외면성, 세계 또는 자신이 아닌 심급의 어떤 우회로도 거치지 않고 자신이 만들어내는 기표에 의해 스스로를 자극할 수 있다."[113] 이러한 목소리는 순수한 내면성의 공간에 머무르며 현전의 인상을 만들어내기 때문에, 흔적의 '바꿔 쓰기'를 하는 차연을 설명하거나 현전의 형이상학적 특성을 폭로하기에 적합하지 않은 것으로 간주된다. 물론 데리다는 이러한 목소리의 내면성과 순수한 자기현전이 허구에 불과함을 알고 있으며, 그것을 기호로 외적인 면에서 다룰 수 있는 것으로 인식하고 있다. 그는 구술언어와 문자의 일반적인 구분에 선행하는 근원문자를 설정하며 후자를 전자의 공통된 근원으로 간주한다. 물론 여기서 근원문자는 우리가 일반적으로 이해하는 매체로서의 문자 개념과는 차이가 있지만, 어쨌든 여기서 우리는 문자가 언어를 포괄하는 것으로 간주하며 문자의 관점에서 (구술)언어를 이해하려는 데리다의 시도를 확인할 수 있다.

구술성을 연구하는 학자들이나 문자중심주의를 내세우는 데리다가 지닌 공통점은 이들이 모두 구술언어, 즉 말이 지닌 인식적 특성을 간과하고 있다는 점이다. 비문자적인 구술언어가 스스로를 담론의 대상으

---

112. 문자성의 메타언어적 특성에 대한 연구로는 다음을 참조하시오: David R. Olson, "Literacy as Metalinguistic Activity," *Literacy and Orality*(David R. Olson/Nancy Torrance 엮음, Cambridge, 1991), 251-270쪽.

113. J. Derrida, *Die Stimme und das Phänomen. Einführung in das Problem des Zeichens in der Phänomenologie Husserls*(Frankfurt a.M., 2003), 107쪽.

로 삼아 메타언어적으로 다루는 것이 가능하다는 것은 역사적인 사실[114]을 통해서뿐만 아니라 대화분석 연구를 통해서도 밝혀지고 있다.

대화분석 연구에서는 언어를 통한 상호작용에서 자신의 말을 수정하는 것을 의미하는 '정정Repairs' 개념을 통해 구술적인 말이 데리다가 말한 차연 개념과 유사성을 띠고 있음을 보여준다. '정정'이란 단순히 말의 실수를 바로잡는 것을 의미하기보다는, 어떤 의미를 구성해나가는 기능을 지닌다. 대화에서 말은 단순히 청각적인 연속성을 지니며 흘러가지 않고 화자 스스로의 개입이나 상대방의 개입을 통해 정지 내지 단절되며, 이를 통해 앞에서 말한 부분을 다듬고 보완하거나 변형시키는 것을 가능하게 한다. 말을 할 때 화자는 처음부터 특정한 의도를 지니고 말하는 것이 아니며, 정정의 과정을 거치며 말을 수행하는 과정을 통해 추후에 말의 근원적 의도가 생겨난다. 이러한 말은 말의 근원적 의도의 '진사轉寫Transkription'라고 할 수 있는데, 말을 하는 과정에서는 그러한 말의 근원적 의도를 알지 못하면서도 그것에 의해 말의 부분들을 모니터링하며 조정하게 된다. 따라서 말이란 이러한 근원 의도의 전사, 즉 '바꿔 쓰기'라고 할 수 있지만, 정작 그러한 근원 의도의 지점으로 완전히 돌아가지 못한 채 그것과 항상 차이를 보인다.[115] 이것은 마치 차연 개념에서 흔적으로서의 근원문자가 실제로 실현될 때 항상 그것과 구별되는 차이를 만들어내며 궁극적인 기의로 포착되지 못하는 것과 유사하다. 이처럼 궁극적인 기의를 포착하려는 로고스중심주의에 대한 비판과 메타언어 활동 및 전사라는 인식론적

---

114. 이에 대한 연구로는 다음을 참조하시오: Stephen Tranter, *Clavis metrica: Hattatal, Hattalykill and the Irish Metrical Tracts*(Basel, 1997), Harry Falk, "Goodies for India. Literacy, Orality and Vedic Culture," *Erscheinungsformen kultureller Prozesse. Jahrbuch 1988 des Sonderforschungsbereiches 'Übergänge und Spannungsfelder zwischen Mündlichkeit und Schriftlichkeit'* (Wolfgang Raible 엮음, Tübingen, 1990), 103-120쪽.
115. L. Jäger, 같은 글, 202-203쪽 참조.

활동의 관점에서 볼 때 말의 구조적 특성은 문자의 구조적 특성과 구별되지 않는다.

이로부터 루트비히 예거Ludwig Jäger는 데리다의 문자중심주의적 사고를 전복시키고 그의 음성중심주의 비판을 역으로 비판할 근거를 찾아낸다. 이러한 새로운 인식에 따르면, 말이 문자에서 파생된 것이 아니라 문자가 말에서 파생되었으며, 데리다의 주장과 달리 로고스중심주의 비판이 반드시 음성중심주의 비판과 연결될 필요도 없다.[116] 왜냐하면 말의 구조는 인식론적 활동의 측면에서 문자와 궁극적으로 구분되지 않을뿐더러 문자가 말로부터 이러한 구조를 물려받은 것으로 보이기 때문이다. 또한 말의 수행이 문자의 차연 운동에 비교될 수 있다고 한다면, 로고스중심주의 비판이 필연적으로 음성중심주의 비판과 결부될 필요도 없게 된다.

구술언어의 메타언어적 활동과 전사적 특성, 즉 인식론적 특성의 지적이나 말에 나타나는 차연의 특성에 대한 예거의 언급은 구술문화와 문자문화를 분명히 구분하는 구술성 연구자들의 이분법이나 데리다의 문자중심주의가 지닌 문제점을 잘 드러내주고 있다. 그러나 다른 한편 말의 정신에서 문자가 탄생했다는 예거의 주장은, 플라톤에서 시작되어 데리다에게까지 이르는 이분법적 관점, 즉 (구술)언어와 문자의 대립을 통해 문자의 기원을 밝히고 문자를 정의하려는 시도를 답습하고 있다. 또한 랑그로서의 언어체계, 즉 통사적인 형식체계는 공간적으로 배열된 문자의 시각적 형상화를 통해서야 비로소 생겨나며, 이러한 점에서 문자가 언어에 선행한다는 데리다의 생각이 실제로 타당성을 지니고 있다는 점도 간과해서는 안 될 것이다.[117] 한 가지 더 지적하자면, 우리는 일반적으로 '문자를 글로 쓴 언어'로 정의하는 경향이 있지만, 악보 기호로서의 문자나 무용보 기호로서의 문자처럼 발화

---

116. 같은 글, 187쪽 참조.

되는 언어를 지시대상으로 삼지 않는 문자도 있다. 우리말 표현에는 잘 드러나지 않지만, 무용 표기법인 무용보를 'Tanzschrift'[118]로, 악보의 기호를 'Notenschrift'[119]로 부르는 독일어에서는 이러한 점이 더욱 명확히 드러난다. 따라서 문자를 언어와의 대립관계를 통해 정의하려는 시도는 문제가 있으며, 문자가 지닌 잠재성을 올바로 고려할 수 없는 단점을 지니고 있다. 그 때문에 문자와 언어는 종속적인 관계에 있다기보다는 독립적인 기호체계로 간주되어야 할 것이다. "이러한 견해에 따르면, 문자는 체계적으로 언어나 그 밖의 다른 기호질서에 의존해 있지 않은 독자적인 매체로 간주된다. 그것은 원칙적으로 구조화된 모든 영역을 현재화하기에 적합하다. 그것이 신체의 운동이든 기계의 상태이든, 또는 소리이든 음향이든, 또는 화학 요소이든 생물학적인 분자 고리이든, 아니면 양적인 질서관계이든 질적인 질서관계이든 상관없이 말이다. 최고로 다양한 영역들이 문자라는 이 특수한 표현 및 연산 공간으로 옮겨질 수 있는 것이다."[120]

　일반적으로 소쉬르를 비롯한 언어학자들이 언어에 대한 문자의 예속성을 강조하며 협소한 문자 개념을 제시한다면, 데리다는 언어와 문자의 관계를 전도시키고 그 둘의 일반적 구분에 선행하는 근원문자 개념을 통해 지나치게 광대한 문자 개념을 내세운다. 이것은 우리가 일반적으로 매체와 현상으로 이해하는 문자 개념과는 지나치게 동떨어

---

117. 물론 데리다는 이 경우 우리가 일반적으로 말하는 매체로서의 문자가 아니라 근원문자가 언어에 선행한다고 말하고 있음을 간과해서는 안 될 것이다. 이와 달리 크레머는 일반적인 의미에서의 문자가 랑그로서의 언어체계에 선행함을 강조하는데, 그 이유는 랑그로서의 언어체계가 경험적으로 지각 가능한 문자를 통해서야 비로소 명백히 드러나기 때문이다. S. Krämer, 같은 글, 35쪽 참조.
118. Tanzschrift라는 단어에서 Tanz는 춤을, Schrift는 문자를 의미한다.
119. Notenschrift라는 단어에서 Note는 악보를, Schrift는 문자를 의미한다.
120. Grube/Kogge. "Zur Einführung. Was ist Schrift?," *Schrift. Kulturtechnik zwischen Auge, Hand und Maschine*(Gernot Grube/Werner Kogge/Sybille Krämer 엮음, München, 2005), 16쪽.

져 있다.[121] 이에 대해 게르노트 그루베와 베르너 코게는 문자가 지닌 잠재성을 보다 잘 고려할 수 있는 문자의 구조 모델을 제시한다. 아래에서는 '지시성Referentialität', '감각적 지각의 현전aisthetische Präsenz' 그리고 '연산성Operationalität'의 개념을 통해 그루베와 코게가 제시하고 있는 새로운 문자의 구조 모델과 이를 통한 문자의 정의를 살펴보고자 한다.[122]

문자가 지닌 첫번째 특성으로 문자의 '지시적 측면'을 들 수 있다. 문자는 다른 모든 기호들처럼 무언가를 지시한다. 악보는 음, 무용보는 신체의 운동, 표음문자는 발화된 말을 지시한다. 그러나 문자기호와 발화된 말의 관계에서 드러나듯이, 이러한 지시관계가 기호가 대상을 완벽히 재현함을 의미하지는 않는다. 표음문자 역시 말과 자의적 관계를 맺고 있지만, 그렇다고 기호가 지닌 지시적 측면이 손상되는 것은 아니다. 장기놀이는 일정한 수의 불연속적 요소들을 특정한 규칙에 따라 사용한다는 점에서 문자와 공통점을 지니고 있지만, 궁극적으로 지시적인 특성이 없다는 점에서 문자와 구별된다. '주차 금지'와 같은 교통신호 표지판 역시 장기의 말과 비슷하다. 장기 말(가령 졸)이 어떤 대상을 지시하는 것이 아니라 '앞으로나 옆으로 한 칸 갈 수 있다'라는 내용의 합의에 따른 규칙을 나타내는 것과 마찬가지로, 주차 금지 표시 역시 차를 그림으로 묘사하며 지시하는 것이 아니라 '주차를 해서는 안 된다'라는 규칙을 표명한다.[123]

문자의 두번째 특성은 감각적 지각을 가능하게 하는 현전現前의 특성을 지닌다는 것이다. 목소리나 춤이 일시적인 성격을 지니며 그것이 생산된 상황과 분리되어 지속적으로 감각적으로 지각되거나 가공

---

121. Grube/Kogge, 같은 글, 11쪽 참조.
122. 이하 나오는 문자의 구조모델 및 이를 통한 문자의 정의는 다음의 책을 정리한 것이다. Grube/Kogge, 같은 글, 10-16쪽.

될 수 있는 현전의 특성을 지니지 못하는 반면,[124] 문자는 언제든지 감각적으로 지각되고 그것의 현재성이 확인될 수 있다. 바로 여기서 문자의 형상적 잠재력이 생겨난다. 즉 문자가 단순히 의미를 전달하는 수단이 아니라, 그것의 배열과 물질적 특성에 의해 시각적인 형상화의 잠재력을 지닌다는 것이다. 그러나 맹인이 사용하는 점자의 예도 있기 때문에, 문자의 시각적 특성보다는 공간화의 특성을 강조하는 것이 보다 정확할 것이다. 이처럼 문자의 두번째 특성은 문자를 지시적 특성을 지닌 기호로서의 발화된 언어와 구분시켜준다.

세번째로는 문자의 연산적, 기보적 측면을 들 수 있다. 이런 문자의 특성을 이해하기 위해서는 우선 넬슨 굿맨이 사용한 두 가지 중요한 개념, 즉 '불연속성Diskretheit/유한한 구분endliche Differenzierung'과 '이접성離接性 Disjunktivität'의 개념을 알아야만 한다.[125] 문자의 불연속성 또는 문자의 유한한 구분이란 두 문자 사이에 음향이나 색채에시와 같은 연속적 이행이 나타나지 않음을, 즉 문자 사이의 구분이 유한함을 의미한다. 가령 a와 b라는 문자 사이에는 더 밝은 파랑과 더 어두운 파랑 혹은 더 큰 소리와 더 작은 소리 사이에 나오는 무수한 이행 지점이 등

---

123. 지시란 어떤 대상의 존재 여부와 관련된 것으로 화행이론적인 맥락에서 보면 대상의 존재를 주장하는 '확언 화행konstative Sprechhandlung'과 관계가 있고, 합의에 따른 규칙이란 상대방에게 특정한 행동을 요구하는 '관계규정 화행regulative Sprechhandlung'과 관계가 있다. 따라서 문자기호에 따른 지시와 교통신호나 장기놀이에 따른 규칙(이행 요구)은 각각 그것과 연관된 차원이 서로 다르다는 것을 알 수 있다.

124. 물론 앞에서 에거가 지적한 것처럼, 구술언어도 탈매락화하여 다루거나 개별 요소들을 분리하여 확인하고 그것을 가공하는 것이 어느 정도 가능하다는 점을 인정해야 할 것이다. 그러나 궁극적으로 구술언어는 시각적, 공간적 특성을 지니지 않는다는 점에서 문자와 구분될 수 있다.

125. 굿맨은 알파벳, 숫자, 이진법, 전신부호 그리고 기본적인 음악 기보와 같은 '기보체계Notationssystem'들이 다른 상징체계와 구분되는 특징으로, '유한한 구분endliche Differenzierung'과 '이접성Disjunktivität'을 들고 있다: Nelson Goodman, *Sprachen der Kunst. Entwurf einer Symboltheorie*(Frankfurt a.M., 1997), 137쪽. '유한한 구분'과 '이접성'에 대한 굿맨의 언급은 특히 다음 부분을 참조하시오: N. Goodman, 같은 책, 130쪽, 132쪽, 136쪽.

장하지 않으며, a와 b에 속하지 않는 글자는 a와 b 사이가 아니라 c나 d와 같은 다른 문자에 속하게 된다. 숫자 역시 1과 2 사이에 그것을 나누는 더 작은 숫자가 등장하지 않으면서 불연속적으로 사용될 경우 문자가 될 수 있다. 이접성이란 한 문자가 개별적으로 실현되었을 때 거기서 특정한 유형을 확인할 수 있게 해주는 특성을 의미한다. 예를 들어 사람마다 a를 다르게 쓸 수 있음에도 불구하고 우리는 그것을 a로 알아볼 수 있다. 그런데 이것이 가능한 이유는 그러한 a가 어떤 추상적이고 이상적인 보편적 a와의 어떤 연관성을 보여주기 때문이 아니라, 그것이 b, c 등과 같은 다른 기호들과 분리되며 구별되기 때문이다. 이러한 명확한 구분이 이루어질 수 있어야만 비로소 문자기호로 명확한 규칙에 따라 작업하는 연산 수행이 가능해진다. 이러한 문자의 연산적 특징은 컴퓨터의 프로그래밍 언어와 같은 실제 기계를 통한 연산 작업에서 가장 잘 드러난다. 그림이나 발화된 언어가 문자처럼 기계언어로 사용될 수 없음은 불연속성과 이접성의 특징이 없기 때문이다. 이처럼 불연속성과 이접성에 의해 명확히 규정된 문자는 그렇지 못한 그림과 구분된다. 그림 역시 감각적으로 지각 가능한 현전의 특징과 지시적 특징을 지니지만 연산적, 기보적 특징을 지니지 않는다는 점에서는 문자와 다르다.

위에서 열거한 문자의 특성 가운데 어느 한 가지만을 강조하여 그것을 문자의 본질적 특성으로 간주하는 것은 지나친 단순화이다. 최근의 연구에서 연산적 특성을 강조하며 문자를 디지털적인 연산문자와 동일시하는 경향이 있는데, 이것은 위에서 고려한 문자의 다층적인 구조를 간과하는 약점을 보인다.[126] 문자는 이러한 자신의 다양한 특성을 포괄하면서 드러내줄 수 있는 방식으로 정의되어야 할 것이다.

그러나 문자의 구조 모델을 통한 정의가 완벽한 것은 아니며, 시대적 변화에 따라 그 한계를 드러낼 수 있다는 사실도 잊어서는 안 된다.

일반 문자와 달리 상호작용이 가능하면서 평면적 문자 공간에 시간의 차원을 들여와 시뮬레이션을 통해 상징적 구조를 역동적으로 만드는 '자동연산문자'는, 감각적으로 지각 가능한 문자의 형상성과 문자의 이차원적 공간을 무너뜨린다. 또한 그냥 보면 a로 보이는 것이, 180도 돌려서 보면 e로 보이는 '양가적 문자Ambigramm'도 위에서 문자의 특성으로 언급한 문자의 '이접성'이라는 특성을 위반하고 있다. 이처럼 문자의 새로운 발전과 실험은 문자에 대한 구조적 정의의 어려움을 드러내며, 문자에 대한 궁극적인 최종 정의가 한계를 지니고 있음을 보여준다.[127]

(3) 선형적 문자의 허구성 인식과 문자의 형상성에 대한 기억

플루서는 『의사소통학Kommunikologie』에서 현대의 위기와 관련해 중요한 의미를 갖는 세 가지 코드의 발전 단계를 언급한다. 코드란 대상을 대신 지시하는 상징들이 배열된 것으로 정보를 저장하고 전달하는 의사소통적 기능을 지닌 것으로 간주된다. 이러한 코드 가운데 플루서는 특히 그림, 문자, 기술영상의 세 가지 코드를 언급한다.

동물처럼 자연의 질서 내에 완전히 편입되어 살아가던 시절의 인간을 원칙적으로는 인간이라고 부를 수 없을 것이다. 그는 자연의 법칙에 따라, 즉 본능에 충실하게 살다가 죽을 것이며 그 때문에 그와 세계 사이에는 아무런 간극도 벌어져 있지 않을 것이다. 그러나 이 질서에서 빠져나와 세계와 그 사이에 간극이 벌어지게 되면서 그는 '세계 밖

---

126. 문자가 단순히 연산문자와 동일시될 수 없다는 주장에 대한 자세한 논증은 다음의 글을 참조하시오: Werner Kogge, "Erschriebene Denkräume. Grammatologie in der Perspektive einer Philosophie der Praxis," *Schrift. Kulturtechnik zwischen Auge, Hand und Maschine*(Gernot Grube/Werner Kogge/Sybille Krämer 엮음, München, 2005), 137-169쪽.

127. S. Krämer, 같은 글, 53쪽 참조.

에 존재하는ex-sistere' 인간이 된다. 자연적인 고독과 엔트로피(무질서도)가 증가하는 방향으로 나아가는 무의미한 세계에 맞서 인간은 부정 엔트로피로서 의미를 만들어내며 세계와 자신 사이에 벌어진 간극을 메우려 한다. 의사소통 코드들은 이처럼 인간과 세계, 더 나아가 인간과 인간 사이의 간극을 메우고 소통하기 위해 만들어진 인공물이라고 할 수 있다.

그림은 인류의 의사소통 코드의 역사에서 가장 먼저 등장한다. 자연의 품에서 빠져나와 첫번째 소외를 맞이하게 된 인간은 그림이라는 코드를 통해 자신과 세계 사이에 벌어진 틈을 메우려 시도한다. 앞에서 이야기한 것처럼 이때 그림은 사차원적인 세계를 이차원적인 평면으로 환원시켜 표현한 것이다. 이러한 그림에 묘사된 요소들은 시간적인 흐름과 상관없이 동시적으로 존재한다. 시간적인 흐름, 즉 역사가 아직까지 들어서기 이전의 공간으로서의 그림은 자신과 세계 사이에 벌어진 틈을 상상력을 통해 자신이 원하는 방향으로 메우려는 인간의 소망을 표현하고 있다. 이러한 그림 코드에 상응하는 의식 상태가 주술적인 의식이다.

그런데 이러한 그림 코드가 세계와 자신 사이의 심연을 메우는 기능을 못하게 되면서 알파벳 코드가 등장한다. 플루서가 여기서 문자 코드 대신 알파벳 코드를 언급하고 있는 것은 매우 의미심장하다. 문자의 역사에서 알파벳 코드 이전의 문자들은 거의 대상이나 상황을 직간접적으로 표현하는 형상적인 '표의기록 체계Ideographie'를 따르고 있다. 물론 플루서는 그림문자가 더이상 공간적으로 조직화되어 있지 않고 시간적인 선형성에 따라 배열되기 때문에 그림과 구분된다고 지적하지만, 그럼에도 불구하고 알파벳 코드를 전면에 내세워 다루는 것은 그것의 선형성과 표음문자적 특징, 그리고 이 둘의 관계를 강조하기 위함이다. 흔히 표음문자는 발화된 말의 연속적 흐름을 문자로 기록한 것으로 간주된다. 이러한 구술언어의 시간성은 그것을 문자로 붙잡아두는 표음문자에 그대로 반영될 수 있다. 물론 플루서 자신은 이러한 관계에 대해서는 언급하고 있지 않지만, 문자 대신 특정한 알파벳문자를 내세우는 것은 알파벳 이전의 문자가 지닌 이차원적인 형상적 특성 대신 알파벳문자의 일차원적 선형성을 강조하기 위한 것으로 보인다.

플루서는 동시적이고 공간적인 장면으로서 그림의 요소들이 맺는 관계를 분해하여 알파벳 텍스트로 다시 종합하는 과정에서, 기하학적인 평면의 그림이 의미를 지닌 이야기로 변화함을 강조한다. 즉 알파벳 코드로 된 텍스트는 그림을 개념을 통해 설명하고 의미한다. 그림이 세계를 상상하려고 했다면, 텍스트는 개념으로 이 그림을 설명하고 표상할 수 있게 한다. 그러나 이렇게 설명된 그림은 세속적인 시간 속으로 들어옴으로써 이전의 신성함을 잃게 되며, 있는 그대로 재구성되지는 않는다. 우리가 그림을 볼 때는 눈이 순환하며 각각의 요소들을 쫓아가지만, 글을 쓰거나 읽을 때는 일렬로 된 행을 쫓아가게 된다. 글을 쓰거나 읽는 방법은 역사적으로 위에서 아래, 오른쪽에서 왼쪽, 밭고랑 문자처럼 지그재그형, 또는 오늘날 대부분의 문자처럼 왼쪽에서 오른쪽과 같이 다양한 방향을 취했지만, 그것이 선형적이었다는 데는 변함이 없다. "독서(어원적으로 역시 '줍다'라는 말과 친족관계에 있다)란 곡식의 낟알들을 주워올려 모으는 것이다. 메시지는 행의 마지막에서 모든 낟알을 주워올릴 때 비로소 수신된 것으로 간주될 수 있다. 정보의 비트를 이처럼 줍는 것이 바로 '이해'이고, 작은 돌들을 이처럼 모으는 것이 '계산'이다. 그리고 '글쓰기'는 물론 동전의 양면과 같은 관계에 있다. 즉 그것은 상상적인 맥락에서 요소들을 끄집어내 이 그것을 낟알, 작은 돌, 비트의 형태로 한 줄로 늘이세우는 것을 의미한다."[128] 이처럼 알파벳문자와 이로 구성된 텍스트는 그림의 요소

를 분해하고 계산하여 그 정보를 선형적인 형태로 제시한다. 글쓰기
는 이러한 계산된 선형성에 의해 의미를 산출하는 것이다. 역으로 독
서는 이러한 텍스트의 행들을 쫓아가며 의미를 해석해낸다.

그런데 어느 순간부터 텍스트가 더이상 그림을 표상할 수 없고 단
지 그림을 만들어낸 사람만을 보여주는 상황들이 생겨난다. 리얼리즘
소설이 현실을 그대로 재현한다는 믿음이 깨지면서 모더니즘 소설에
서처럼 소설의 세계가 단지 작가에 의해 구성된 산물에 불과하다는 인
식이 생겨났듯이, 텍스트는 더이상 그림을 온전히 설명하고 표상하는
기능을 수행할 수 없게 된다. "인간과 텍스트의 관계가 뒤집히자마자,
사람들이 더이상 책을 통해 세계를 인식하는 것이 아니라 정반대로 세
계를 책으로 인식하자마자, 우리 모두 우리 자신과 다른 사람들에게서
텍스트가 매개의 기능을 중단하고 벽을 만들기 시작하고 있음을 경험
한다. 이에 대한 징후는 텍스트의 정보들이 표상할 수 없게 된다는 것
이다." [129]

이처럼 세계와 인간 사이의 다리를 놓는 의사소통 매체로서 알파벳
문자 코드가 갖는 기능이 의문시되면서 기술영상 코드가 등장한다.
"기술영상 코드란 선형적인 텍스트의 상징을 의미하는 상징으로 덮여
있는 표면이다." [130] 전통적인 그림의 의미가 장면인 반면, 기술영상의
의미는 개념이라는 데 두 코드 간의 차이가 있다. 기술영상이란 기계
로 만들어진 영상이 아니라 텍스트의 그림을 가리킨다. 가령 주차 표
시를 한 그림 역시 기술영상이라고 할 수 있는데, 그 이유는 그 그림이
주차된 차를 지시하는 것이 아니라, '주차가 허용됨Parken erlaubt'이라
는 텍스트를 의미하기 때문이다. 이러한 기술영상은 사진, 영화, 텔레

---

128. V. Flusser, *Kommunikologie*, 130쪽.
129. 같은 책, 134쪽.
130. 같은 책, 139쪽.

비전에서부터 통계 곡선에 이르기까지 그 범위가 매우 다양하다. 그
것은 특정한 민족 언어의 제약이 따르는 알파벳 코드와 달리 보편적으
로 통용되는 국제적 특성을 지닌다. 그러나 기술영상의 보다 본질적
인 특징은 믿을 수 없는 개념을 믿을 수 있는 것처럼 상상하는 데 있으
며,[131] 이러한 기술영상의 시뮬레이션하는 속성에 속지 않기 위해서는
기술영상의 조작적 특성을 인식하는 탈역사적 의식이 필요하다. 가령
우리는 영화를 보면서 선형적인 이야기를 통해 세계를 이해하는 듯한
감정을 갖게 되지만, 사실 그러한 영화는 필름을 잘라서 다시 붙이는
몽타주 기법으로 만들어진 것에 불과하다. 그러므로 엄격히 말해 영
화에서 우리가 갖게 되는 역사적 감정은 허구에 불과한 것이다.

위에서 살펴본 것처럼, 플루서는 알파벳 코드의 선형성과 이로 인
한 역사의식의 발선을 허구적인 것으로 간주하며, 그로 인해 새롭게
생긴 인간과 세계 사이의 틈을 메우고 인간의 소외를 극복하기 위해
기술영상이라는 새로운 코드가 발명된 것으로 설명한다. 물론 이러한
플루서의 설명이 설득력이 있기는 하지만, 알파벳 코드와 텍스트라는
매체 자체의 특성에 대한 기술은 문제점을 지니고 있다. 특히 그는 알
파벳 코드의 표음문자적 특성을 지적하고 이와 관련해 알파벳문자와
그림 간의 대립을 강조함으로써 알파벳문자와 텍스트가 지닌 '형상성
Bildlichkeit'을 간과하고 있다.

플루서는 알파벳 코드가 특정한 시기에 이르면 더이상 그림을 표상
하지 못하며 의미를 저장하고 전달하는 의사소통 코드로서의 역할을
상실하게 된다고 말한다. 그렇다면 이러한 논리를 응용하여 의도적으
로 무의미한 텍스트를 만들어내거나 의미 있는 텍스트를 의미와 상관
없이 비해석학적으로 읽어내면 어떤 일이 생기게 될까? 이 질문을 톺

---

131. 같은 책, 147쪽 참조.

더 쉽게 표현하면 다음과 같다. 가령 우리가 잘 모르는 외국어로 쓰인 텍스트나 설령 알더라도 무의미한 문장으로 구성된 텍스트가 앞에 놓여 있다고 한다면, 우리는 선형적인 독서를 포기하게 된다. 그러한 알파벳문자는 단순한 형상적인 의미 이상을 갖지 못하며 의사소통적 기능을 상실한다. 아랍어와 같이 대부분의 한국 독자에게 낯선 언어로 쓰인 텍스트의 경우, 독자는 더욱 쉽게 텍스트에 있는 문자의 시각성 자체에 주목하게 될 것이다. 역으로 우리가 의미와 무관하게 단순히 글씨 연습을 하기 위해서 글을 쓴다면, 설령 그로 인해 만들어진 문장이 의미를 지닌다 하더라도 우리는 이 경우에 단순히 글자의 형태에만 관심을 가지고 그것을 보게 될 것이다. 이로부터 이끌어낼 수 있는 결론은 다음과 같다. 우리는 알파벳문자의 경우 대상을 재현하는 것이 아니라 음을 재현한다고 믿으며, 그것이 갖는 형상적 특성을 간과한다. 이러한 믿음하에 알파벳문자를 선형적으로 배열하고 또 독해하며 의미를 구성하거나 해석한다. 그런데 그러한 알파벳 코드의 의미 연관성이 문제시될 경우에는, 그것에 숨어 있는 형상적 특성이 드러나기 시작한다. 물론 알파벳문자로 사람의 모습을 표현하면서 그것을 비선형적인 방식으로 사용할 경우에는 당연히 그러한 문자의 형상적 특성이 더 부각되겠지만, 이 경우 그것은 텍스트이기를 포기한다. 그러나 소위 말하는 선형적인 텍스트의 구조를 포기하지 않고도 그것의 형상성을 드러낼 수 있다. 가령 한글에서 글자 크기를 의도적으로 조절하며 크고 작은 글자를 교대로 배치할 경우, 텍스트의 선형성을 포기하지 않으면서도 그 형상성을 부각시킬 수 있다. 실제로 영어나 독일어 같은 알파벳언어의 경우에는 자모마다 단어의 길이가 다르지만, 그러한 코드로 프로그래밍된 사람들은 그것의 형상성을 인식하지 못한다. 반면 한국어처럼 기본적으로 인쇄체에서 글씨의 길이가 동일할 경우에는 조금만 글자 길이에 차이를 주어도 그것의 시각적 특징이 부각된다. 인쇄체보다 손으로 쓴 글씨의 경우에는 상하 줄을 정확히 맞추기란 더욱 힘들어지며, 그래서 우리는 텍스트의 의미에서 더 쉽게 빠져나와 해석학적 태도를 버리고 문자의 시각성에 주목하여 글씨가 예쁘다거나 또는 그렇지 않다는 미학적 평가를 내리게 된다. 또한 자간이나 행간을 상이하게 함으로써도 역시 문자 텍스트의 시각적 특성을 부각시킬 수 있다. 이로부터 도출될 수 있는 결론은 문자와 문자로 된 텍스트가 그 선형성을 통해 의미를 만들고 그에 따라 우리에게 선형적인 역사의식을 심어주는 특성으로 환원될 수 없다는 것이다. 더 나아가 알파벳문자 역시 보다 자세히 들여다보면 결코 선형적이지 않으며, 다양한 길이와 형태를 지니며 그 이전의 그림문자나 표의문자와 마찬가지로 형상적인 특성을 띠고 있다.

알파벳과 같은 표음문자를 가시적으로 기록된 음성언어의 조합으로 정의하는 것은 지나치게 음성중심주의적인 생각이다. 플루서 역시 선형적인 알파벳문자가 음성언어의 흐름을 포착한다고 말하면서도, 그 과정에서 일어나는 억압과 이에 대한 언어의 저항을 간과하지 않는다.[132] 그런데 과연 표음문자의 기능을 단순히 음성언어를 모방하는것으로만 제한할 수 있을까? 여기에 대해서는 두 가지 측면에서 이의를 제기할 수 있다. 첫번째, '문자소Graphem'가 '음소Phonem'보다 더 근원적이라는 사실이다. "왜냐하면 음소는 '무언의 음'으로 언어학에 들어와 있으며, 구조적 특성의 그물망, 즉 하나의 특정한 음소를 선택할 때 배제된 다른 음소와의 차별적인 관계에 의해 규정된다. 그래서 적지 않은 언어학자들은 문자소와 달리 음소는 경험적인 데이터가 아니라 이론적인 구성물이라고 확신하고 있다. 그렇게 되면 음소는 문자의

---

132. V. Flusser, "Alphanumerische Gesellschaft," *Medienkultur*(Vilém Flusser, Frankfurt a.M., 2005), 55쪽: "글을 쓰는 사람은 알파벳문자를 문자의 규칙에 따라 언어에 대고 짓누르려고 하며, 언어는 이에 저항한다."

부수 현상으로 해석된다. 이 말의 뜻은, 개별적인 음이 발화의 사건이 아니라 문자매체 속에서 발화된 언어를 분석한 결과라는 것이다."[133] 하나의 문자, 예를 들면 a는 그 자체로 동일성과 정체성을 지니지 못하며 b, c 등과 같은 다른 문자들과의 관계, 즉 차이라는 부정성을 통해 정체성을 획득한다. 따라서 a의 음가는 본래적으로 정해진 것이 아니라 이러한 차이의 부산물이라고 할 수 있다. 두번째, 표음문자는 구술언어와 달리 연속성을 띠지 못한다. 음 사이에 나타나는 연속성과 달리, a와 b 사이에는 다른 문자가 들어올 수 없으며 불연속적인 틈이 있다. 이러한 문자의 불연속적 특성은 시각적인 형상화를 통해 보다 잘 드러난다. 물론 유럽 알파벳언어를 쓸 때 필기체로 쓰며 문자를 이어서 쓸 수 있지만, 그것은 유기적인 연속성을 가장할 뿐 결코 유기적인 연속성을 보장하지는 못한다. 개별 문자들이 빈자리나 여백 등의 사잇공간에 의해 떨어져 있는 인쇄체의 경우에는 이러한 문자들의 불연속성이 더욱 잘 드러난다. 알파벳문자는 결코 실제로 하는 말의 연속성을 기록할 수 없으며, 더욱이 말을 할 때 생겨나는 휴지부는 더더욱 표현할 수 없다. "말하기는 글쓰기에 의해 기록될 뿐만 아니라 그것이 기록적인 시각성의 질서 모델 내에서 표현되면서 동시에 말하기를 분리해내고 분해하고 개별화시킨다. 표음문자는 언어를 전사하는 데 사용될 뿐만 아니라 이를 분석하는 동시에 해석한다. 공간적인 문자를 통해 이행된 말의 흐름을 추상적이고 나눌 수 없으며 감각적으로 더이상 지각할 수 없는 단위들로 분해하는 것은, 감각적으로 풍성한 음향적인 언어적 행위를 불연속적이고 추상적인 언어기호로 해독할 수 있게 만드는 계획의 도안, 지도제작술을 제공한다. 따라서 이러한

---

133. S. Krämer, " 'Schriftbildlichkeit' oder: Über eine (fast) vergessene Dimension der Schrift," *Bild-Schrift-Zahl*(Sybille Krämer/Horst Bredekamp 엮음, München, 2009), 165 쪽.

기록의 시각성을 구체적으로 보여주는 것은 언어의 형식이다."[134]

　(표음)문자는 언어라는 이론적 실재, 추상적 대상을 자신의 고유한 시각적 기록체계에 따라 매체 전환시킨다. 이로써 언어는 지각 가능한 감각적 대상이 된다. 그런데 "여기서 체내로 들어오는 것은 단순히 물질적인 것 내의 비물질적인 것이 아니다. 오히려 하나의 매체가 다른 매체 내에서 구현되며 이로써 '개별 매체의 형식'으로 지각될 수 있게 된다. 니클라스 루만Niklas Luhmann은 우리가 왜 항상 단지 '형식들'만 보고 매체 자체는 보지 못하는지를 설명하며 매체와 형식을 서로 구분하였다. 매체는 느슨하게 연결된 요소들의 목록이다. 반면 형식은 매체를 농축시켜 뻣뻣하게 연결시킨다. 그러므로 가시적이 되는 것은 항상 형식이지 매체 자체는 아니다."[135] 이로써 그 이전에는 아직까지 매체로 인식되지 못했던 언어가 어떤 체계를 지닌 하나의 매체였다는 것이 드러나지만, 그렇게 실현된 언어는 문자라는 매체에 의해 그것의 특성이 이미 변환된 상태이다. 문자는 생각할 수는 있지만 보이지 않는 것을 감각적으로 지각 가능한 것으로 전환시켜놓는다. 인류 초기의 문자 이전의 구술언어는 제스처, 리듬, 음향, 춤과 같은 다른 매체들과 통일을 이루고 있었지만, 문자가 그 사이에 끼어들면서 분열을 겪는다. 그리하여 노래와 말이 하나였던 태초의 언어는 해체되고, 언어는 제스처, 리듬, 악센트를 잃어버리며 (표음)문자에 의해 자신의 물질성과 신체성을 획득한다. 반면 이 경우 문자 자체의 매체성은 감추어지는데, 표음문자에서 목소리만을 듣고 분자의 형상성을 보지 못하는 음성중심주의적인 태도 역시 여기서 생겨나는 것이다.

---

134. 같은 글, 165쪽 이하; 같은 맥락에서 코게도 이렇게 말한다. "문자 역시 발화된 말을 단순히 기록하는 것이 아니며 오히려 소리의 흐름과 발화의 리듬에 인위적이고 분석적인 구조를 부과하며, 이로써 언어의 상이 될 뿐만 아니라 동시에 언어의 분석이 된다." W. Kogge, 같은 글, 145쪽 이하.
135. S. Krämer, 같은 글, 168쪽.

크레머는 문자매체가 음성언어적 특성과 시각적 그림의 특성이 혼재된 상호매체성을 띠고 있다고 주장한다.[136] 이러한 주장은 우리가 거의 '잊고 있는' 문자매체가 지닌 형상적 특성을 상기시키고 있다는 점에서 그 의의를 지닌다. 표음문자까지 포함해서 문자로 이루어진 텍스트는 일차원적인 선형성이 아니라 이차원적인 평면성을 띠고 있다. "문자기호들은 평면 위에 배열되어 있다. 평면 위에서의 배열은 우선 기호들이 이차원적으로, 즉 나란히, 위아래로, 인접해서 또는 떨어져서, 서로 연결되어 있거나 분리되어 있을 수 있지만, 공간적으로 앞뒤로 있을 수는 없음을 의미한다. 두번째로 평면은 그 위의 문자 형상들이 배경과 대조를 이루는 것을 의미한다. 따라서 문자가 쓰여 있는 평면은 문자가 있는 부분과 문자가 쓰이지 않은 부분이 서로 교대하는 구조를 지니고 있는 한 근본적으로 이원성을 지니고 있는 셈이다. 이것은 실제적으로 문자의 형상이 흘러가는 언어의 일차원적인 질서를 부수고…… 다차원적인 질서를 생산하며 그런 질서 속에서 작동함을 의미한다."[137] 알파벳문자가 텍스트로 사용될 경우, 각 문자들은 유한한 수의 전체 알파벳 목록 내에서 서로 구분되며 불연속적으로 배치되는 가운데 자신의 고유한 시각적 질서를 만들어낸다. 이러한 형상적인 문자를 통한 기록은 전통적인 이차원적 그림과 달리 항상 빈 공간이나 틈을 사용한다는 점에서 구분된다. 촘촘한 공간 구도, 즉 아무런 틈이 없이 작업하는 그림과 달리 문자는 빈 공간과 틈이라는 '사잇공간Zwischenraum'을 사용하며 작업한다는 특징을 지닌다.[138]

이러한 '사잇공간'을 사용하는 문자 텍스트는 결코 구술언어를 모사하는 것이 아니다. 문자 텍스트의 형상성은 구두점이나 여백을 통

---

136. 같은 글, 159쪽 참조.
137. W. Kogge, 같은 글, 164쪽.
138. S. Krämer, 같은 글, 162쪽 참조.

해 통사적인 단위나 관계를, 대소문자를 통해서는 문법적 차이를 보여주며 각각 문법적 구조를 드러낸다. 또한 목차, 이탤릭체, 각주, 제목 등을 통해 서로 다른 사고들의 층위, 즉 내적인 생각의 질서를 보여주기도 한다. 이로써 알파벳 텍스트는 통사적인 문법적 질서나 사유의 질서를 표현하면서 언어라는 이론적 실재를 구체적으로 우리의 눈앞에 제시한다.[139] 그런데 평면 위에 자리잡은 문자의 구도와 배열이 어떤 명확한 규칙에 의해 규정되어 있는 것은 아니다. "빈번히 경쟁관계에 있는 다수의 규칙들이 한 장소에 영향을 미쳐, 어떤 문자기호가 어떤 자리에서 어떤 가치를 갖게 될지는 미리 답변할 수 없는 성질의 문제이다."[140]

많은 사람들은 문자의 기록이 지닌 형상적 측면을 간과하고 그것을 선형적으로 읽어내며 거기서 순수한 음성언어를 듣는다고 생각하였다. 이로부터 또한 알파벳문자가 진리를 포착하고 가치 있는 의미를 형성하며 역사적 진보를 낳을 수 있다는 형이상학적 믿음이 생겨났다. 이러한 믿음은 (알파벳)문자 뒤에 생겨나는 기술영상에 의해서 비로소 흔들리는 것이 아니라, (알파벳)문자 자체가 지닌 형상적 특성을 파악할 때 이미 깨질 수 있다. 설령 그림문자에서 알파벳문자로의 발전이 문자의 추상성을 강화시키는 과정이었다고 할지라도, 문자의 발전은 문자가 지닌 형상성을 전혀 파괴하지 않았다. 오늘날 문자를 알파벳문자와 같은 표음문자로 환원하면서 문자의 형상성을 잊고 있는 사람은 그것의 기원을 상기할 필요가 있다. 또한 문자 텍스트의 시각성이 드러내는 문법적 질서와 사유의 질서를 파악함으로써 그것이 갖고 있는 억압적 성격과 그 한계를 이해할 수 있을 것이다. 모든 것을 일렬로 세우며 이야기를 서술하고 의미를 만들어나가려는 그러한 눈

---

139. 같은 글, 160쪽 참조.
140. W. Kogge, 같은 글, 165쪽.

자 텍스트의 억압적 질서에서 벗어날 때 비로소 문자는 보다 자유로운 형태를 띨 수 있고 자신의 유희적 가능성을 펼칠 수 있을 것이다.

(4) 기술영상매체의 발전과 문자의 지위 변화—문자그림에서 문자영화까지

키틀러는 『기록 시스템 1800·1900』에서 독일을 중심으로 1800년대의 기록 시스템과 1900년대의 기록 시스템을 비교한다. 이 장에서는 키틀러가 매체의 발전과 관련하여 문자의 의미와 기능 변화를 어떻게 기술하는지에 초점을 맞추고자 한다.

데리다가 플라톤에서 헤겔에 이르기까지 철학에 나타난 음성중심주의적인 사고를 비판하고 있다면, 키틀러는 특히 1800년대 독일 고전주의와 낭만주의를 중심으로 당대의 지배적인 음성중심주의적 사고를 기술한다.

키틀러는 르네상스와 종교개혁의 시기와 1800년대 고전주의와 낭만주의 시기의 차이점을 시각성과 구술성의 대립을 통해 설명한다. 인쇄술의 발명과 함께 문자는 시각적인 그래픽으로 인지되기 시작하였지만, 이러한 경향은 1800년대에 들어와 문자 텍스트가 음악 악보에 비교되면서 바뀐다. 즉 문자는 '보이는' 언어에서 '들리는' 언어로 기능 전환을 겪게 되는 것이다. 키틀러에 따르면, 인쇄술이 발명된 15세기 이후에도 알파벳 교육이 곧바로 활기를 띠었던 것은 아니다. 시각적인 문자와 책에 대한 관심이 커지면서 민중에 대한 교육이 오류에 빠지고 있다는 생각이 늘어나고 알파벳 교육에 휴지부가 생겼다는 것이다. 1800년대에 들어와서야 알파벳문자에서 자연의 근원적 음성을 듣는 독서와 글쓰기가 퍼지기 시작하면서 알파벳 교육은 보편화되기 시작한다. 이것은 인쇄술의 발명 이후에도 음성중심주의적인 생각이 여전히 사람들의 생각에 뿌리 깊이 박혀 있었다는 것을 보여준다. 그 밖에도 '연속 용지Endlospapier' 생산체계의 발명이나 시민계층의 상승

그리고 문학 시장의 확장도 알파벳 교육의 확대에 기여한다.[141]

키틀러는 1800년대 독일에서 이러한 문자의 구술화라는 획기적인 변화를 가져온 주요 요인 중 하나로 하인리히 슈테파니Heinrich Stephani 의 독서 교본을 든다. 그는 이 책에서 '음독법Lautiermethode'에 따라 읽기를 가르칠 것을 권한다. 아이에게 단어의 음절을 '보여주고' 소리 내어 읽어준 후 따라하게 하는 '음절을 읽어주는 방법Syllabiermethode' 이나 각 음절의 발음을 배우기 전에 단어의 철자를 불러주어 익히게 하는 '철자를 읽어주는 방법Buchstabiermethode' (schon이라는 단어를 Eß Zeh Hah o Enn 하는 식으로 가르치는 방법)과 달리, 음독법은 먼저 단어를 구성하는 개별 철자들의 '발음' ($\int$-o-n)을 가르친 후, 이어서 그것들이 조합된 단어의 발음($\int$on)을 가르친다. 철자를 암기하며 단어를 외우는 '철자를 읽어주는 방법'이 지닌 외면성과 반대로, 음독법은 내면의 목소리로 책을 읽는 방법을 사용한다. 그런데 가정에서 아이의 알파벳 교육 임무가 아버지 대신 어머니에게 맡겨지면서, 아이가 알파벳을 배우면서 듣는 목소리는 어머니의 목소리가 된다. 이 시기에는 남성에게만 사회적 활동의 공간이 열려 있고 여성은 가정이라는 자연적인 공간에서 가사와 양육의 임무를 맡고 있었는데, 이러한 의미에서 여성, 특히 어머니는 곧 사회와 대립되는 자연을 의미하기도 하였다. 따라서 슈테파니가 제안한 음독법은 아이가 어머니로 대변되는 근원적인 자연의 음성을 들으며 알파벳을 배울 수 있도록 한다. 이러한 교육은 아이가 나중에 커서도 독서를 할 때 알파벳문자로 쓰인 시각적 텍스트에서 어머니라는 자연의 목소리를 들을 수 있게 한다. 이로써 알파벳문자가 지닌 그래픽적인 성격과 물질성은 자연의 음성 속에서 사라지고 이러한 음성과 연결된 근원적 자연 및 쇠소기의가 를

---

141. Friedrich A. Kittler, *Aufschreibesysteme 1800 · 1900*(München, 1985), 134-135쪽 참조.

어선다. "음독법, 또는 읽기 학습을 타자의 담론에서 분리하라는 요구는 책과 알파벳의 문자성을 목소리로 대체한다. 이러한 목소리는 보고 읽거나 모방하지 않으며, 표준어 내지 모국어의 순수한 음들을 아주 즉흥적으로 만들어낸다."[142]

문자에서 자연(어머니)의 음성을 들을 수 있도록 하기 위한 물질적 조건은 활판인쇄술의 개혁에 의해서도 마련된다. 웅거J. F. G. Unger는 각이 지고 장식 곡선이 많이 들어간 '독일식 고딕체Fraktur'를 개혁하여 각이 지지 않고 쉽게 읽을 수 있는 활자로 바꾼다. 또한 그는 독일문자에 라틴문자의 밝고 부드러운 면을 도입하기 위해 문자의 살을 많이 떼어낸다. "그리하여 문자 그대로 글자가 물질적인 특성에서 벗어남으로써 마침내 독자의 눈은 철자의 물질성을 지각해야만 하는 임무에서 구제될 수 있었다."[143]

어머니는 알파벳을 가르치며 담론 생산의 원천이 되기는 하지만 직접 글을 쓰는 작가는 되지 못한다. 글쓰기를 배워 국가공무원이 되거나 작가가 되는 것은 남성이다. 남성은 자연(여성)의 목소리를 문자로 번역하여 그것을 사회라는 공적인 영역에서 사용한다. 이 경우 국가공무원이 단순한 문자 교육에 기반을 둔 글쓰기를 하는 평범한 사람이라고 한다면, 작가는 자연의 목소리를 언어로 바꾸는 특별한 능력을 지닌 사람들이다. 이러한 (남성)작가들은 알파벳으로 쓰인 텍스트를 묵독하며 어머니의 목소리를 들을 뿐만 아니라 그러한 근원적 자연에 도취된 상태에서 자신도 모르게 글을 쓰기도 한다.[144] 이때에도 작가는 자신이 쓴 글을 보지 못한 채 우선 자연적인 내면의 목소리에 이끌려 글을 쓴다. 그는 글이 완성된 후 재차 그것을 읽으면서 스스로를 그 글의 주인, 즉 저자로 인식한다. 저자의 권리를 제도적으로 보호하는

---

142. 같은 책, 67쪽.
143. 같은 책, 114쪽.

저작권 역시 18세기 후반에서 19세기 초반 사이에 공포된다.[145]

슈테파니는 읽기 교육방법뿐만 아니라 글쓰기 교육방법도 제안한다. 그는 『초등학교용 발생적 글쓰기 방법론*Ausführliche Beschreibung der genetischen Schreibmethode für Volksschulen*』(1815)이라는 책에서 하나의 음에서 다음 음으로 넘어가는 발음과 읽기의 연습처럼 하나의 철자에서 다음 철자로 유기적으로 이어지는 글쓰기의 중요성을 강조한다. 이러한 유기적 글쓰기를 위해서는 우선 철자들을 기본적으로 분해한 다음, 그렇게 분석적으로 얻은 요소들을 다시 결합하는 방법을 연습해야 한다. 그는 중단되지 않고 유기적으로 이어지고 정합성을 이루는 글씨체에서 시민적 개인이 생겨난다고 말한다. 이러한 글씨체는 괴테 시대의 자서전과 교양소설의 이념을 매체적인 차원에서 보여준다. 또한 이러한 유기성은 유기적인 자연이 개념과 연결되며, 이러한 글쓰기가 자연의 손에 이끌려 이루어진다는 것을 강조한다. 반면 타자기가 발명된 시대에는 통일된 정체성을 지닌 유기적인 자아의 개념이 흔들리기 시작한다. 각각의 글자를 불연속적으로 쓰는, 타자기로 글을 쓰는 사람은 '나누어질 수 없는 인간'으로서의 '개인In-diviuum'이 되지 못한다는 것이다.[146]

아우구스트 빌헬름 슐레겔은 『순수문학과 예술에 대한 강의 *Vorlesungen über schöne Literatur und Kunst*』(1801~1804)에서 시문학을 다음과 같이 정의한다.

---

144. 그래서 독서나 글쓰기는 근친상간적인 특성을 지닌다. 왜냐하면 남성은 텍스트를 읽고 어머니의 목소리를 들으며 사랑을 느낄 뿐만 아니라 자위를 하듯 무의식적으로 손가락을 움직이며 사랑에 빠져 자연의 복소리와 환영을 글로 옮기기 때문이다. 같은 책, 118-120쪽 참조
145. 같은 책, 27쪽, 151쪽 참조.
146. 같은 책, 101-102쪽 참조.

다른 여타의 예술들은 표현매체나 수단의 제약성 때문에 어느 정도 측정 가능한 특정한 영역을 갖게 된다. 그러나 시문학이라는 매체는 그것 자체, 즉 언어이다. 인간의 정신은 이를 통해 자신을 성찰하고 또 자의적인 연결과 표현에 대한 자신의 상상을 마음껏 펼칠 수 있다. 그러므로 언어는 대상에 매이지 않으며 대상 자체를 창조해낸다. 그것은 가장 포괄적인 예술이며 말하자면 모든 예술에 현존해 있는 보편정신이다.[147]

다른 예술들이 그 자신의 고유한 매체의 물질성(돌, 색, 건축재료 등)에 의해 제한을 받는 반면, 시문학의 매체인 언어는 그러한 감각적 물질성, 즉 문자를 벗어나 있는 것으로 간주된다. 이러한 시문학의 진정한 매체는 상상력이다. 상상력은 어떤 제약도 받지 않는 비물질적인 매체로, 모든 감각을 대체하고 번역할 수 있는 가장 놀라운 감각이다. 이를 통해 시문학은 정신이 직접 드러나는 정신, 즉 보편정신으로 간주된다. 시문학에서는 문자 대신 음성이 지배하며, 상상력이 모든 감각을 대체할 수 있을 때까지 모든 물질성을 제거하고 희석시킨다.

이처럼 키틀러는 1800년대 기록 시스템 내에서 지배적인 음성중심주의적인 성향을 지적한다. 물론 이것은 근대의 일면적 합리성을 비판하는 고전주의와 낭만주의 전통에만 적용될 수 있다. 괴테나 다른 낭만주의 작가의 작품에서, 보지 못하는 장님이 보다 근원적인 것을 보는 현자로 묘사되는 것은 계몽주의적인 시각적 합리성에 대한 비판적 거리를 보여준다. 이들은 또한 시각적인 문자 텍스트에서 근원적인 자연의 음성을 듣고 거기서 진리라는 의미를 찾으며 형이상학적인 의미를 구축해나간다. 이러한 의미의 해체는 문자의 시각성이 급진적

---

147. August Wilhelm Schlegel, *Kritische Schriften und Briefe II*(Edgar Lohner 엮음, Stuttgart 외, 1962-1967), 225쪽(F. Kittler, 같은 책, 139쪽 재인용).

으로 강조되고 음성중심주의가 힘을 상실하기 시작하는 1900년대에 들어서 본격화된다. 그것은 또한 기술매체의 등장과 긴밀한 연관을 맺고 있기도 하다.

1800년대와 달리 1900년대에는 정보의 기록·저장 매체로서 문자의 독점이 깨지고 다양한 기록·저장 매체들이 등장하기 시작한다. 이 다양한 기술매체의 등장은 두 가지 점에서 중요한 인식의 전환을 가져다준다.

첫번째, 매체의 물질성에 대한 인식이다. 문자 코드와 책이라는 매체만이 독점적으로 사용되던 1800년대의 기록 시스템은 목소리와 긴밀한 연관성을 지니고 있었다. 그래서 독자는 문자로 쓰인 책에서 어머니와 자연의 목소리를 들으며 영혼 및 정신과 직접적으로 만날 수 있다고 생각하였다. 그러나 기술매체의 발명과 함께, 모든 매체는 물질성을 지니고 있으며 그것의 고유한 논리와 특성에 의해 규정된다는 사실이 인식되기 시작한다. 이것은 문자로 쓰인 시문학에 대해서도 새로운 성찰을 요구한다. 아우구스트 빌헬름 슐레셀의 주장과 달리 시문학의 언어는 결코 매체 자체의 감각적 물질성에서 벗어나 있지 않다. "언어는 더이상 언어 이전의 의미에 대한 번역이 아니라, 여러 매체 가운데 하나의 매체일 뿐이다."[148] 루소가 이상적인 것으로 생각한, 아직 분절되지 않은 생성 중인 언어의 최소기의가 점증적이면서도 유기적으로 늘어나 실제적인 언어를 이루는 것으로 간주되던 1800년대의 기록 시스템에서와 달리, 이제 이러한 근원적인 기의나 사물 자체란 더이상 파악될 수 없으며, 언어는 사물에 대한 인간의 관계를 메타포로 옮겨놓은 것으로 간주된다. 이로써 문자에 대한 인식은 결정적인 변화를 맞이한다. 문자는 더이상 단순히 기의의 전달 수단이 아니며, 목소리 속에서 사라지지도 않는다. 오히려 그것은 시각적인 그래

---

148. F. Kittler, 같은 책, 226쪽.

픽으로서 물질성을 지니고 있으며, 그것의 선형성은 인간의 역사의식을 낳는 것으로 간주된다. 이처럼 1800년대에는 상상력에 의해 자연이나 정신의 심리적 번역이 시문학 내에서 가능하며 매체의 감각적 물질성을 극복하고 진리에 도달하는 것이 가능한 것으로 간주되었다면, 기술적인 매체들이 등장한 1900년대에는 사물의 모든 재현은 사실은 매체를 통한 구성작업을 의미하는 것으로 간주되었다.

두번째, 매체는 또다른 매체의 매체라는 인식이다. "그러므로 매체는 번역될 수 없다. 메시지를 한 매체에서 다른 매체로 전달하는 것은 항상 그것을 다른 척도와 물질성에 맡기는 것을 의미한다."[149] 예를 들어 정신분석학에서 꿈을 해석하는 작업은 꿈속에 등장한 이미지를 언어로 옮기는 것을 의미한다. 그러나 이 작업은 결코 일대일 번역이 아닌 특정한 매체 전이를 필요로 한다. 그렇지 않다면 그러한 꿈이 무엇을 의미하는지 결코 이해할 수 없을 것이다. 그러나 이렇게 해서 이루어진 매체 전이는 궁극적으로 이미지로서의 무의식이 결코 언어로 완전히 번역될 수 없는 흔적이라는 것을 보여준다.

이처럼 다양한 기술매체의 발전과 더불어 매체가 지닌 물질성과 이를 통한 그것의 구성적 특성이 인식되고 매체의 번역 불가능성이 강조되면서, 전통적인 의미 추구와 해석학은 위기를 맞이하게 된다. 이와 더불어 1800년대를 규정짓던 언어와 시문학의 지배적인 범주도 뿌리째 뒤흔들린다. 여기서는 키틀러가 강조한 세 가지 매체를 중심으로 이러한 현상을 집중적으로 살펴보고자 한다.

첫번째 매체인 타자기의 등장은 문자의 공간적이고 시각적인 특성을 인식시키고 음성중심주의적인 사고를 전복시켰다. 타자기의 자판에 표시되어 있는 기호들은 오직 그것이 위치한 장소에 의해서만 정의

---

149. 같은 책, 321쪽.

되었으며, 근원적인 음성과의 관계를 상실하였다. 1800년대에 선험적인 기의로서의 분절되지 않은 자연의 목소리가 점차로 실제적인 단어로 확장되었듯이, 글쓰기에서도 유기적으로 이어지며 자연에서 문화로의 연속적 이행을 보여주는 필체가 모범으로 강조되었다. 이것은 교양소설 주인공의 성장과 그의 개성을 매체의 차원에서 보여주며 근대적 자아를 표현하였다. 그런데 타자기로 쓴 글자들은 이러한 유기적 연속성이 상실된 채 하얀 사잇공간으로 단절된 불연속적인 단어들을 보여줄 뿐만 아니라 (타자기로) 글씨를 쓴 사람이 누구인지 알려주지 않으며 익명성을 보장해주기도 한다. 이것은 자아의 해체나 저자의 죽음이 시작되는 것을 알리는 것으로 해석될 수도 있다. 또한 원래 타자기가 장님을 위해 발명된 것이고 타자기로 글씨를 쓰는 사람이 타자를 치는 순간 종이 위에 나타나는 글씨를 보지 못한다는 사실은, 가시적인 글씨가 비가시성의 조건히에서 생겨남을 보여준다. 이것은 니체가 인간의 기억을 고분에 비교하며 문자들 이러한 고문하에서 신체에 새겨진 기억과 비교하는 것과 유사하다. 이 무의식적인 문자는 그것이 신체에 새겨지는 순간이 우리에게 보이지 않으므로 완전한 해독이 불가능하다. 마치 타자기가 기계적으로 글씨를 새기는 순간 그 글씨가 우리의 눈에 보이지 않는 것처럼 말이다. 이처럼 타자기는 라캉J. Lacan 의 의미에서 상징계에서 기의의 궁극적인 포착이 불가능함을 매체의 차원에서 보여주고 문자가 지닌 시각적 특성을 부각시킨다. 이를 통해 문자에서 음성을 듣고 근원적인 기의를 발견하며 거기서 성애를 느끼는 1800년대의 "육화된 알파벳주의des fleischgewordenen Alphabetismus"에 대한 환상은 완전히 파괴된다.[150]

두번째 매체인 영화는 물질적인 매체의 지배를 받지 않고 순수하세

---

150. 같은 책, 238쪽 참조.

정신을 마음껏 펼쳐나갈 수 있는 것으로 간주되던 1800년대 문학의 상상력을 기술적으로 능가한다. 문학이 꿈꾸었던 것을 영화는 기술적인 실재로 바꾸어놓았다는 것이다. 키틀러는 무성영화에 나타난 언어의 결핍이 오히려 행복으로 간주되며, 단어가 지시하는 대상을 영화가 직접 눈앞에 가져다줌으로써 상징적인 언어의 가치를 없애버렸다고 말한다.[151] 이로써 영화라는 매체는 음성의 무용성을 강조하고 언어의 지시적 가치를 무가치로 폭로한다.

텔레비전이나 비디오와 같은 시각기계와 달리, 영화는 기술영상을 투사하는 기계 자체가 관람객의 눈에 보이지 않는 특이한 매체이다. 영화를 관람하는 관객의 상황은 플라톤의 동굴우화에서 벽에 비친 그림자를 보는 사람의 상황과 유사하다. "투사된 영상의 근원이 인간의 등 뒤에 놓여 있기 때문에, 영상에 내재하는 심리적으로 무의식적인 면 역시 인간에게 인식될 수 없으며 숨겨져 있다. 플라톤의 동굴우화와 마찬가지로 이것은 무의식적인 것이 완전히 부재한다는 것을 의미하지는 않는다. 왜냐하면 무의식적인 것은 투사된 것으로서, 관객이 관찰하는 영상으로 나타나기 때문이다. 그것은 무의식적인 것이 아니며, 우리는 그것을 무의식적인 것의 그림자로 간주해야만 한다."[152] 마치 라캉의 상상계 단계에서 아이가 거울에 비친 자신의 모습을 자신과 동일시하며 즐거워하듯이, 이러한 상상계에 해당하는 영화는 주체로서의 관람객에게 자신을 영상이라는 그림자와 동일시하며 환상에 빠지게 하는 매체로 이해할 수 있다.[153]

물론 플루서와 같이 영화의 특성을 또다른 관점에서 볼 때도 영화는 문자의 선형성 및 역사성을 위협하는 매체로 등장한다. 플루서는

---

151. 같은 책, 296-297쪽.
152. C. Karpenstein-Eßbach, 같은 책, 126쪽.
153. 같은 책, 127쪽.

원재료로서의 영화필름이 이야기를 하는 선형적 코드로 된 텍스트임을 지적한다. 그런데 영화감독의 지시하에 '기술자Operator'는 선텍스트로서의 영화테이프를 잘라내고 또 새롭게 이어붙이면서 자유롭게 조작할 수 있다. 이것은 이야기라는 역사 속에 개입하여 그것을 현재라는 시간에서 인위적으로 변형시키는 과정이다. 이렇게 해서 만들어진 영화는 하나의 이야기를 보여주며 역사성을 가장하지만, 사실은 선텍스트로서의 영화필름이 어떻게 편집되느냐에 따라 다양한 이야기가 가능하다. 따라서 영화의 이야기, 즉 역사는 만들어지는 것이지 실제로 존재하는 것이 아니다. 이와 같은 기술영상으로서의 영화에 대한 성찰은 역사적 의식에서 벗어나 탈역사적인 의식으로 넘어갈 수 있는 길을 열어준다.[154]

세번째 매체는 실제 소리를 그대로 기록하고 저장하는 '포노그래프Phonograph'이다. 알파벳문자가 음을 등기적인 상징인 기호로 번역하는 반면, 포노그래프는 문사 그내로 실제의 소리를 그대로 기록한다.[155] 정신물리학은 인간의 지각을 실험을 통해 분해하고 그것을 다시 아날로그적으로 종합하고 시뮬레이션하는 것을 가능하게 만들었다. 이러한 정신물리학의 실험실에서 시작된 것이 포노그래프나 '축음기Grammophon'와 같은 기술적인 매체의 발명으로 이어진다.[156] 축음기는 문자와 달리 음을 상징적으로 기록하지 않고 '실재'로 기록하는 것을 가능하게 함으로써 상징적인 의미화의 과정에서 배제된 것들에 주목하게 만든다. 정신과 의사들은 환자가 말하는 동안 그 내용을 받아쓸 수가 없는데, 그 이유는 그러한 받아쓰기가 환자의 말을 방해할 수 있기 때문이다. 이러한 문제는 포노그래프와 같은 기술매체를 통

---

154. V. Flusser, *Kommunikologie*, 190-195쪽 참조.
155. F. Kittler, 같은 책, 281쪽 참조.
156. 같은 책, 277쪽 참조.

해 쉽게 해결된다. 포노그래프는 정신과 환자가 자신의 무의식을 규범화된 말의 규제나 의식의 검열 없이 자유롭게 털어놓을 수 있도록 할 뿐만 아니라 그러한 무의식이라는 실재를 기록할 수 있게끔 한다. 1800년의 기록 시스템에서 어머니 내지 자연의 음성이 담론을 생산하는 원천으로서 근원적인 최소기의로 간주되었다면, 1900년의 변화된 새로운 기록 시스템에서는 지금까지 상징적인 언어에서 배제되었던 무의미로서의 소음들이 실재로 간주되며 적나라하게 기록된다. 더이상 자아의 통제 없이 자동기술적으로 말해지고 기록되는 말과 글들은 오물과 쓰레기로 간주된 것들의 지위를 복원시키며, 오히려 우리가 의미라고 부르는 것들을 기표들의 우연적인 결합에 의해 생겨난 것, 우연의 놀이의 결과에 지나지 않는 것으로 간주하게 만든다. 이러한 소음과 쓰레기로서의 무의미는 축음기라는 기술매체를 통해 기록될 수는 있지만, 그것을 통해 무의식의 진실을 파악하는 것은 불가능하다. 왜냐하면 우리가 그것을 언어를 통해 파악하려고 한다면, 매체의 전이를 통해 의미의 왜곡과 변형을 낳을 것이기 때문이다.

기술매체의 이러한 발전은 문자 및 문자로 쓰인 문학 텍스트의 지위에 엄청난 변화를 가져온다. 문학은 더이상 숭고한 의미를 포착해 전달하는 매체가 아니라 무의미한 쓰레기와 소음의 기록공간이 된다. 20세기 초반에 규범화된 사고와 의미의 지배를 덜 받는 아이와 정신병자의 시대가 열린 것도 이 때문이다. 정신분석학도 정신병의 원인을 유아기에서 찾으면서 쓰레기로서의 무의식 문자의 흔적에 주목하며 그것을 기록하고 해석하려고 시도한다. 음성중심주의적인 사고가 깨지면서 문자는 더이상 자연의 목소리를 전달하는 도구로 간주되지 않으며 시각적인 그래픽으로서의 자신의 물질성을 드러낸다. 19세기 초반의 문학작품이 문자의 시각성을 보지 못하고 문자 속에서 목소리를 들으려고 노력했다면, 20세기 초반의 문학작품은 문자의 시각성을 인식하도록 유도하면서 텍스트의 가독성을 떨어뜨리려고 노력한다. 아폴리네르는 『칼리그람』에서, 모르겐슈테른C. Morgenstern은 『교수대의 노래Galgenlieder』에서 문자나 오늘날의 이모티콘과 비슷한 기호로 이루어진 시각적인 시들을 발표한다. 이러한 시들은 더이상 소리내어 읽을 수 없는 시로서, 문자에 선행하는 목소리의 근원성에 대해 회의하게 만든다. 괴테의 「나그네의 밤의 노래 IIWanderes Nachtlied II」에서 들려오는 자연의 근원적인 목소리는 위의 시들에서는 더이상 울려퍼지지 않는다.[157] 슈테판 게오르게Stefan George 역시 ß대신 ss를 사용하거나 소문자를 많이 사용함으로써 문자가 행의 상단부와 하단부에 걸치지 않고 중단부에 위치하도록 만드는데, 이것 역시 문자의 가독성을 떨어뜨리기 위한 것이다. 이러한 시도는 독자가 기의에 주목하지 않고 기표 자체에 주목하도록 만들려는 전략인데, 이를 통해 기의를 발견하고 전달하려는 1800년대의 문학의 뿌리가 본질적으로 흔들리게 된다. 이제 문학은 더이상 숭고한 기의를 찾는 수난이 아니라 사기언관적인 기표가 벌이는 유희의 장소가 된다. "정신물리학적으로 저장된 쓰레기의 재활용. 아무런 의미가 없을 경우에만 학문적인 문서보관소로 들어오는 정신착란의 담론들은 문학적인 시뮬레이션의 경우에도 지시대상을 잃어버린다. ……모든 인간적인 것에서 차단된 문학 담론은 그것을 단지 전이시키는 담론으로 향해 간다. 그리고 매체의 전이는 진정성과 근원성이라는 개념 자체를 해체하므로, 이와 함께 담론 외적인 입증 역시 사라진다. 문학은 어떤 현상도 발견하지 못하고 어떤 사실도 해명하지 못한다. 그것의 영역은 정신착란이다."[158]

키틀러는 니체가 최소한의 기호로 최대의 기호 에너지를 생산해내려고 했다며 아포리슴적인 전보문체가 지닌 기호경제학적 의미를 상

___

157. 이 책의 197쪽 해당 시 참조.
158. 같은 책, 372쪽.

조한다. 또한 그는 우체국 직원이었던 아우구스트 슈트람August Stramm
의 전보문체 역시 최소의 비용으로 최대의 가치를 창출하려는 보편적
인 경제원칙을 따른다고 말한다.[159] 모르겐슈테른이 「물고기의 밤의
노래Fisches Nachtgesang」에서 반원과 선이라는 대립적인 두 요소를 최소
기표로 사용하여 경제적으로 최대의 효과를 낳는 형상시를 만들어내
고 있다는 것도 지적된다.[160] 그러나 키틀러가 니체의 문체나 아방가
르드 예술의 실험적인 시들을 기호경제학적으로 해석하려는 시도는
부분적으로만 타당하다. 왜냐하면 이러한 기호의 경제학은 기표의 생
산에만 적용될 뿐 기의에는 적용되지 않기 때문이다. 오히려 이를 통
해 의미는 해체 내지 파괴되어 쓰레기가 되며, 문자의 유희 속에서 노
동의 생산성보다는 향유의 소비가 지배하기 때문이다.[161] 그 때문에
기표의 경제적인 사용은 기의라는 가치를 축적하는 것이 아니라, 오히
려 그것을 파괴 내지 해체하는 놀이로 전도되어 기호의 경제학을 전복
시킨다.

키틀러는 아방가르드 문학이나 예술을 위한 예술에서 문학은 더이
상 상상력을 통해 환상을 만들어내지도 실재를 포착할 수도 없으며,
이와 관련된 임무를 각각 영화와 축음기에 내주었다고 말한다. 그 대
신 엘리트 문학으로서 이러한 문학은 다른 매체와의 관계를 단절하고
의미를 포기한 채 순수한 기표의 놀이를 벌인다는 것이다. 그래서 엘
리트 문학은 오직 단어의 물질성에만 몰두하며 더이상 영화로 만들 수
없는 것이 되었다고 한다.[162] 그러나 엘리트적인 모더니즘 문학이 매
체의 혼성적 결합 가능성에 반대하고 의미의 해체에 맞서 예술을 통한
총체성의 구원을 시도하는 데 반해, 포스트모더니즘 시대의 문학은 기

---

159. 같은 책, 229-231쪽 참조.
160. 같은 책, 312쪽. 이 책의 201쪽 참조.
161. 같은 책, 366쪽 참조.
162. 같은 책, 301쪽 참조.

표의 놀이를 멀티미디어 예술을 통해 더욱 확장시키고 의미의 해체를 위기가 아닌 기회로 간주하며, 예술을 통한 총체성의 구원 대신 해체의 놀이를 추구한다. 그리하여 문자는 문자영화라는 새로운 장르에서 순수한 기표로서의 문자의 놀이를 보여줄 수 있게 된다. 문자는 이제 움직이는 영상이 되며, 일차원적인 선형적 문자에서 벗어나 삼차원적인 기호의 건물이 되어 촉각적인 것이 될 뿐만 아니라, 음향을 동반하면서 공감각의 유희를 펼친다.

소쉬르는 표음문자와 같은 음성적 기표는 시간적으로 진행되기 때문에 선형적 시간만을 알 뿐이라고 말한다.[163] 그러나 데리다는 근원문자로서의 흔적이 끊임없이 장소를 이동한다는 점을 지적하며 무의식적인 문자의 공간화에 주목한다. 기표들의 유희가 시각화됨으로써 선형적인 문자에서 이탈해 행이 없는 문자가 등장하게 되며, 이로부터 과거의 문자도 변화된 공간적 조직원치에 따라 읽는 것이 가능해진다. 쓰인 글자보다는 행간에 주목해 읽는 독서가 필요한 것도 그러한 이유에서이다.[164] 더 나아가 이러한 문자가 더이상 텍스트가 아니라 그림이 되고 심지어 움직이는 그림으로서의 영화가 될 때, 문자를 읽지 못하는, 즉 문자 내에서 기의를 읽어내지 않는 문맹은 문자로 기표의 놀이를 하기 위한 필수적인 조건이 된다. 새로운 기술매체 시대에 문자의 유희적 기능을 올바로 이해하고 그것을 직접 실천하기 위해서는 현대판 테이레시아스가 필요한 것이다.

(5) 계산과 놀이의 만남—연산문자에서 디지털 문자까지

① 연산문자

표음문자로서의 알파벳문자가 음성을 단순히 모방하는 것이 아니

---

163. J. Derrida, *Grammatologie*, 126쪽 참조.
164. 같은 책, 155쪽 참조.

라는 또다른 반박 증거로 연산문자를 들 수 있다. 기하학적인 도형이
나 연산부호 또는 숫자들을 포괄하는 계산을 위한 문자로서의 '연산
문자operative Schrift'는 표의문자이다. 알파벳문자는 처음부터 이러한
연산문자를 포함하고 있었으며, 결코 순수하게 알파벳문자로만 존재
한 적은 없었다. 이러한 '알파벳문자와 숫자의 코드로 구성된 사회
alphanumerische Gesellschaft'는 플루서에 따르면 서로 이질적인 두 요소를
내포하고 있다. 연속적인 문자와 서로 간에 간극이 있는 불연속적인
숫자를 구분하는 데카르트의 주장을 받아들이며,[165] 플루서는 알파벳
문자를 역사적이고 과정적인 특성을 띤 것으로 보는 반면 연산문자를
의미하는 넓은 의미에서의 숫자는 형식적이고 계산적인 것으로 간주
한다. 문자의 탄생이 정주문화인 농경문화를 통해 생겨났다면, 숫자
역시 사냥과 채집에서 농사와 가축사육을 하는 농경문화로의 이행기
에 생겨난 것으로 간주된다. 특히 강변에 정착한 사람들은 들판의 식
물에 물을 공급하고 강이 범람하는 것을 막기 위해 미리 프로그래밍을
하는 구상을 세우는데, 그러한 흔적은 점토판에 새겨진 도형의 형태,
즉 연산문자의 형태로 남아 있다. 주술적이고 신화적인 사고를 보여
주는 그림 코드가 소망하는 현상을 있는 그대로 모사하는 것과 달리,
그러한 도형의 그림은 아직 실현되지 않았지만 가능한 현상으로서의
수로라는 개념을 의미하였다.[166] 넓은 의미에서 보면 이것은 일종의
프로그래밍으로서, 상상한 것을 현실로 옮기는 컴퓨터 시뮬레이션과
비슷하다. 이처럼 숫자라는 연산문자는 미래의 디지털 문자의 기능을
선취한다. 반면 알파벳문자는 현실을 그림으로 표상 가능하게 하며
모사하려고 한다는 점에서 미래를 설계하는 프로젝트적인 성격을 띤

---

165. V. Flusser, "Alphanumerische Gesellschaft," 50쪽 참조. 그러나 데카르트나 플루서
의 주장과 달리 실제로는 (알파벳)문자 역시 불연속성의 특징을 갖고 있다.
166. 같은 글, 46쪽 참조.

디지털 문자와는 구분된다는 것이다.

플루서에 따르면 선형적으로 배열되는 알파벳문자가 역사의식을 생겨나게 하는 데 반해, 불연속적이고 '이념Idee' 내지 개념을 묘사하는 '표의문자ideogram'로서의 숫자는 형식적이고 초시간적인 사고를 발생시킨다. 이것은 알파벳을 읽을 때는 눈이 행을 쫓아가지만, 기하학적 도형이나 산술적 표현을 읽을 때는 눈이 원을 그리며 움직인다는 데서도 알 수 있다.[167] 또한 비트겐슈타인의 말처럼 "세미팔라틴스크에서 오후 4시에 '1+1=2'라고 말하는 것은 무의미하다. 수학적 사고를 할 때 우리는 초월적인 영역에 있다. 우리는 영원불변하는 형식의 왕국에 있는 것이다."[168] 물론 플루서는 알파벳문자와 숫자가 오랜 기간 같이 공존하며 협력해왔음을 인정하지만, 현대에는 그러한 알파벳문자와 숫자 그리고 이에 상응하는 의식들, 즉 역사적 사고방식과 형식적 사고방식을 서로 합일시킬 수 없는 것으로 간주한다.

역사직으로 알파벳문자와 숫자가 신화직이고 주술적인 사고에 맞서 서로 협력해오다가 지금은 서로 경쟁하고 투쟁하는 관계에 있는 것은 사실이지만,[169] 플루서처럼 이 둘의 본질적 특성을 완전히 대립적인 것으로만 파악하는 것은 옳지 못하다. 만일 알파벳문자와 표의문자인 숫자가 서로 대립적인 특성을 지닌다면, 이들이 같은 문화적 조건에서 생겨나 같이 공존하고 협력한 이유가 설명될 수 없기 때문이다. 플루서는 알파벳문자의 담론적, 과정적 성격을 강조하며 그것이 언어 및 역사의식과 맺는 관계를 자명한 것으로 간주한다. 그러나 앞의 다른 장에서 살펴보았듯이, 알파벳문자는 결코 음성을 단순히 기록하는 것이 아닐 뿐만 아니라, 선형적인 특성을 넘어 형상성을 지니고

---

167. 같은 글, 47쪽 참조.
168. V. Flusser, *Kommunikologie weiter denken*, 122쪽.
169. 물론 초기에는 알파벳문자뿐만 아니라 숫자 역시 주술적인 목적으로 사용되었다.

있다. 플루서 스스로 어느 정도 인식하고 있듯이, "알파벳은 즉흥적으로 말한 음을 표현하는 기호가 아니라, 관습을 통해 정해진 음을 표현하는 기호이다. 그리고 문자의 규칙은 발화의 규칙이 아니라 이러한 규칙에서 파생되어 다듬어진 것이다. 따라서 글로 쓰인 것은 발화된 언어가 아니라 오로지 글쓰기를 위해 '잘 조절된' 언어이다."[170] 즉 이것은 언어가 문자와 텍스트의 규칙에 따라 변형됨을 의미한다. 또한 알파벳문자가 음성언어를 시각화하는 것이 아니라 어떤 사고구조를 시각화한다면, 그것은 마찬가지로 이념을 시각적으로 표현하는 표의문자로서의 숫자와 유사하다. "알파벳문자가 '제대로' 말하기 위해 그리고 과정적인 사고를 단련시키기 위해 도입되었다"[171]면, 이것은 역으로 말하자면, 이러한 알파벳문자와 텍스트의 선형성이 강요된 것임을 알 수 있다. 글을 읽거나 쓸 때 눈이 줄을 일직선의 방향으로 쫓아가는 선형성의 모델은 밭고랑이다. 문자가 농경문화에서 생겨났듯, "글을 쓰는 손이 밭고랑을 파서 씨를 뿌린다면, 글자를 읽는 눈은 다 익은 곡식을 주워 수확한다. 그래서 '글을 쓰다'라는 단어는 어원적으로 '새기다, 파다'의 뜻이 있고 '읽다'라는 단어는 '줍다'의 뜻이 있는 것이다."[172] 이 말은 결국 농부가 밭을 일궈 씨를 뿌리고 곡식을 수확하듯이, 글을 쓰는 사람은 밭고랑과 같이 선형적인 모양으로 적절한 장소에 적절한 문자를 집어넣음으로써 의미를 만들어낼 수 있다는 것이다. 글을 읽는 사람 역시 같은 방식을 거쳐 의미를 해독하게 된다. 그렇다면 알파벳문자의 선형성이란 결국 의미라는 수확물을 얻기 위해 강요된 것이라고 할 수 있다. 만일 알파벳문자가 이러한 의미를 만

---

170. V. Flusser, "Alphanumerische Gesellschaft," 56쪽.

171. 같은 글, 44쪽.

172. 같은 글, 44쪽: "Die schreibende Hand gräbt die Furche und sät den Samen, und das lesende Auge klaubt das gereifte Getreide. Daher heißt 'schreiben' (scribere, graphein) ursprünglich 'ritzen, graben' und 'lesen' (legere, legein) ursprünglich 'klauben.'"

들어내거나 해독하기를 거부할 경우, 그것은 선형성을 상실하며 이차원적인 형상성을 획득하게 된다. 의미의 생산이나 해석에 가려져 있던 문자의 형상성이 인식되는 것이다. 따라서 알파벳문자는 담론적, 역사적 특성을 극복할 잠재력을 자신의 내부에 간직하고 있다.

플루서 스스로 언급하고 있듯이, 인류 최초의 문자인 그림문자는 기본적으로 대상의 숫자를 세는 계산적 기능과 긴밀히 연결되어 있었다. 기원전 4000년경에 이라크 남부 칼데아의 우르(지금의 텔 엘 무카이야르) 지역 근처에서 원추, 구, 입방체 등 다양한 형태의 작은 돌들이 들어 있는 항아리가 발굴되었다. 이 작은 돌들은 어떤 대상의 양을 의미하였다. 가령 원추형의 작은 돌은 일곱 마리의 염소, 구형으로 된 작은 돌은 다섯 마리의 양을 의미하는 식이다. 양치기는 자신이 데리고 다니는 가축의 수를 파악하기 위해 이러한 작은 돌의 모형을 항아리에 넣고 다닌 것이다. 그런데 이러한 모형은 또한 항아리 표면에 같은 수의 그림문자로도 새겨져 있었다.[173] 삼차원과 이차원을 분명히 구분하지 못했을 것으로 추정되는 그 당시의 사람들에게 이러한 모형이나 그림문자는 동물의 수를 세는 기능과 긴밀히 연결되어 있다. 즉 대상을 상징적으로 표현하는 문자와 숫자를 세는 계산이 기능적으로 서로 맞물려 있었던 것이다.

이 시기에 이르면 이전까지 단지 이차원적인 평면의 형태로 존재하던 그림의 내용이 갈기갈기 찢겨 일렬로 늘어서며 그림문자로 변한다. 이러한 행을 만드는 이유는 그림의 내용을 '열거aufzählen'하기, 즉 하나하나 세기 위함이다. 마치 앞에서 목동이 자신이 보유한 가축들의 숫자를 그림문자로 하나하나 열거한 것처럼 말이다. 이렇게 모는 것을 다 열거하는 것이 'er-zählen'인데, 이 단어가 지니는 오늘날

---

173. V. Flusser, *Kommunikologie weiter denken*, 102쪽, 115쪽 참조.

의 의미는 바로 '이야기하다'이다. 즉 대상의 숫자를 세며 열거하는 것이 바로 이야기이며, 계산은 이야기의 가장 원시적인 형태였던 것이다.[174]

알파벳문자에 이르러서도 숫자와 문자의 공존 및 협력 현상은 계속된다. 심지어 근대 이후에도 이러한 현상은 이어지는데, 그 이유는 둘 다 대상으로서의 자연, 즉 세계를 설명하려고 했기 때문이다. 플루서는 문자 텍스트가 선형적인 이야기와 역사 서술을 통해 자연을 묘사하려고 시도한 반면, 숫자는 자연을 계산함으로써 그렇게 하려고 했다는 점에서 차이가 난다고 말한다.[175] 그러나 문자와 숫자를 선형적인 이야기와 불연속적 계산이라는 이분법에 따라 대립시키는 것은 사태를 지나치게 단순화한 측면이 없지 않다. 왜냐하면 소위 말하는 선형적 알파벳문자 역시 의미를 만들어내고 전달하기 위해서 문장이나 텍스트의 질서를 조직하는 계산적인 특성을 띠기 때문이다.

위키피디아 백과사전에 따르면, "계산calculation은 주어진 정보를 이용해 어떤 값이나 결과를 구하는 과정을 뜻한다. 이 용어는 다양한 뜻으로 쓰이는데, 예를 들어 덧셈, 뺄셈 등의 사칙연산처럼 단순한 것을 말할 수도 있고, 함수의 최소값을 구한다든지 게임에서 최적의 전략을 찾는다든지 선물 옵션의 이론값을 구하는 것처럼 조금 더 복잡한 것을 의미하기도 한다." 알파벳문자를 그냥 일렬로 나열한다고 해서 의미가 있는 단어나 문장이 형성되는 것은 아니다. 다시 말해 텍스트의 선형성만으로는 정보를 생산하여 전달하는 의미구조가 만들어지지 않는다. 따라서 자신이 원하는 의미를 만들어내기 위해서는 상황 맥락과 문법규칙 그리고 의미론적으로 적합한 단어의 선택과 같은 여러 가지 요소를 고려하고 해답을 찾으려는 계산을 해야만 한다. 플루

---

174. 같은 책, 104쪽 참조.
175. V. Flusser, "Alphanumerische Gesellschaft," 49쪽 참조.

서 자신은 크게 이 점을 의식하지 못했다 할지라도, 그가 상상력과 '구상Konzeption'을 다음과 같이 대비시킬 때, 문자 텍스트의 계산적 특성을 암시하고 있다. "이와는 반대로 구상은 표면을 조각내고('합리화하다') 그 조각들을 실로 꿰고('계산하다'), 마지막으로 이러한 조각들을 하나의 정보로 모으는 것('구상하다')을 의미한다."[176] 문자가 그림을 설명한다면, 그러기 위해 우선 그림의 표면을 조각내어, 그 조각낸 그림의 요소들을 실로 꿰매듯이 한 줄로 정렬한 후, 의미라는 정보로 만들어내야 한다. 이때 정합적인 의미가 생겨나도록 문자들을 하나의 행으로 배열하는 행위는 계산을 의미한다. 이렇게 보면 알파벳문자나 숫자 모두 세계를 설명하려는 목적으로 계산적인 방식을 취했다는 점에서 공통점을 지니고 있다고 말할 수 있다.

다른 한편 알파벳문자는 의미론적 연관에서 벗어나 수학방정식의 연산문자로 사용될 수 있다. 가령 프랑스의 앙리 4세 시대에 프랑수아 비에트François Viète는 미지수를 자음으로, 상수를 모음으로 표시함으로써 알파벳문자를 연산문자처럼 사용하였다. 이 경우에 알파벳문자는 선형적으로 배열되어 의미를 만드는 전형적인 기능에서 벗어날 뿐만 아니라 직접적으로 계산에 사용된다.

15세기 이후로 십진법과 이에 기반을 둔 알고리즘은 로마숫자와 주판을 몰아내었다. 로마숫자는 계산을 위한 것이 아니었기 때문에 큰 수의 계산에는 적합하지 않았다. 이것은 십진법이 퍼지면서 바뀐다.[177] 그러나 숫자를 세계를 설명하기 위한 수단으로 본격적으로 사용한 것은 근대 철학의 아버지라고 할 수 있는 데카르트에 이르러서이다. 데카르트는 세계를 수학적인 공식으로 환원시켜 분명하고 명료하게 설명하려고 시도하였다. 그는 '연장 가능한 사물res extensa'로서의

---

176. V. Flusser, *Kommunikologie*, 130쪽.
177. S. Krämer, 같은 글, 169쪽 참조.

자연을 '사유하는 사물res cogitans'로서의 '내'가 빈틈없이 인식하고자
할 때, 후자가 지닌 빈틈에 의해 세계를 형성하는 각각의 점들이 포착
되지 못하고 빠져나갈 수 있음을 발견한다. 그 때문에 그는 '내'가 사
물의 모든 지점에 숫자를 붙여 자연을 파악할 수 있도록 돕는다.[178] 그
는 산수 코드를 사용하여 연장 가능한 사물, 즉 이차원적인 기하학을
일차원의 방정식으로 번역하였는데, 이것은 그림 코드의 상상력에 의
해 점점 더 인식의 혼란이 커지는 것을 방지하기 위해 명료성을 지향
한 결과이다.[179] 이러한 시도는 알파벳문자를 이용해 세계를 인식하고
그것을 표상 가능한 것으로 만들려는 시도와 근본적인 의도에 있어서
다르지 않다. 물론 데카르트의 작업은 나중에 문제점이 드러나며, 그
래서 미분방정식의 개발과 같이 보다 복잡한 연산법칙을 낳게 된다.

그런데 이러한 숫자를 통한 계산은 세계를 단순한 공식으로 환원시
켜 재현하려는 의도를 벗어나 '기계적인' 기호연산이 될 수 있다. "그
런데 이 '기계적'이라는 수식어는 무엇을 의미하는가? 계산규칙은 오
직 문자기호의 통사론적 형태에만 관계할 뿐, 그것의 의미와는 아무런
관련이 없다. 그래서 0이 숫자인지 아닌지를 결정하기 오래전에 0으
로 계산할 수 있다. 곱셈 조견표 같은 것이 앞에 놓여 있으면, 계산하
는 사람은 자신이 그래픽적인 범례를 만들고 그것을 변형시키고 있을
뿐만 아니라 또한 숫자를 취급한다는 것을 전혀 의식하지 않고서도 계
산문제를 풀 수 있다. 핵심을 말하자면, 정신은 의식 없이 실현될 수
있고, 기호는 해석 없이 조작될 수 있다는 것이다."[180] 여기서 계산을
하는 숫자 코드가 알파벳문자 코드와 달리 의미와 해석의 차원에서 벗
어나 작업할 수 있음을 알 수 있다. 즉 연산문자는 그러한 계산의 의미

---

178. V. Flusser, "Alphanumerische Gesellschaft," 50쪽; V. Flusser, *Kommunikologie
weiter denken*, 123-124쪽 참조.
179. V. Flusser, *Kommunikologie*, 128쪽 참조.
180. S. Krämer, 같은 글, 170쪽.

를 묻지 않고 순수하게 기계적으로 연산을 수행할 수 있는 것이다. 바로 여기서 의미로부터 독립해 있는 연산문자의 '유희적' 특성[181]을 언급할 수 있을 것이다.

크레머는 문자를 음성언어를 기록하는 것으로 간주하는 기존의 시각에서 벗어나 문자의 '형상성'과 '연산성'에 주목할 것을 요구한다. 문자를 언어와의 비교를 통해 정의하는 관점에 따르면, 문자는 선형적이고 상징적이며 의사소통을 위한 매체로 간주된다. 즉 문자는 발화된 언어를 그대로 순차적으로 기록하는 선형성을 띠고, 읽고 해석하는 것을 목적으로 하는 상징적 특성을 지니며, 글을 쓰는 사람과 읽는 사람 사이의 의사소통을 위한 매체, 즉 정보의 저장 및 전달 수단으로 사용된다는 것이다.

그런데 크레머는 이러한 언어적 담론의 관점을 넘어 문자가 지닌 형상적 특성에 주목할 경우, 문자(또는 문자 텍스트)에 내포된 연산적 공간이 열리게 된다고 강조한다. 문자의 형상성이란 문자가 지닌 이미지의 속성을 뜻한다. 물론 문자는 그림과 달리 불연속적 기호로 되어 있다. 그림에서 빨간색이 짙은 빨강에서 옅은 빨강으로 점진적으로 이행하며 연속성을 보이는 것과 달리, 문자는 a와 b, 1과 2 사이의 점이지대에 다른 문자가 들어올 수 없다는 점에서 불연속성을 띤다. 또한 이 점에서 문자는 음성언어와도 구분된다. 비록 언어가 음소나 형태소의 예에서 보이듯이 불연속적인 것처럼 생각될 수도 있지만, 그럼에도 불구하고 구술적인 말은 불연속성보다는 연속성을 띤다고 볼수 있다. 이에 반해 문자는 두 기호 사이에 제3의 기호가 올 수 없는 사잇공간을 지닌다는 특성이 있다. 문자의 불연속성에 기초한 사잇공간

---

101. Gernot Grube, "Autooperative Schrift-Und eine Kritik der Hypertexttheorie," *Schrift, Kulturtechnik zwischen Auge, Hand und Maschine*(Gernot Grube/Werner Kogge/Sybille Krämer 엮음, München, 2005), 82쪽 참조.

은 텍스트에 배열된 요소들의 시각적 형상화에서도 단어, 문장, 문단 간의 사잇공간의 형태로 변형되어 나타난다.

　문자라는 단위를 넘어 문자로 구성된 텍스트를 살펴보면, 문자의 형상성은 보다 분명히 드러난다. 문자 텍스트는 단순히 문자들뿐만 아니라, 단어와 문장 또는 문단 사이의 빈 공간, 구두점, 대소문자, 제목, 부제, 각주 등 다양한 요소로 구성되어 있다. 따라서 문자 텍스트는 결코 문자의 직선적인 나열로 형성된 선형적인 질서로 환원될 수 없으며, 오히려 평면 위에 구성요소를 특정한 장소에 배치하며 그러한 요소의 배열을 통해 공간을 조직화한 것으로 볼 수 있다. "따라서 발화 자체가 아니라, 발화에서 사용된 언어의 통사적 형식이 문자의 형상에 나타난다. 문자의 형상은 언어를 공간화하며, 그것은 언어로부터 요소의 배열을 만들어낸다."[182] 언어가 공간적이 된다는 것은, 눈에 보이지 않는 언어가 이차원적인 평면에 문자의 조직적 배열을 통해 가시적이 된다는 것을 의미한다. 이러한 텍스트의 공간적 배열을 위해서는 텍스트를 선형적으로 써내려가는 것이 아니라 단어, 문장, 문단을 알맞은 위치에 배치하고 조직하며 일종의 지도를 만들어나가는 것이 필요하다. 이렇게 형성된 텍스트는 평면적이고 동시적인 이차원적 특성을 띤다. 이러한 텍스트의 조직을 위해서는 '텍스트를 측량Textvermessung'[183]하고 적절히 배치하는 기술이 필요한데, 그러한 능력은 다름 아닌 계산 능력이다. 다시 말해 문자 텍스트는 연산의 공간을 열어주는 것이다.

　텍스트의 이러한 공간적 배열은 문자가 단순히 상징적인 기호로서

---

182. S. Krämer, " 'Operationsraum Schrift' : Über einen Perspektivenwechsel in der Betrachtung der Schrift," 34쪽.

183. 이 개념에 대해서는 다음을 참조하시오: Hubert Cancik, "Der Text als Bild. Über optische Zeichen zur Konstitution von Satzgruppen in antiken Texten," *Wort und Bild*(Hellmuth Brunner 외 엮음, Müchen, 1979), 81-100쪽.

의사소통 매체에 국한된 것이 아님을 보여준다. 문자 텍스트의 형상성은 문자를 음성언어의 담지자로 여기며 문자라는 외면적 옷을 벗어 던지고 그 안에서 목소리만을 들으며 텍스트의 의미를 이해하고 해석할 것을 더이상 요구하지 않는다. 오히려 텍스트를 읽는 사람은 상징적 기호로서의 문자의 의미에서 시선을 돌려 텍스트의 형식적 조직에 관심을 가지며, 텍스트의 통사적 형식이 어떻게 생성되어 나오는가를 인식한다. 문자 텍스트는 형상성을 띰으로써 지속적인 관찰이 가능하며 인식의 대상이 된다. 이로부터 문자 텍스트를 조직하고 계산적으로 배열하여 해답을 얻거나 인식을 산출할 수 있게 된다. 그래서 연산적인 문자는 현실을 지시하거나 의미와 연관되지 않음으로써 형식적이고 유희적인 측면을 지니면서도, 또다시 문자 텍스트를 계산을 통해 배열하고 조직함으로써 통사적인 문법적 질서를 보여주며 가치를 만들어나간다. 이것은 연산문자의 유희적 특성이 가치의 해체로 이어지지 않고 오히려 새로운 가치의 생성에 기여함을 의미한다. 심지어 그러한 문자의 연산적 특성은 조너선 사프란 포어Jonathan Safran Foer의 소설에 나타나는 타이포그래피적인 실험에서 알 수 있듯이, 통사적 형식의 생성을 넘어 의미까지 생성할 수 있다.

문자 텍스트는 단순히 글을 쓰는 사람의 생각을 표현하는 전달매체에 그치는 것이 아니라, 오히려 더 나아가 텍스트의 시각적 조직을 통해 텍스트의 통사적 형식을 '생산'해내는 기능을 갖는다. 이 경우 문자는 의미를 표현하고 전달하기 위한 상징적 기호가 아니라, 텍스트의 공간을 측량함으로써 문제를 해결하기 위한 인식의 도구 내지 기술이 된다. 왜냐하면 이 경우 문자 텍스트는 상대방과의 소통을 위한 대화의 수난이 아니라, 텍스트의 공간적 조직이라는 문제를 해결하기 위한 독백적인 정신적 노동의 성격을 띠기 때문이다.[184] "시각화의 분화사에서 문자는 이론적 대상과 추상적 실재를 구현하고 '대상화할' 과제를 가지고 있다(숫자문자, 개념문자, 프로그래밍언어). 문자의 물질성은 눈에 보이지 않는 '지식의 사물'에 일종의 신체성을 갖도록 도와줌으로써 그것에 객체의 지위를 부여한다. 그리하여 인식론적 대상을 구체적으로 취급할 수 있게 된다."[185] 언어체계로서의 랑그라는 통사적 형식 역시 물질적인 문자에 의해 배열된 공간적 질서에 의해 비로소 인식 가능한 대상이 된다.

특히 '인식론적인 글쓰기Epistemisches Schreiben'는 글쓰기가 표현의 매체가 아니라 인식을 위한 도구임을 명백하게 보여준다. 우리는 글을 쓰기 전에 내면에 명확한 어떤 생각을 지니고 있어 그것을 글을 통해 그저 밖으로 표현하는 것이 아니다. 오히려 우리는 글을 쓰는 과정에서 애매하고 정리되지 않은 생각이 발전되어 나오고 명확해지는 것을 경험하곤 한다. 이로써 "글쓰기는 인식의 장소, 우리의 사고의 작업장이자 실험실, 생각의 대장간이 된다."[186] 물론 인식론적 글쓰기가 생산하는 인식은 앞에서 언급한 문자 텍스트가 생산하는 인식의 생산, 즉 시각적 조직을 통한 텍스트의 형식적 구조의 생산과 달리 언어적인 의미의 측면과 관련되어 있지만, 그럼에도 불구하고 내면적인 것의 외면화가 단순한 표현이 아닌 인식의 생산을 의미할 수 있음을 보여준다는 측면에서는 공통점을 지닌다.

지금까지 문자의 형상성이 어떻게 연산적 공간을 열어주는지, 그리고 문자가 어떻게 연산적 특성을 지니는지 자세히 살펴보았다. 그러나 알파벳문자가 아닌 숫자문자를 살펴보면, 문자의 이러한 연산적 측면은 보다 쉽게 이해될 수 있다. 플루서는 알파벳문자와 숫자를 근본

---

184. S. Krämer, 같은 글, 31쪽 참조.
185. 같은 글, 52쪽.
186. 같은 글, 42쪽. 크레머는 독일의 작가 클라이스트처럼 말 역시 진행되는 과정에서 인식을 형성하는 특성을 지니고 있음을 지적하고, 외면화를 통한 인식의 획득이 문자의 특권이 아님을 강조한다. 같은 글, 42-43쪽 참조.

적으로 대립되는 것으로 간주하며 서로 구별하였지만, 이 둘은 모두 문자라는 범주에 포함될 수 있다. 문자가 연산적 특성을 지니듯이, 숫자 역시 대상을 지시하는 상징적 측면을 지닌다. 그러나 우리는 숫자 문자로 수행되는 연산을 볼 때 각 기호가 의미하는 것, 가령 1이 하나를 의미한다고 해석하고 그것의 상징적 지시의 기능에 주목하기보다는 1+1=2라는 문제 해결의 측면, 즉 계산 자체에 주목한다. 물론 이러한 수칙연산은 eins plus eins ist zwei(일 더하기 일은 이)와 같이 알파벳문자로 표현할 수도 있지만, 숫자가 커지면 커질수록 계산을 위해 알파벳문자를 사용하는 것은 비효율적이라는 것이 드러난다. 연산문자는 이러한 계산의 효율성을 위해 고안된 것인데, 그러한 효율성은 무엇보다도 숫자의 형상성에서 비롯된다.[187] 우리는 민족 언어 대신 보편적인 숫자[188]를 사용해 계산하는데, 이를 통해 각 개별 언어의 음성적 특성에서 빗어나며 내용, 즉 의미의 해석에 몰두하지 않은 채, 형식적으로 계산을 수행할 수 있다.

　기호의 의미에 신경 쓰지 않고 형식적인 계산을 수행하는 데 적합한 숫자는 연산문자의 대표적인 예일 것이다. 그러나 알파벳문자 역시 어디에 초점을 맞추는가에 따라 그것의 상징적 특성보다 연산적 특성이 더 부각될 수도 있다. 또 알파벳 자체가 수학적 연산에 사용될 수도 있다. 역으로 숫자 역시 대상을 지시하는 상징적 기능이 있으며, 그러한 측면 없이는 연산적 기능을 제대로 수행할 수 없다는 사실을 잊지 말아야 할 것이다. 물론 해석과 연산은 서로 분리되어 진행될 수 있지만 말이다. 이처럼 연산성은 하나의 문자에 고착되어 있는 특성이

---

187 같은 글, 44쪽; "계산이 기호 목록의 생성과 변형을 위한 규칙에 의거한 실행이라고 한다면, 형상성, 즉 대개는 시각성은 계산의 필수조건이다."
188. 숫자의 보편성은 숫자가 지닌 시각성에서 비롯된다. 물론 숫자를 개별 언어로 추후에 발음할 수 있지만, 근본적으로 숫자는 말하고 그 의미를 이해하는 상징적 기능보다는 기계적인 조작으로서의 연산을 위한 도구의 의미를 더 강하게 지니고 있다.

라기보다는, 문자의 어떤 측면에 초점을 맞추는가에 따라 생겨나는 특성이라고 할 수 있다. 그 때문에 연산문자라는 개념을 사용하기보다는, 문자에 내재된 하나의 측면으로서 연산적 특성을 언급하는 것이 보다 적절하지 않을까 생각한다.

문자의 연산적 특성은 문자가 지닌 계산적 특성을 보다 강조하며, 계산이 결코 숫자(문자)의 고유한 특성이 아니라 문자 일반의 특성임을 보여준다. 그러나 이러한 문자의 연산적 특성이 문자가 의미의 경제학에 종속되었음을 의미하는 것은 아니다. 왜냐하면 이러한 문자를 통한 연산은 근본적으로 내용적인 면에 관심을 갖지 않는 형식적인 특성을 갖기 때문이다. 그럼에도 불구하고 통사적 형식을 시각적으로 보여주는 텍스트나 숫자를 통한 계산은 모두 어떤 인식을 산출하며 또 다른 층위에서 가치를 산출한다. 다시 말해 연산적인 기능을 수행한다는 의미에서의 '연산문자'는 가치의 경제학에서 완전히 벗어나지 못하고 있는 것이다. 이러한 연산문자에 가치의 해체와 놀이의 측면을 보다 강력히 도입하는 것이 바로 다음 장에서 살펴볼 자동연산문자로서의 디지털 문자이다. 이러한 자동연산문자는 컴퓨터의 시대에 문자가 사라지는 것이 아니라, 그 형식과 기능이 변화함을 보여줄 것이다. 구텐베르크 시대의 종말은 문자의 종말이 아니라, 문자에 대한 인식의 변화를 요구하는 것이다.

② 자동연산문자로서의 디지털 문자

문자의 기능적인 변화 양상을 추적하면, 크게 지시적 단계와 연산적 단계를 거쳐 자동연산적 단계로 변화하고 있음을 알 수 있다. 문자의 '지시성'이란 기호가 자신에 선행해 있는 어떤 대상을 대변하는 것을 의미한다. 여기서 문자는 소통 수단으로서의 매체를 의미하며, 해석 가능한 의미와 관련을 맺고 있다. 이와 달리 문자의 연산성이란 기호의 지시대상 및 그 의미와 독립해서 문자를 대상으로 간주하며, 계산을 할 때처럼 조작하여 문제에 대한 해답을 찾는 것을 의미한다. 이런 연산문자에서 인간은 문자라는 대상을 인식의 도구로 삼으며, 문제를 해결하는 행위 주체가 된다. 그런데 이러한 연산은 컴퓨터의 발전과 함께 더이상 인간의 참여 없이 기계에 의해 수행되는 기계적 연산의 단계에 이른다.

뉴턴과 라이프니츠가 미분방정식을 통해 세계를 채우고 있는 점들을 다 메우고 세계를 인식할 수 있다고 믿었지만, 그러한 미분방정식의 발견은 새로운 문제를 낳았다. 미분방정식을 현실에 응용하기 위해서는 그것을 자연수로 바꾸어야 하는데, 복잡한 방정식의 경우 계산에 엄청난 시간이 필요하기 때문에 그러한 계산 자체의 무의미성이 나타나게 된 것이다. 그 때문에 이러한 문제를 해결하고 계산 속도를 높이기 위해 컴퓨터를 발명하게 된다. 컴퓨터는 기계에 의한 연산행위의 자동화를 통해 계산하는 의식을 인간으로부터 기계로 넘어가게 한다. 컴퓨터는 엄청나게 오랜 시간이 걸리는 복잡한 미분방정식을 0과 1이라는 단 두 개의 숫자를 사용함으로써, 즉 디지털 방식으로 보다 빠른 시간 내에 풀어나간다. 이러한 계산 과정에서 인간은 제외되므로, 그의 역할은 이제 계산 자체에서 계산을 위한 기계를 프로그래밍하는 것으로 넘어간다.

프로그래머가 행동에 대한 지시를 내리면, 컴퓨터라는 기계는 그에 따라 스스로 문제를 해결한다. 이러한 기계로서의 자동연산문자는 "더이상 조작되는 것이 아니라, 스스로 움직이며 행동한다." "연산문자의 특징이 기호를 기록하고 같은 문자 체계 내에서 이러한 기호를 소삭하는 것이라면, 자동연산문자의 특성은 이러한 작업들이 서로 분리된다는 것이다. 즉 인간은 지시사항을 기록하고 기계가 연산을 수행하는 것이다."[189]

컴퓨터의 시대에 문자가 사라지는 것이 아니라 그것의 형식과 기능이 변할 뿐이라는 인식[190]은, '프로그램Programm'이라는 말이 담고 있는 어원적 의미를 살펴보면 잘 이해할 수 있다. 'gramm'이 그리스어로 알파벳을 의미하고, 'pro'가 '이전'을 의미할 때, 프로그램은 '미리 쓰인 문자'라고 할 수 있다. 컴퓨터가 이렇게 프로그램언어로 미리 쓰인 명령들을 자동적 연산을 수행하며 실행하면, 컴퓨터 화면에는 텍스트뿐만 아니라 영상이나 음향과 같은 다양한 형태가 나타난다. 0과 1의 이원적 문자체계를 이용하는 디지털 문자[191]는 표현의 차원에서 다양한 매체들의 형태로 변형되어 나타날 수 있는 것이다. 그런데 유저가 프로그램을 어떻게 체험하는가보다는 디지털 문자의 프로그램 차원에 더 비중을 두며 후자를 본질적인 것으로 간주하는 사람들에게는 "컴퓨터 문자의 본질이 알고리즘의 재현에 있다. 유저가 보는 표현은 그것의 토대를 이루는 코드에 의해 담당되며 궁극적으로는 정당화되기도 한다. 코드 자체는 정의상 그 의미가 투명한 문자의 형식이다. 왜냐하면 프로그램언어가 수행될 수 있으려면 거기에 조금도 애매모호

---

189. G. Grube, 같은 글, 103쪽과 97쪽.

190. S. Krämer, 같은 글, 53쪽 참조.

191. 디지털 문자는 점자와 비교하면 그 특성이 잘 드러난다. 장님들이 사용하는 점자는 돌출점 표시가 있느냐 없느냐의 이원적 구조로 구성되며, 가로 2개×세로 3개의 점으로 이루어진 총 6개의 점을 기본단위로 한다. 점자는 2^6, 즉 64개의 기본단위들로 이루어져 있는데, 이를 통해 알파벳은 물론 숫자와 문장부호까지 표시한다. 디지털 문자 역시 점자와 마찬가지로 시각적이지 않은 방식으로 기능하면서도 읽을 수 있다. 디지털 문자는 0과 1이라는 서로 구분 가능한, 불연속적이고 차별적인 정보의 기본단위, 즉 비트로 구성되어 있다. 이로부터 알파벳, 숫자, 연산기호 및 보조기호 등 기본적인 알파벳을 만들어내려면 비트의 조합은 2^8, 즉 256가지(8비트=1바이트)가 필요하다. 한글이나 한자는 그 종류가 훨씬 더 많기 때문에 2바이트 부호가 사용된다. 디지털 문자는 점자와 마찬가지로 상이한 기호들을 하나의 코드로 표현할 수 있는데, 심지어 음향, 영상, 알파벳을 모두 동일한 코드로 표현할 수 있다. Gabriele Gramelsberger, "Im Zeichen der Wissenschaften. Simulation als semiotische Rekonstruktion wissenschaftlicher Objekte," *Schrift. Kulturtechnik zwischen Auge, Hand und Maschine*(Gernot Grube/Werner Kogge/Sybille Krämer 엮음, München, 2005), 444쪽 참조.

한 구석이 있어서는 안 되기 때문이다."[192]

디지털 문자 코드의 본질을 미리 작성된 규칙에 따라 만들어진 모델을 시뮬레이션하여[193] 현실을 재현하는 것으로 보는 사람들에게서는 표현 층위가 프로그램 차원인 심층 차원의 재현에 지나지 않는다. 기후의 시뮬레이션은 컴퓨터의 본질이 알고리즘의 재현이라는 주장의 한 예가 될 것이다. 날씨에 영향을 미칠 수 있는 여러 가지 변수를 공식화하여 기술한 후 그것을 컴퓨터로 시뮬레이션할 때, 이러한 형식적 모델과 실제 현실의 관계는 임의적인 것이 아니라 구조적인 동일성에 의해 연관성이 있는 것으로 간주된다.[194] 그리하여 현실의 단면을 모델로 파악하거나 역으로 이러한 모델의 시뮬레이션을 통해 현실의 상황을 예측할 수 있다고 믿어진다. 이러한 시각은 이미 17세기에 데카르트가 세계를 수학적인 공식으로 단순화하여 파악할 수 있다고 생각한 것의 연장선상에 있다고 할 수 있으며, 다만 그러한 수학적 계산을 기계적 연산으로 대체하여 연산문자를 디지털 문자인 자동연산문자로 바꾸었다는 점에서 차이가 있다. 프로그램 차원과 표현 차원, 디지털 문자와 픽셀의 이미지, 모델과 시뮬레이션의 이분법적 구분은 음성중심주의에 존재했던 안팎의 구분을 또다시 도입하여 전자시대의 로고스중심주의를 내세운다.[195]

그러나 컴퓨터의 표현 차원을 단순히 프로그램 차원의 재현으로 간주하는 관점에 반대하며, 유저의 감각적 체험에 초점을 맞추는 입장도

---

192. Jay David Bolter: "Digitale Schrift," *Schrift. Kulturtechnik zwischen Auge, Hand und Maschine*(Gernot Grube/Werner Kogge/Sybille Krämer 엮음, München, 2005), 463쪽.
193. 연산문자가 문자를 공간적으로 배열하는 데 그치는 반면, 자동연산문자인 디지털 문자는 시간의 지절들을 숫자화하여 시간의 차원을 도입함으로써 문자의 상징적 구조를 역동적으로 만든다. 이러한 운동성은 자동연산문자의 중요한 특징 가운데 하나이다. S. Krämer, 같은 글, 17쪽 참조.
194. G. Gramelsberger, 같은 글, 447쪽 참조.
195. J. D. Bolter, 같은 글, 463쪽 참조.

있다. 이러한 입장은 투명하고 심층적인 현실로서의 프로그램 차원 대신 컴퓨터와 유저 간의 상호작용적인 측면을 강조하며 안팎의 명확한 경계를 없애려 한다. 가령 디지털 설치예술가들은 비디오카메라를 관찰자인 유저에게 맞추어 관찰자 자신의 영상을 작품 안에 포함시킨다. 그렇게 함으로써 관찰자가 스스로를 작품 속에 '써넣고' 그 작품의 생성 조건에 대해 성찰할 수 있는 계기를 마련해준다.[196] 홈비디오 제작과 같은 경우는 위의 경우에 대한 일반적인 사례가 될 것이다. 이러한 경우에 유저는 단순히 기록된 프로그램의 결과를 수용하기만 하는 것이 아니라 그것과 상호작용하며 기술영상을 함께 만들어나간다. 심층적인 프로그램의 차원, 즉 디지털 문자의 층위가 표층적인 표현의 차원을 규정한다는 일반적인 견해에 맞서, "디지털 기술공학은 완전히 규정되어 있는 것이 아니고 형성될 수 있으며, 다수의 상이하고 예견할 수 없는 사용 가능성에 열려 있다"[197]고 말할 수 있다.

자연을 공식화해서 계산하려는 시도는 결국 컴퓨터의 발명을 가져왔지만, 여전히 그 해를 찾아낼 수 없는 문제나 너무 복잡해서 컴퓨터의 속도로도 풀 수 없는 기본 문제들이 존재한다.[198] 이처럼 계산이 처한 한계상황에서 컴퓨터의 또다른 기능에 주목할 필요가 있다.

컴퓨터는 계산을 할 뿐만 아니라 놀랍게도 또한 '합성Komputieren'을 하기도 한다. 그것은 알고리즘을 숫자(점으로 된 비트)로 분해할 뿐만 아니라 이러한 비트를 모아 형태, 예를 들면 선, 면(미래에는 물체나 움직이는 물체), 심지어 음향을 만들기도 한다. 이러한 형태들은 서로 결합될 수 있다. 예를 들면 소리를 내는 유색의 이동 물체를 만들

---

196. 같은 글, 464쪽 참조.
197. 같은 글, 466쪽.
198. V. Flusser, "Alphanumerische Gesellschaft," 51쪽 참조.

수 있다. 대안적인 세계 전체가 숫자로 합성될 수 있게 된 것이다. 이처럼 체험 가능한 (미학적인) 세계들은 형식적이고 수학적인 사고 덕분에 생겨날 수 있다.[199]

"시뮬레이션에는 두 가지 유형이 있다. 첫번째는 세계의 단면을 가능한 한 현실에 충실하게 모델로 모사하고 그것으로 연산을 수행하는 시뮬레이션이고, 두번째는 감각적으로 경험할 수 있는 인위적인 현실을 생산하는 시뮬레이션이다."[200] 앞에서 디지털 문자의 투명성을 언급하며 시뮬레이션의 현실 연관성을 지적하였을 때, 시뮬레이션이란 첫번째 유형의 시뮬레이션을 의미한다. 이에 반해 현실의 재현 대신 인위적인 가상현실의 생산을 목표로 하는 두번째 유형의 시뮬레이션에서는, 기호가 더이상 현실의 단면을 지시할 필요가 없으며, 이러한 지시의무에서 벗어나 단지 기호의 관계와 구도를 경험 가능한 것으로 만들기만 하면 된다. 여기서 디지털 문자라는 기호체계는 유희적인 가능성의 공간을 획득할 수 있게 된다.

데카르트가 자연을 수학적인 법칙으로 공식화하여 설명하고 재현하려고 했다면, 이제 여기서 컴퓨터 시뮬레이션에 의해 생겨난 가상적 현실은 현실과 가상의 경계를 없앤다. 그 때문에 더이상 자연을 측량하는 과정이 아니라 인위적인 생성의 과정을 통해 생겨난 컴퓨터 영상을 분석하며 어떤 궁극적인 진리를 인식하려는 시도는 근본적으로 잘못된 것이다. 이렇게 계산되고 합성된 영상은 어떤 구속력 있는 의미를 지시하는 것이 아니라, 의미에서 벗어나 있는 미학적인 창조로서 일종의 놀이라고 할 수 있다. 컴퓨터 시뮬레이션에 의해 만들어진 영상들은 현실보다 더 현실적인 가상적 대안의 세계를 만들어 우리로 하

---

199. 같은 글, 52쪽.
200. C. Karpenstein-Eßbach, 같은 책, 192쪽.

여금 그러한 세계를 체험하도록 만든다. 그러한 세계는 플루서의 말처럼 '시학Poesie'의 어원적 의미인 'poiesis', 즉 새로운 것을 만들어낸다는 의미[201]에서 창조적이고 미학적인 세계이다. 그러나 의미라는 가치에 구속되지 않고 그것과 유희하는 이러한 미학적인 놀이의 세계는 역설적으로 자동적으로 계산하는 연산문자로서의 디지털 문자, 즉 0과 1의 조합에 의해 이루어진다. 이로써 계산과 놀이의 대립은 사라지고 계산은 놀이를 위한 도구로 기능한다. 근대의 데카르트 철학이 합리적인 수학적, 형식적 사고로 현실세계를 설명하려고 했다면, 이제 포스트모더니즘 시대에는 똑같은 사고가 현실과 유희하며 세계를 미학적으로 창조해내는 데 사용된다. 이로써 현실과 가상의 경계는 무너지고, 현실의 의미는 해체되며, 가상적인 현실을 만들어내는 것과 같은 '의미와의 유희'가 가능해진다.

---

201. V. Flusser, 같은 책, 56쪽 참조.

제2부　작품

제3장

|

음성중심주의

I. 자연의 음성과 환상적 글쓰기—E. T. A. 호프만의 『황금 단지』

호프만E. T. A. Hoffmann의 작품들이 일반적으로 시민의 일상적인 삶과 예술가의 광기 어린 삶 사이의 갈등과 이로 인한 주인공의 내적 분열을 주제로 다루고 있는 반면, 『황금 단지Der goldne Topf』(1814)는 '새로운 시대의 동화Ein Märchen aus der neuen Zeit'라는 부제에 맞게 해피엔드로 결말을 맺는다. 일상생활에서 항상 서투르고 미숙한 모습을 보이는 주인공 안젤무스는, 어느 날 라일락 나무 밑에서 신세를 한탄하고 있다가 크리스털 종처럼 아름다운 노래를 들려주는 푸른 눈의 뱀을 바라보며 무의식적으로 동경에 빠진다. 이 뱀은 후에 린트호르스트의 딸 세르펜티나로 밝혀진다. 안젤무스는 헤어브란트의 추천으로 문서관장 린트호르스트 밑에서 낯선 아랍어로 쓰인 문서들을 필사하는 일을 맡는다. 그러면서 그는 점차 시민적인 일상에서 벗어나 환상의 힘으로 자연의 신비를 밝혀내는 시인으로 발전해나간다. 그런데 린트호르스트라는 인물은 사실은 아틀란티스라는 정령의 왕국에 살던 샐러맨더(불도마뱀)이며, 지금은 이전의 과오로 인해 지상에 내려와 살고 있다. 안젤무스는 린트호르스트의 적인 나쁜 마녀의 유혹에 빠지기도 하지만, 결국 자신이 동경하는 세르펜티나에 대한 사랑 덕택에 마법에서 풀려나 그녀와 아틀란티스 왕국에서 행복한 삶을 산다.

이 소설을 문자와 관련시켜 살펴보면, 우선 라일락 나무 밑에서 안젤무스가 세르펜티나의 노래를 듣는 장면이 눈에 띈다. 문서관장의 세 딸인 뱀들이 나뭇잎과 나뭇가지로 노래를 부르는 소리는 크리스털 종처럼 맑게 울려퍼진다. 안젤무스는 특히 이 가운데 자신을 내려다보는 한 마리의 뱀, 즉 세르펜티나에게 지금껏 느껴보지 못한 강렬한 사랑을 느낀다. 나중에 안젤무스는 린트호르스트에게 그때의 체험을 이렇게 말한다.

"가슴속 깊숙한 곳에서 아직도 제게 말을 걸었던 사랑스러운 음성이 맑게 공명하며 울려퍼지고 있습니다. 그것은 결코 꿈이 아니었어요. 제가 사랑과 동경하는 마음 때문에 죽지 않으려면, 황금초록빛 뱀을 믿어야만 합니다."[202]

시민적인 사회생활에서 항상 서투르게 행동하며 적응하지 못했던 안젤무스는 자연의 목소리를 들으며 비로소 자신의 무한한 동경의 대상을 발견하고는 행복해한다. 세르펜티나에 대한 그의 사랑과 동경은 어떤 세속적인 계산[203]도 들어 있지 않은 순수한 자연적 감정이다. 낭만주의적인 생각에 따르면, 이러한 순수한 자연은 모든 것의 근원으로

---

202. E.T.A. Hoffmann, *Der goldne Topf*(Stuttgart, 1994), 39쪽.

서 선험적인 의미를 지닌다. 명확히 분절되는 인간 언어 이전의 근원적인 언어는 자연의 호흡이나 숨결과도 같으며, 모든 인간의 언어는 이러한 근원적인 자연의 목소리와 노래로 거슬러올라간다. "자연의 언어가 인간이라는 타락한 종족에게 더이상 이해될 수 없고, 정령들이 자신의 영역으로 추방당해 단지 멀리서 어렴풋한 화음으로 인간에게 말을 걸며, 조화로운 땅에서 멀어진 인간에게 단지 무한한 동경만이 경이로운 왕국에 대해 막연히 알려주는 이 불행한 시기에"[204] 안젤무스는 자연의 영역에 속하는 세르펜티나에 대한 무한한 사랑으로 인간의 언어 뒤에 숨어 있는 자연의 언어를 이해할 수 있게 된다.

이러한 자연의 언어를 이해한다는 것은 좁은 의미에서 어떤 기표에 해당하는 기의를 이해하는 것을 의미하지 않는다. 이것은 안젤무스가 린트호르스트의 집에서 필사 작업을 할 때 명확히 드러난다. 그는 자신이 전혀 모르는 낯선 산스크리트 문자를 쉽게 빨리 베껴쓸 수 있는데, 이것은 그가 그의 내면에 울리는 세르펜티나의 목소리를 듣기 때문이다. 그녀의 사랑스러운 목소리를 듣고 달콤한 숨결을 느끼면서, 안젤무스는 이 낯선 문자를 점점 잘 이해할 수 있게 되며 그래서 원본을 들여다보지 않고도 그것을 능숙한 솜씨로 베껴쓸 수 있는 것이다. 이처럼 안젤무스는 종이 위에 잉크로 쓰인 문자의 물질성이나 또는 문자의 시각적인 형상에 전혀 구애받지 않고 그 뒤에 숨어 있는 근원적인 자연의 흔적을 찾아내어 조화로운 우주인 자연의 비밀을 이해한다. 이러한 근원적인 의미는 우리가 일반적으로 한 단어의 의미로 부

---

203. 이에 반해 교감 파울만의 딸 베로니카는 안젤무스가 궁정고문관이 될 가능성이 있다는 말을 듣고서 그와의 결혼을 상상하며 사랑에 빠진다. 나중에 안젤무스 대신 헤어브란트가 궁정고문관이 되어 그녀에게 청혼하자 베로니카는 주저 없이 그의 청혼을 받아들인다. 이처럼 베로니카의 사랑은 어떤 타산적인 고려에서 이루어지며, 그래서 안젤무스의 무조건적인 열정적 사랑과는 대비된다.

204. 같은 책, 87쪽.

르는 것을 넘어 유기적인 전체로서의 자연의 선험적 기의를 의미한다. 이 선험적 기의가 나타나는 자연의 언어에서는, 루소가 말한 것처럼 노래와 말이 더이상 구분되지 않으며 하나가 된다.

키틀러는 『기록 시스템 1800·1900』에서 19세기 초반의 아이들은 어머니에게서 책을 읽는 법을 배우며, 그래서 나중에도 책을 읽으면서 어머니의 음성을 듣는다고 말한다. 19세기 초반에는 사회에서 활동하는 아버지와 집에서 가정을 돌보는 어머니 간의 사회적 역할 분담이 분명하게 나타났으며, 그래서 여성, 특히 어머니는 사회와 대비되는 자연의 영역을 대변하는 것으로 여겨졌다. 이러한 어머니는 아이들이 가장 자연적인 방식으로 언어를 습득하고 이해할 수 있도록 언어 교사의 역할을 맡는다. 이와 같이 어머니의 음성으로 알파벳과 독서를 배운 아이들은 글자의 물질성을 인식하지 못하고, 글자 뒤에 숨어 있는 어머니의 음성, 즉 자연이라는 순수한 선험적 기의를 상상을 통해 듣게 된다는 것이다.[205] 이것은 안젤무스가 아랍어 원본 텍스트를 보지 않고서, 즉 텍스트에 나타나는 시각적인 문자를 읽지 않고서도 세르펜티나에 대한 사랑과 이로부터 발원된 상상력을 통해 그러한 문자의 근원적 의미를 듣고 이해하며 써나가는 것과 유사하다. 더욱이 안젤무스가 라일락 나무 밑에서 들은 세르펜티나의 사랑스러운 음성은 근원적인 대지로서의 어머니의 음성이기도 하다. 왜냐하면 린트호르스트의 세 딸인 이 뱀들은 "인간에게 어머니의 모습으로 나타나기"[206] 때문이다.

19세기 초반에 독서를 가르치는 것이 어머니의 임무였다면, 글쓰기를 가르치는 것은 아버지의 임무였다. 낭만주의 이론가이자 작가인 슐레겔도 이러한 역할 분담을 강조한 바 있다.[207] 『황금 단지』에서 안

---

205. F. Kittler, 같은 책, 35-47쪽, 67-68쪽 참조.
206. E.T.A. Hoffmann, 같은 책, 87쪽.

젤무스에게 글쓰기를 가르치는 것은 문서관장 린트호르스트이다. 처음에 안젤무스가 린트호르스트를 찾아가서 자신이 쓴 글씨를 보여주자 린트호르스트는 그의 솜씨를 비웃는다. 안젤무스 역시 자신의 글씨가 형편없다는 것을 알아차린다. 린트호르스트가 물 잔에 손가락을 담궈 안젤무스가 쓴 글씨 위를 툭툭 치자 글씨는 흔적도 없이 사라진다. 안젤무스가 처음 린트호르스트를 찾아와 필사를 시작할 때, 그는 직업적인 성공과 경제적인 안정이라는 시민적인 동기에 매어 있었다. 나중에 안젤무스가 세르펜티나에 대한 자신의 사랑을 확인하고 진정한 시인으로 거듭나면서, 그는 이러한 시민적인 삶이 투명한 병 안에 갇힌 감옥과도 같은 것임을 알게 된다. 이처럼 아직까지 진정한 시인의 길에 접어들지 못한 그의 필체가 형편없는 것은 당연한 일이다.

그러다가 그가 낯선 문자들의 복잡한 시각적 형상에 현혹되지 않고 그것을 정확히 베껴쓸 뿐만 아니라 더 나아가 그것의 의미를 이해하게 된 것은 자연의 목소리를 듣고 근원문자의 본질을 이해할 수 있게 되면서부터이다. 안젤무스가 작업하는 도서관과 그 앞에 있는 정원은 문화와 자연과의 긴밀한 관계를 보여준다. 도서관이라는 문화적인 공간에서 '책의 페이지Buchblätter'를 읽는 것은 정원이라는 공간에 핀 '야자수 잎Palmblätter', 즉 자연을 읽어내는 것으로 바뀐다.[208] 인공적이고 물질적인 문화의 세계에서 벗어나 근원적이고 비물질적인 자연의 세계로 이행하는 것은 도서관에서의 환상 체험으로 나타난다. 이것은 모든 인간 문화의 근원인 자연이라는 선험적 기의를 발견하고 이해하는 것을 의미한다.

이러한 순수한 자연과 정신에 도달하기 위해서는 문자가 지닌 물질성이나 그것의 시각적 특성에서 벗어나야 한다. 안젤무스가 바너의

---

207. F. Kittler, 같은 책, 104쪽.
208. 같은 책, 112쪽 참조.

주술로 인해 세르펜티나가 아닌 베로니카에게 마음을 빼앗겼을 때, 이것은 그의 필사에도 영향을 미친다. 그는 꼬부라진 글자와 장식무늬를 베껴 쓰려 하지만 눈이 뱅뱅 돌아 제대로 필사할 수가 없다. 그 순간 실수로 펼쳐놓은 원본 텍스트에 잉크가 떨어져 얼룩을 남긴다. 상상력을 통해 문자의 물질성에서 벗어나 순수하고 정신적인 선험적 기의의 세계로 들어가는 대신, 이제 안젤무스는 문자의 형상적 세계와 물질적 특성 자체에 현혹되고 만다. 따라서 이러한 상황에서 그의 글쓰기는 의미를 전혀 모르고, 단순히 베껴쓰는 차원을 넘어서지 못하며, 결코 근원적인 의미를 찾으려는 시도로 나아가지 못한다.

안젤무스의 친구인 헤어브란트는 시민적인 세계에 속한 인물이지만 종종 거기서 벗어나 도취적인 체험을 하기도 한다. 한번은 그가 대낮에 눈을 뜨고 있는데도 꿈꾸는 듯한 상태에 빠져 '라틴어 독일식 고딕체lateinische Fraktur'[209]가 춤을 추고 있는 것처럼 보이는 경험을 하기도 한다. 이처럼 문자가 춤을 추며 읽는 사람의 일상적인 시선을 방해하거나 아니면 글을 쓰는 사람이 더이상 글자를 보지 않고 춤을 추듯이 펜을 움직일 때, 그러한 문자가 지시하는 일상적인 의미는 더이상 포착되지 않는다. 그러나 이처럼 단어의 의미가 파악될 수 없게 되어 문자의 시각적인 물질성이 부각된다 해도 문자의 '이미지적 특성 자체가 중요한 의미를 띠는 것은 아니다. 이러한 문자의 물질적, 이미지적 특성의 강조는 문자의 형상성을 강조하며 의미 자체를 파괴하려는 의도보다는, 오히려 그러한 문자의 형상성을 자연과 연결시키고 문자 속에 숨어 있는 보이지 않는 근원적 기의에 관심을 갖도록 만든다.[210] 좁은 의미에서 단어의 의미를 이해하는 것을 넘어서, 순수한 정신이자

---

209. Fraktur는 원래 독일식 고딕체를 의미하는데, 이 소설에서는 lateinische Fraktur로 불리고 있다. 이것은 아마 타이포그래피 개혁을 한 '웅거'의 독일식 글자체를 가리키는 것으로 보인다. 웅거는 '독일식 고딕체Fraktur'에 '로마글자체Antiqua'를 접목시켜 가독성을 높이려고 시도하였다.

보편적인 우주로서의 자연의 언어라는 선험적 기의를 이해하는 것이 중요한 것이다.

"문자 전체의 신화적 출발점인 근원문자의 특징은 그것이 (아직) 문자가 아니라는 것이다. 어느 누구도 '기호와 기표 그리고 기의가 동일한, 알파벳을 사용하지 않는 이 문자'를 쓰거나 읽을 수 없다. 자연은 복잡한 얽힘 그 자체이다. 린트호르스트는 절망해 있는 자신의 비서에게 그가 제시하는 식물과 동물의 히에로글리프를 동시에 '바가바드기타[211]의 마이스터'의 작품, 즉 산스크리트어로 된 텍스트라고 부른다. 따라서 그의 고사본은 『파우스트』에서 외국어로 된 텍스트이자 자연의 계시라고 불리는 노스트라다무스의 필사본과 같은 지위를 갖는다. 외래문화와 낯선 자연 사이에는 진동이 일어나는데, 이것이 1800년경에 쓰인 모든 글의 특징이다. 노발리스는 자연의 위대한 '암호문자'와 '진정한 산스크리트 문자'를 동일한 것으로 취급한다."[212] 『황금단지』에 나오는 산스크리트 문자로 된 텍스트는 서구의 알파벳문화권의 독자에게 읽힐 수 없는 비가독성과 이방적인 성격 때문에 역시 근대적인 인간에게 낯설어진 자연의 텍스트에 상응하는 것으로 간주된다. 그러나 인간은 일상적이고 이성적인 사유에서 빠져나와 시적인

---

210. 폴라쉐크는 괴테가 『서동 시집West-östlicher Divan』을 쓰기 전에 아랍어에 관심을 가졌던 이유를 설명한다. 괴테는 아랍어를 읽고 이해할 수 없었지만, 언어의 이러한 지시적 차원을 넘어서 그러한 유기적인 형태로 이어지는 아랍문자의 특성과 아랍어와 알파벳언어 모두에 바탕이 되는 보편적인 음에 관심을 기울이며, 보다 심층적인 차원에서의 문자의 의미 잠재력에 주목한다. 즉 그는 아랍어를 베껴쓰는 연습을 통해 유기적이고 조화로운 자연언어의 의미 차원을 경험할 수 있었던 것이다. Andrea Polaschegg, " 'Diese geistig technischen Bemühungen……' Zum Verhältnis von Gestalt und Sinnversprechen der Schrift: Goethes arabische Schreibübungen und E.T.A. Hoffmanns *Der goldene Topf, Schrift, Kulturtechnik zwischen Auge, Hand und Maschine*(Gernot Grube/Werner Kogge/Sybille Krämer 엮음, München, 2005), 300쪽 참조.
211. 산스크리트어로 '신의 노래'라는 뜻으로, 힌두 문헌에 나오는 서사시를 가리킨다.
212. F. Kittler, 같은 책, 105쪽.

환상을 통해 이러한 자연의 근원문자를 읽을 수 있다.

이러한 근원적인 자연의 언어는 공감각적인 성향을 띠며 근대의 시각중심주의와 거리를 둔다. 모든 것을 대상화하여 관찰하고 스스로를 그러한 관찰의 주체로 끌어올리는 근대적 자아는, 『황금 단지』에서는 현실과 환상을 구분하지 못하며 혼란에 빠진다. 이제 관찰하는 자아 대신 근원의 목소리에 귀를 기울이며 자연과 하나가 되는 자아가 등장한다.

『황금 단지』의 서술자는 11장까지 원고를 쓴 후 마지막 장을 남겨두고 창작의 난관에 부딪힌다. 그는 아틀란티스의 왕국에 있는 안젤무스의 삶을 묘사할 수 없어 어려움을 겪다가 린트호르스트의 도움으로 아틀란티스 왕국의 환영을 본다. 서술자는 환한 태양이 비치는 동산에서 안젤무스를 바라보는데, 그곳에서는 '향기'가 사랑스러운 '소리'로 그를 부르고 '황금빛'이 작열하는 '음향'으로 타오른다.

> 그것은 시선인가? 말인가? 아니면 노래인가? 분명하게 이런 소리가 들려온다. "세르펜티나! 당신에 대한 믿음, 사랑이 내게 자연의 가장 내밀한 곳을 열어주었구려!"[213]

이처럼 근원적인 자연의 언어는 빛과 소리, 그리고 향기를 모두 내포하는 공감각적이고 총체적인 특성을 띠고 있다. 인간이 이러한 근원적인 자연의 언어에 다가갈 수 있는 것은 가장 자연적이고 솔직한 감정인 사랑을 통해서이다. 그러한 자연적인 사랑의 감정을 통해 자연의 본질에 다가가면 자연의 진정한 모습이 환상적으로 보일 뿐만 아니라 또한 말과 노래가 되어 들리기도 한다. 자연세계의 요정인 세르

---

213. E.T.A. Hoffmann, 같은 책, 129쪽.

펜티나가 수정같이 맑은 소리로 노래할 뿐만 아니라 뱀의 꿈틀거리는 몸짓으로 아랍문자의 형상적인 흐름을 보여주는 것 역시 근원적인 문자의 공감각적인 특성을 잘 보여준다.[214] 그 때문에 독자가 자연의 언어를 이해하기 위해서는 형상적인 문자의 이면에서 자연의 형상을 보고 자연의 목소리를 들을 수 있어야만 한다.

서술자는 안젤무스에 비해 자신이 불쌍한 다락방에 갇혀 보잘것없는 삶을 살며 뿌연 안개에 묻혀 본질을 보지 못한다며 자신의 신세를 한탄한다. 그러나 린트호르스트는 서술자가 내면적인 상상력을 통해 아틀란티스 왕국을 체험하지 않았느냐며, 안젤무스의 행복이란 바로 시 속에서의 삶이라고 말한다. 그러한 시적인 상상력을 통해 근원적인 자연의 비밀을 순간적으로 경험한 것이 서술자 자신도 모르게 종이 위에 그대로 적혀 있다. 이전에 안젤무스가 세르펜티나에 대한 사랑의 힘으로 린트호르스트와 그의 딸들의 이야기를 자기도 모르게 순식간에 필사한 것과 마찬가지로, 서술자 역시 춤을 추듯 흘러가는 빠른 손동작으로 단숨에 12장을 써내려간다. 안젤무스가 자신이 전혀 모르는 산스크리트어 텍스트를 이해했다는 것은, 곧 그가 낯선 외국어 텍스트를 자신이 이해할 수 있는 '어머니'의 언어인 모국어, 즉 독일어 텍스트로 번역하였음을 의미한다. 이것은 그가 단어의 뜻도 모르고 단순히 글자의 형상을 베껴쓰는 필경사에서 텍스트를 해석학적으로 이해하고 근원적인 모국어로 번역하는, 즉 자연의 세계를 서술하는 진정한 시인으로 변모하였다는 의미이기도 하다. 서술자는 11장을 마치고 나서 마치 자신이 기록원인 헤어브란트인 것처럼 느낀다. 헤어브란트의 글쓰기는 상상력이 결여된 공무원의 글쓰기이다. 따라서 서술자가 신화적인 마지막 장을 서술하기 전에 자신을 헤어브란트와 비교

---

214. A. Polaschegg, 같은 글, 297쪽 참조.

한 것은 그의 글쓰기가 현실적인 공무의 일환으로서의 글쓰기에서 벗어나 상상력을 통해 자연의 신비를 밝혀내는 시적인 글쓰기로 넘어가야 할 필요성을 역설하기 위한 것이다. 그가 마지막에 안젤무스와 마찬가지로 린트호르스트의 도움으로 상상적인 글쓰기를 통해『황금 단지』의 마지막 장, 즉 신화적인 세계를 서술하는 데 성공하였을 때, 이것은 그가 진정한 시인이 되었음을 의미한다. 시인 안젤무스가 시적인 '이름first name'으로 불리고, 공무원인 헤어브란트가 시민적인 '성last name'으로 불릴 때, 이로부터 안젤무스 헤어브란트라는 이름이 그 총합으로 나온다. 이것은 서술자가 헤어브란트적인 특성과 안젤무스적인 특성을 모두 지닌 것과 연결될 뿐만 아니라, 작가 호프만이 판사로서 '에른스트 테오도어 빌헬름 호프만Ernst Theodor Wilhelm Hoffmann'이라는 이름에서 시민적인 성을 남겨두고 시인으로서 모차르트의 이름을 차용해 '에른스트 테오도어 아마데우스 호프만Ernst Theodor Amadeus Hoffmann'으로 이름을 바꾼 것과도 연결된다.[215]

『황금 단지』는 '새로운 시대의 동화'라는 부제처럼 린트호르스트와 마녀로 대변되는 선악의 대립 구도로 구성되어 있다. 여기서 늙은 노파의 모습으로 등장하는 마녀는 주술적인 전근대사회를 대변하는 인물이다. 이 마녀는 시민적인 인간의 전형인 베로니카[216]의 보모이며 더욱이 베로니카를 자신의 딸이라고 부르기 때문에 자칫 시민사회를 상징하는 인물처럼 보이기도 한다. 그러나 이것을 근대의 시민세계가 지

---

215. F. Kittler, 같은 책, 170-171쪽 참조.
216. 다른 한편 베로니카는 기독교의 성녀를 지칭하는 이름이기도 하며, 이로써 기독교적인 그녀와 이교도적인 세르펜티나의 대립성이 부각된다. 여기서 기독교는 시민적인 일상과 긴밀하게 연관을 맺고 있는데, 특히 예수승천일이라는 명절에 사람들이 먹고 마시고 아가씨를 만나며 즐기는 것에서 이러한 연관성이 잘 드러난다. 하필이면 예수가 승천한 날 안젤무스가 마녀와 세르펜티나를 만나게 된다는 것은 의미심장하다. 이것은 그가 장차 기독교적인 시민세계에서 벗어나서 이와 상반되는 다른 두 세계, 즉 마녀의 주술세계와 세르펜티나로 대변되는 근원적인 자연을 만나게 될 것임을 암시한다.

닌 부정적 측면과 전근대적인 악마 간의 연관성을 보여주는 것으로 해석하는 것도 가능하다. 왜냐하면 낭만주의는 합리적인 근대의 이면에 숨어 있는 비인간적이고 비합리적인 광기나 악마의 모습을 비판하기 때문이다. 그 때문에 근대적인 시민인 베로니카는 한편으로 마녀를 두려워하며 공포에 사로잡히면서도, 다른 한편으로 그녀의 힘을 빌려 안젤무스를 차지하려고 하기도 하고 파괴적인 광기를 드러내기도 한다.

안젤무스는 마녀의 마법으로 베로니카에게 마음이 끌리면서 더이상 린트호르스트의 집에서 제대로 필사를 하지 못하며 잉크를 흘려 원고를 얼룩지게 만든다. 그 직전에 그는 양피지 두루마리에 쓰인 이상한 글자들에 시선이 현혹되어 그것을 화려한 문양이 있는 대리석이나 이끼로 얼룩진 돌과 같은 모습으로 인식한다. 이러한 점에서 안젤무스는 세르펜티나의 도움을 받았을 때와 비슷하게 이러한 문자를 통해 어떤 자연의 모습을 발견하는 것으로 생각되지만, 그것은 궁극적으로 근원적인 자연이 음성을 듣는 것으로 나아가지는 못하며 오히려 시선의 혼란을 야기하여 글쓰기 자체를 방해하며 원고에 잉크를 흘리는 실수를 유발한다.

노파의 외모 역시 중세의 악마적인 모습을 형상화한다. 째지는 듯 날카로운 목소리와 고양이처럼 번뜩이는 눈을 지닌 그녀는, 자신의 곁에 아들이자 충복인 고양이를 데리고 다닌다. 밤에 돌아다니는 야행성 동물인 고양이는, 초자연적인 악마의 부하로 여겨지거나 심지어 악마가 변한 모습으로 간주되곤 하였다. 원래 고대 이집트에서 고양이는 신에게 바쳐지는 성스러운 동물 내지 신 자체를 상징하였지만, 중세에 오면서 이교도의 동물로 간주되어 그 의미가 바뀌며 악마와 연관을 맺게 된다. 특히 고양이의 번뜩이는 눈은 악마적인 것으로 간주된다. 검은 고양이는 비이성적이고 설명할 수 없는 어떤 공포를 심어주며, 인간의 육체와 영혼에 해를 끼친다는 점에서 마녀와 연결되곤 하였다. 따라서 린트호르스트의 앵무새가 마녀의 고양이의 눈을 뽑는 것은, 뒤이은 마녀의 죽음과 마찬가지로 악에 대한 선의 승리로 해석할 수 있을 것이다. 물론 고양이의 번뜩이는 눈을 시각중심적인 근대의 시선을 상징하는 것으로 보고, 노래하는 앵무새를 근원적인 자연의 음성을 상징하는 것으로 해석하며, 앵무새가 고양이의 눈을 뽑는 것을 린트호르스트로 대변되는 시적인 상상력의 세계가 산문적인 시민세계에 대한 승리를 거두는 것으로 해석할 수도 있다. 그러나 안젤무스가 원본에 잉크를 떨어뜨려 얼룩지게 했을 때, 이를 벌하기 위해 그에게 와서 그를 휘감으며 처벌하는 샐러맨더 린트호르스트의 시선 역시 '쏘아보는 독사의 시선'이며, 그때 뱀들이 내는 소리 역시 날카로운 금속성 소리임을 간과해서는 안 될 것이다. 이것은 린트호르스트가 속해 있는 샐러맨더의 세계 역시 마녀처럼 독사의 시선과 째지는 듯한 날카로운 소리를 가지고 있음을 보여준다. 따라서 전근대적인 마녀는 근원적인 자연이 그 속에 내포하고 있는 어두운 측면으로 간주할 수 있을 것이다. 마치 신의 세계에 천사뿐만 아니라 악마도 속해 있는 것처럼 말이다.[217] 그러나 샐러맨더와 정령들의 세계, 곧 순수한 자연을 대변하는 것은 이러한 고양이의 시선이나 째지는 듯한 날카로운 음성과 대립되는, 세르펜티나의 사랑스럽고 아름다운 푸른 눈[218]과 크리스털 종소리같이 아름다운 목소리이다. 그러한 세계에서는 인간을 광기로 몰아넣는 파괴적인 악마의 마술보다는 인간을 무한한 자연으로 이끄는 마술[219]로서의 시적인 상상력이 지배한다.

린트호르스트와 싸우기 전에, 마녀는 이절판 고서의 종이를 뜯어내

---

217. 실제로 마녀가 문서관장 앞에 섰을 때, 그녀의 시뻘건 눈동자는 '지옥'의 불길을 번득인다.

218. 광기에 빠진 베로니카는 안젤무스에게 검은 수고양이가 세르펜티나의 눈을 할퀴어 뽑을 것이라고 말하는데, 이로써 눈을 뽑는 것이 근대에 대한 공격이나 비판과 무관하다는 것이 잘 드러난다.

어 비늘갑옷을 만들어 입고, 그녀의 부하인 검은 고양이는 잉크통에서 튀어나온다. 이 장면을 역으로 해석하면, 이러한 검은 잉크로 쓴 고서 속에 주술적인 악령의 세계가 숨어 있을 수 있으며, 그래서 일상적인 의미의 세계를 벗어나되 진정한 자연의 목소리를 듣지 못할 경우 이러한 마녀의 주술세계에 빠져들어 정신착란적인 혼란에 빠질 수 있음을 알 수 있다. 이러한 맥락에서 안젤무스가 마녀의 유혹에 넘어가 필사에 실패하며 근원적인 의미를 찾지 못하고 혼란에 빠진 상황을 이해할 수 있다. 그러나 결국 안젤무스나 『황금 단지』의 서술자는 이러한 유혹을 극복하고 시민적인 공무원적 글쓰기의 한계도 극복하며, 시적인 상상력의 도움으로 자연의 형상을 보고 근원적 음성을 들으면서 시인의 글쓰기를 구현한다. 호프만은 일반적으로 자신의 작품에서 시민적 세계와 예술적 세계 사이에서 분열된 인간상을 형상화하곤 하지만, '새 시대의 동화'인 『황금 단지』에서는 예외적으로 그러한 모순과 갈등을 극복된 것으로 묘사하는 데 성공을 거두고 있다.[220]

2. 보토 슈트라우스의 작품에 나타난 구술성과 노래의 기능[*]

(1) 현대 매체 비판과 음성중심주의로의 회귀

보토 슈트라우스Botho Strauß의 작품에 나타나는 두드러진 특징 가운데 하나로 현대매체에 대한 비판을 들 수 있다. 특히 텔레비전은 인간

---

[*] 이 글은 2011년에 발표한 「보토 슈트라우스의 작품에 나타난 구술성과 노래의 기능」(『카프카 연구』 제25집, 2011)을 수정하여 편집했다.

219. 샐러맨더인 린트호르스트 역시 서술자에게 아틀란티스의 왕국을 보여주기 위해 마술을 사용한다. 이 점에서도 그는 마녀와 공통점을 지닌다.

220. 작품 마지막에 시민세계를 상징하는 베로니카가 노파이 마법에서 벗어나 시적인 상상력의 세계를 어느 정도 긍정할 때, 이 작품에서 시적인 예술의 세계와 산문적인 시민의 세계가 갈등과 모순에서 벗어나 상호침투하며 화해하고 있음을 알 수 있다.

의 상호교류와 의사소통을 가로막고 개인을 고립시키는 부정적인 매체로 묘사된다. 언뜻 보면 텔레비전은 세상에 대한 정보를 제공함으로써 인간을 외부세계와 연결시켜주는 것처럼 생각될 수도 있지만, 시청자는 단지 텔레비전에서 제공되는 프로그램을 일방적으로 수신할 뿐 발신자와 상호작용할 수 없다.[221] 이러한 일방적인 소통 구조는 사회적인 고립과 대화 단절 그리고 이로 인한 개인의 정체성 혼란을 가져온다. 다른 한편으로 시청자는 텔레비전에서 사용되는 언어를 무비판적으로 수용하고 프로그래밍되기도 한다. 예를 들어 텔레비전의 광고 언어나 오락프로그램에 나오는 유행어는 일상적인 대화에 침투하는데, 이로 인해 진정한 대화 대신 단순한 잡담만이 양산된다. 이러한 침묵과 잡담 사이에서 진정한 소통을 발견하는 것이 슈트라우스가 추구하는 글쓰기의 목적이다.

그러나 슈트라우스가 추구하는 상호주관적인 의사소통이 담론적인 소통을 의미하는 것은 아니다. 그는 인간과 세계를 분리하고 세계를 대상화하여 인식하려는 근대적 사고를 비판한다. 근대의 합리적인 소통 구조에서는 인간들이 세계에 대한 자신의 경험과 인식을 주고받으며 담론적인 합의에 도달하는 것이 중요하다. 알파벳문자와 책 역시 세계를 대상화하고 기록함으로써 그것을 인식하려는 의도에 부합한다. 그런데 일상적인 대화에서와 달리 독서를 할 때는 작가와 독자가 직접 만나 소통할 수 없으며, 독자는 단지 그 자체로 완결된 세계로서

---

221. V. Flusser, *Kommunikologie*, 202쪽: "'수신자'는 텔레비전 상자를 통해 '공중적인 공간'과 연계되어 있는, 즉 '정치화되어 있는' 듯한 인상을 받는다. 그러나 사실은 정반대이다. '정치화한다'는 것은 공중적인 것으로 만드는 것, 즉 개인의 영역에서 공중적인 영역으로 들어서는 것을 의미한다. 그런데 텔레비전을 볼 때는 공중적인 것이 개인적인 영역으로 들어온다…… 그 밖에도 공중적인 공간으로 들어서는 것은 일반적으로 다른 사람들과 대화하려는 의도에서 일어나지만, 텔레비전 상자는 개인적인 영역으로 들어오는 '공중적인 인물'들과의 모든 대화를 배제하므로, 텔레비전은 급진적으로 탈정치화하는 작용을 한다. 텔레비전 상자는 '세계와의 연결'을 가장하면서 사실은 고립을 낳는 것이다."

의 책을 인식의 대상으로 마주할 뿐이다. 하지만 슈트라우스는 후기 구조주의의 인식을 받아들이며, 기표와 기의의 관계가 자의적이어서 언어라는 상징적인 질서에서 그것이 지시하는 실재를 궁극적으로 포착하는 것은 불가능하다는 입장을 피력한다.

슈트라우스는 주체와 객체를 구분하는 근대의 이분법을 극복하고 인간과 세계가 상호교류하며 하나가 되는, 근원적인 신화적 세계상을 내세운다. 이 세계는 인간의 이성으로는 파악할 수 없는 세계이다.

세계의 형식들은 끊임없이 대화하고 멀리서 서로를 느끼며, 반응하고 대답하고 서로를 지시한다. 그것들은 창조하고 거만할 정도로 다양한 변주의 유희를 함으로써 법칙을 만들어낸다. 끝으로 그것들은 우리가 알지 못하는 그 규칙들을 지킨다.[222]

인간이 파악힐 수 없는 우주적 질서의 대화를 감지히고 그것을 느끼기 위해서는, 그것을 대상화하고 인식하려 하기보다는 그것에 끊임없이 귀 기울이고 상호적인 교류를 할 수 있어야 한다. 또한 이러한 인식에 따르면 인간 스스로가 보편적인 형식들로 구성된 세계의 일부분이다. 슈트라우스에게 시인은 바로 이러한 근원적 세계를 기억하게하는 임무를 지닌 사람이다. "물질적인 형식의 보편적 소통은 이해할수 없는 것으로 남아 있을 수밖에 없기 때문에 이성과 기계주의적인학문을 좌절시키거나 그것에 의해 부인된다. 물질적인 형식의 보편적소통은 시적인 상상력에 의해 다시 해명될 수 있다."[223]

슈트라우스는 초기 작품에서 주로 글쓰기가 지닌 결핍의 성격을 강

---

222. Botho Strauß, *Beginnlosigkeit*(München, 1997), 60쪽.
223. Philipp Löser, *Mediensimulation als Schreibstrategie. Film, Mündlichkeit und Hypertext in postmoderner Literatur*(Göttingen, 1999), 180쪽.

조한다. 문자는 자신이 지시하는 세계를 붙잡을 수 없으며, 세계와의 거리를 감수하지 않으면 안 된다. 반면 슈트라우스에게 있어 목소리는 현전을 가능하게 하며 세계와의 직접적인 교류를 허용하는 것으로 간주된다. 태고의 인간들이 신의 목소리를 직접 듣거나 그들의 열정적 감정을 비분절적인 언어로 표현하였을 때, 그것은 담론적인 메시지의 매개가 침투하기 이전의 직접성을 보여준다. 그러나 현대세계에서 인간은 신이라든지 총체성을 지닌 보편적인 세계의 법칙과 직접적으로 교류할 수 있는 끈을 잃어버렸다. 그 때문에 인간은 문자를 비롯한 여러 가지 상징적 질서를 만들어내어 그것을 포착하고 이해하려고 시도한다. 시인은 바로 이러한 문자의 상징적 질서 내에서 다시 근원적 세계에 대한 기억을 찾아내어 그것을 목소리로 표현해야 한다. 시인은 현대의 오르페우스가 되어 인간의 위대한 감정을 느끼게 하고 또 그것을 표출할 수 있도록 도와야 하는 것이다.

시인으로서 슈트라우스가 지닌 임무는, 문자 텍스트를 이용하되 문자의 매체성에서 빠져나와 그 안에 숨은 근원적 목소리를 듣게 하는 것이다. 이것은 데리다가 말한 '음성중심주의Phonozentrismus'의 형이상학적 사고를 보여준다. 과연 플루서가 말한 기술영상의 시대에 문자 코드를 이용해 구술문화의 시대로 되돌아가려는 시도가, 세계와의 직접적 교류를 가능하게 하며 현대사회의 소외된 인간을 구원할 수 있을지는 의문이다. 그것이 혹시 직접성을 가장하고 시대착오적인 신화적, 종교적 총체성을 내세우며 인간에게 또다른 억압이 될 수 있는 것은 아닌지 비판적으로 바라볼 필요가 있다.

(2) 문자

슈트라우스는 『커플들, 행인들*Paare, Passanten*』(1981)에서 대중매체가 지배하는 시대에 문자와 작가가 주변부로 내몰려 있는 상황을 묘사한다. 그는 세계의 과업이 책 속에서 달성되리라고 확신한 말라르메의 믿음은 오늘날 더이상 유지될 수 없을 것이라며, 현대문화를 나타내는 메타포는 이제 문서보관소가 아니라 텔레비전 채널이라는 생각을 피력한다. 맥락은 다르지만, 매체이론가인 플루서 역시 이러한 문자 자체의 위기와 주변성을 언급한다. 플루서에 따르면, 행으로 기록되는 문자와 텍스트는 인간에게 선형적인 역사의식을 심어주고 진리와 진보에 대한 믿음을 갖게 만든다. 그러나 텔레비전, 영화, 컴퓨터와 같은 기술영상 매체가 등장하면서 현실은 조작 가능한 것으로 간주되고, 시간도 더이상 일직선으로 흘러가지 않는 것으로 인식된다. 그래서 이제 절대적인 진리의 이념에서 벗어나고 과거, 현재, 미래의 연속적인 시간적 흐름을 지양하는 탈역사시대가 시작되었다는 것이다. 플루서는 현실과 가상의 경계가 불분명하고 모든 시간이 현재의 순간으로 화워되는 탈역사의 시대를 위기의 시대로 간주하면서도, 다른 한편 인간이 자신의 창조성을 발휘하고 무한한 가능성을 펼쳐나갈 수 있는 기회로 평가하기도 한다.[224] 이에 반해 슈트라우스에게는 이러한 해체적인 탈역사 시대가 근원적인 뿌리를 송두리째 뽑아 뒤흔드는 위기로 인식된다. 그래서 그는 기술영상 코드의 등장으로 문자문화 자체가 위기에 처해 있음을 인식하지만, 이를 통해 새로운 코드 및 매체와 대결하고 그것에 잠재된 가능성을 찾기보다는 오히려 근원적 고향으로 돌아가 그러한 기술적 발전의 흐름에 맞서고자 한다.

이러한 점에서 문사에 내한 슈트라우스의 입장은 양면적이다. 한편으로 그는 문자가 더이상 의미를 포착할 수 없음을 인식하고, 기호의 상징적 특성을 강조한다. 키틀러 역시 『기록 시스템 1800·1900』에서 이 점을 지적한다.[225] 1800년대끼기만 해도 작기들은 표음문자인 알파

---

224. V. Flusser, 같은 책, 195쪽 참조.
225. F. Kittler, 같은 책 참조.

벳문자에서 문자의 물질성을 의식하지 않고 그 속에서 로고스의 음성만을 들으려고 하였다. 조각, 그림 등 다른 매체와 달리 언어는 비물질적이기 때문에 모든 이념을 순수하게 포착할 수 있다는 입장이 표명되기도 한다. 하지만 1900년대에 들어서면서 이러한 음성중심주의와 로고스중심주의는 형이상학적 허구로 인식되며, 여러 작가들이 알파벳문자 역시 그래픽적인 성격을 지니고 있으며 따라서 다른 코드와 마찬가지로 물질적 제약을 받고 있음을 인식하기 시작한다. 그래서 문자의 시각성을 강조하는 실험들이 다양하게 펼쳐지며, 문학이 순수하게 의미를 포착하여 전달할 수 없음을 드러낸다. 슈트라우스도 『커플들, 행인들』에서 "기호 자체도 육체가 있다. 문자 역시 스케치이고, 어느정도 쪼글쪼글해진 사물이다. 그리고 이것이 얇은 피막이자 물질의 숨결이며, 장식인 동시에 분비물"[226]이라며 이 점을 강조한다. 또한 그는 "자모가 있는 곳에는 모든 것이 결핍되어 있다. 사라져버린 것들, 사라져버린 몸을 욕망하는 것은 인간의 언어가 지닌 원초적 성애이다. 인간의 언어는 직접적인 자극 유발 물질을 통해서가 아닌, 의미와 상징을 거쳐서만 소통을 만들어낸다"[227]라고 말한다. 이 말은 언어라는 상징계에서 고정된 기의가 존재하지 않으며 기의가 기표 밑으로 미끄러져 들어가며 끊임없이 변화하는 것으로 보는 라캉의 견해와 매우 흡사하다. "근본적으로 상징계에서 기표는 기의에 대한 우위를 지니며, 순수 기표의 자리는 완전히 채워지지 않는다. 그 때문에 이러한 결여를 메우기 위한 시도가 끊임없이 이루어지는데, 바로 이러한 반복은 상징계의 근본적 특징이라고 할 수 있다."[228] 그러나 슈트라우스는 결여가 메워지지 않고 의미를 찾으려는 시도가 지연되고 끊임없이 새로운 의미의 차

---

226. B. Strauß, *Paare, Passanten*(München, 2000), 102쪽.
227. 같은 책, 102쪽.
228. 정항균, 『시시포스와 그의 형제들』, 185-186쪽.

이를 만들어낸다는 데리다식의 결론을 취하지는 않는다. 그 대신 그는 "우리는 언어 속에 있음으로써 심층의 고향과 망명지를 얻게 된다"[229] 며 언어를 근원적인 신화와 만날 수 있는 장소로 간주한다.

문자 텍스트인 문학은 문자가 지닌 물질성과 시각성으로 인해 본질적인 세계를 포착할 수 없는 외면성을 지니는 것으로 간주되지만, 독자는 이러한 시각적인 문자로부터 한순간 이탈하여 그 속에 숨겨진 근원적인 목소리를 들을 수도 있다. 이 경우 문학은 결코 의미의 결여를 비판하기 위한 도구가 아니라 근원적인 열정을 표출시켜 신화와 사랑스럽게 만날 수 있도록 해주는 쾌락의 장소가 된다. 슈트라우스가 보기에 현대인이 신화의 시대로 돌아가 살 수 없듯이, 마찬가지로 현대인이 문자 이전의 구술시대로 돌아가는 것은 불가능하다. 그러나 현대인이 목적 지향적이고 이성 중심적인 일상에서 벗어나 순간적으로 초시간적인 신화적, 종교적 체험을 하는 것이 가능한 것처럼, 현대의 독자는 문자로 쓰인 텍스트 내에서 공명하는 일성적인 외침으로서의 목소리를 들을 수 있다. 슈트라우스의 소설이 취하는 이중적인 글쓰기 전략 역시 이를 통해 설명될 수 있다. 한편으로 슈트라우스는 세계를 대상화하는 문자문화적인 전략에 따라 작품에서 현실세계를 비판적으로 형상화하지만, 다른 한편으로는 인간 상호 간의 정서적 소통과 공동체의식을 함양하는 구술문화적인 전략에 따라 현실세계의 이면에 숨겨진 신화적 세계를 암시하기도 한다. 따라서 독자는 현실세계의 이면에 숨겨진 신화적 세계와 문자 텍스트의 이면에 숨겨진 근원적 목소리를 발견해야 할 과제를 떠맡게 된다.

"감각적인 재료이자 인공적인 외면성인 문자는 '옷'이다. 발화된 말이 생각을 위한 옷이라는 수장에 대해서는 특히 우설, 소쉬르, 나멜

____

229. B. Strauß, 같은 책, 101쪽.

에 의해 종종 반박되었다. 하지만 문자가 발화된 말에 옷을 입힌다는 생각을 지금까지 의심한 사례가 있었던가?"[230] 데리다의 이 말은 문자를 발화된 말의 외피에 불과한 것으로 간주하며 음성중심주의적 사고에 사로잡힌 사람들을 비판하고 있다. 슈트라우스는 문자기호뿐만 아니라 합리적 담론을 통한 소통 수단으로서의 언어기호 일반을 옷에 비유한다. 그의 희곡 『마지막 합창 Schlußchor』(1991)의 1막에서 "사진사가 사진을 통해 진실을 보여주지 못하고 옷만 남기고 떠나가는 것은 결국 인간이 기표의 세계 안에 살고 있으며 그 때문에 진리의 세계에 대한 직접적인 접근이 차단되어 있음을 의미한다."[231] 이러한 옷 모티브는 이 작품 3막에서 빨래 및 나체 모티브와 함께 다시 등장한다. 여기서 아니타라는 여성은 제우스를 상징하는 새장 속에 갇힌 독수리와의 교접을 시도한다. 인간과 신의 결합을 의미하는 이러한 교접의 시도는 결국 실패로 끝나고 만다. 아니타는 스스로를 빨래로 부르며, 독수리가 이러한 자신의 특성을 무시하고 그녀를 잡아먹으려고 한다면 옷, 즉 기표에 걸려 질식할 것이라고 말한다. 이것은 신화의 세계를 상징하는 독수리가 기표의 세계에 갇혀 그곳을 벗어나지 못하며 유사신화로 전락한 현대사회의 현실을 의미한다. 그러나 이것이 인간이 기표의 유희가 벌어지는 '차연'의 세계를 벗어날 수 없다는 의미는 아니다. 아니타라는 인물이 자신을 빨래로 부를 때, 빨래는 한편으로 기표의 질서를 상징하는 옷을 의미하지만, 다른 한편 그 옷을 빨기 위해 나체를 드러낼 수 있다면 알몸으로 대변되는 신화적 진리의 세계와 만날 수 있음을 의미하기도 한다.[232] 이러한 신화적 세계와의 만남은, 안과

---

230. J. Derrida, 같은 책, 62쪽.

231. 정항균, 「보토 슈트라우스의 『마지막 합창』에 나타난 카오스모스의 구조와 신화의 세계」, 『괴테연구』 제21집(2008), 275쪽.

232. 『마지막 합창』에서 옷, 목욕, 나체 모티브가 갖는 상징적 의미에 대한 자세한 내용은 다음을 참조하시오: 정항균, 같은 글, 274-286쪽.

밖의 이분법적인 사고에 따르면 바깥을 의미하는 메시지 중심의 합리적인 언어적 소통이나 그러한 언어의 기록인 외면적인 문자라는 옷을 벗어던지고 그 안에서 알몸을 드러내는 진정한 내면의 격정적 음성을 들으며 정서적 소통을 할 수 있을 때 비로소 가능해진다.

(3) 구술성

패리가 호메로스의 서사시를 문자로 기록된 텍스트가 아니라 구전된 이야기를 나중에 텍스트로 기록한 것으로 밝히며 구송시와 문자시의 차이를 설명하려고 시도한 이후, 구술문화와 문자문화를 비교하며 이들 문화의 특성을 이해하려는 연구가 이어졌다.[233] "구술성이란 정의에 따르면 표음문자를 사용하지 않는 사회와 관련이 있다."[234] 알파벳과 같은 표음문자를 사용하지 않는 구술문화에서도 단순하지만 문명이 존재했고 이러한 문명사회의 전통을 보존하고 전수할 필요성이 있었나. 그러나 문자문화에서 이러한 역할을 문자와 텍스트라는 물질적 매체가 담당했던 반면, 구술문화에서는 인간의 기억을 대신해줄 문자 텍스트가 없었기 때문에 그 사회에 중요한 전통을 쉽게 기억하고 보존할 수 있는 장치를 만들 필요가 있었다. 그런데 무언가를 잘 기억할 수 있기 위해서는 그것을 계속해서 반복해야 하며, 그러한 반복이 지겹게 느껴지지 않고 거기서 쾌락을 느낄 수 있어야 한다. 이러한 목적으로 사용된 것이 바로 '리듬'이다.

구술문화에서 사용된 언어는 산문의 형태가 아니라 리듬이 있는 시의 형태를 취하였다. 이것은 두 가지 의미를 지닌다. 첫번째로 구술적인 언어는 사회의 중요한 전통을 보존하고 후세대에게 전달하기 위해

---

233. 이에 대한 대표적인 연구로는 옹과 에릭 해블록의 연구가 있다. E. A. Havelock, *Preface to Plato*; 월터 J. 옹, 같은 책, 특히 60-92쪽 참조.
234. E. A. Havelock, *Als die Muse schreiben lernte*, 63쪽.

그것을 기억해야 하는 과제를 지닌다. 즉 그것은 사회적 유용성이라는 목적을 위한 기능으로서의 의미를 지닌다. 두번째로 구술언어는 반복되는 리듬을 통해 쾌락의 감정을 불러일으킨다. 문자사회에서 시문학은 특히 근대 이후 자율적인 예술의 지위를 지니며 첫번째 전통적 의미의 전수 기능을 상실하고 미학적 즐거움을 주는 두번째 기능으로 제한되고 있지만, 구술문화에서는 이러한 두 가지 기능이 서로 긴밀한 연관을 맺으며 상호작용을 하고 있었다.

슈트라우스 역시 구술문화에 나타나는 이러한 두 가지 기능, 즉 전통의 보존과 쾌락의 창출 기능에 주목한다. 이것은 바꿔 말하면 오늘날의 문자 텍스트가 이러한 전통을 보존하는 기능을 더이상 갖지 못하고 총체적인 망각이 기술영상 매체의 등장으로 점점 심해지고 있음을 의미한다. 또한 문학 텍스트가 이전의 구술문화에서와 달리 더이상 즐거움을 가져다주지 못하며 단지 부정적인 사회비판적 기능으로 환원되는 것에 대한 비판도 함축되어 있다.

먼저 첫번째로 구술문화가 갖던 회상을 통한 전통의 보존 기능이 현대사회에서 어떻게 약화되고 있는지를 살펴보자.『커플들, 행인들』에서 한 주유소 사장이 직원들과 함께 잊고 있던 관용구를 기억해내려고 애쓰는 장면이 나온다. 그리고 이어서 이러한 관용구가 갖는 의미가 서술된다.

이러한 관용구는 구어의 유물이기 때문에, 이것을 정확히 사용하기 위해서는 자주 들어야만 한다. 그러한 미사여구나 관용적 표현을 때때로 사용할 때면 누구나 스스로 약간의 불확실함을 느끼기 마련이다. 그런 불확실함은 때때로 속담을 뒤섞거나 왜곡시키는 패러디를 낳기도 한다. 관용구가 기억나지 않을 때, 우리는 갑자기 민속어가 갖는 전수의 흐름, 즉 자신의 개인적 문체의 산물이 아닌 관습과 공유재산으

로부터 차단당하고 있음을 느낀다.[235]

　관용구라는 공유재산으로부터 우리가 차단되어 있다는 것은 우리의 집단적 회상능력에 문제가 생겼음을 의미한다. 구술문화에서는 중요한 전통을 보존하고 전달하기 위해 정형화된 문구를 사용하였으며, 이를 통해 집단적인 회상이 보다 쉽게 이루어질 수 있었다. 그러나 오늘날 텔레비전 광고의 문구가 훨씬 더 힘 있게 머릿속에 박히는 시대에, 구어의 산물인 관용구는 점점 망각되며 이와 더불어 전통에 대한 회상도 점점 어려워진다. 구술문화에서 문자문화로 넘어가는 이행기인 초기 그리스 시대만 해도, 문자 텍스트는 여전히 구술적인 기능에 종사하였으며 문화적인 전통을 보존하고 계승하는 기능을 갖고 있었다. 그러나 텔레비전과 컴퓨터의 발달로 현재의 총체적인 지배가 이루어지고 있는 시대에, 이러한 신화적 전통에 대한 회상은 점점 어려워지고 있다.

　두번째로 슈트라우스는 예술의 사회비판적인 기능에 거리를 두며 본질적으로 예술이 신체적, 정신적 쾌락을 부여하는 기능을 지니고 있다고 말한다. 현실에 나타나는 어떤 결핍을 메우거나 주관적인 고통을 표현하고 극복하기 위해서라는 식의 삶에 대한 부정적인 태도가 아니라, "예술작품이 세계의 쾌락집합체에 공급하는 이 잉여 에너지에 대한 기쁨은 항상 존재한다"[236]는 식의 삶에 대한 긍정적인 태도가 예술을 생산해낸다는 것이다. 문자문화의 개념적, 추상적 사고는 현실을 대상화하고 그것에 대해 성찰하는 문학을 만들어낸다. 이에 반해 구술문화에서는 주체와 객체가 서로 상황적 맥락에 의해 생생하게 연관되어 있으며, 그 때문에 항상 행동하는 인물의 생생한 역동성이 시

---

235. B. Strauß, 같은 책, 87쪽.
236. 같은 책, 108쪽.

술된다. 이러한 생동감 있는 세계에 대한 서술은 노래와 춤이 동반되는 축제의 장에서 열리며, 이 공간에서 생산자와 수용자의 간극은 사라진다. "즐거움에 대한 인간의 자연적 성향은—여기서 다시 쾌락원칙이 사회적인 요구에 사용된다—공동의 축제와 공동의 감정을 불러일으킨다. 이러한 공동체의 감정은 교육적 상황의 필요성에 비례하여 모든 구술사회에 의해 개발되며 구술사회가 기능하는 데 중요한 역할을 한다. 축제는 서사적 낭송, 합창단의 노래, 그리고 춤을 출 수 있는 기회를 제공하였다."[237] 일상에서 벗어나 위대한 감정이 분출되는 축제의 순간은 또한 노래와 말이 하나가 되고 신화적 전통이 끊임없이 반복되고 현재화되는 순간이기도 하다. 축제와 합창은 슈트라우스의 작품에서도 지속적으로 등장하는 중요한 테마이다. 이것은 슈트라우스가 합리적인 성찰과 개념적 사고가 지배하는 문자문화로부터 구술문화의 위대한 전통을 구해내고, 문학을 다시 전통의 회상과 쾌락의 장소로 구현하려고 함을 보여준다.

(4) 노래

『커플들, 행인들』의 제일 첫 장면은, 손님들이 한창 수다를 떨고 있는 레스토랑에서 한 남자가 '쉿' 하고 소리치며 어떤 소리에 귀 기울이지만 아무런 소리도 듣지 못하는 것으로 끝이 난다. 마찬가지로 『마지막 합창』의 3막 역시 레스토랑 장면으로 시작하는데, 이곳에서 아니타라는 인물이 다른 사람들과 나누는 대화 역시 논쟁적인 소음이 될 뿐 그녀가 원하는 진정한 사랑의 언어가 되지는 못한다. 흥미로운 것은 『커플들, 행인들』과 『마지막 합창』의 결말이 모두 노래로 끝이 난다는 점이다. 『커플들, 행인들』의 마지막 부분에서 '나'는 연말의 베네치아

---

237. E. A. Havelock, 같은 책, 77쪽 이하.

에서 머리를 우아하게 공중으로 향하고 노래하는 한 젊은 여성의 노래
를 듣는다. 그 시간은 현재가 전율하고, 비밀스러운 절대적 과거로 향
하는 신화적 시간이다. 마찬가지로 『마지막 합창』에서도 작품 제목처
럼 마지막 합창이 울려퍼진다. 이 연극이 독일통일을 전후한 시기를 다
루고 있고, '마지막 합창'이 베를린 장벽이 무너지던 1989년과 1990년
독일통일 전날에 공연되었던 베토벤의 합창교향곡 제목이기는 하지
만, 이 작품에서 이 곡이 연주되지는 않는다. 그렇다면 이 연극에서 관
객이 듣게 되는 마지막 합창은 무엇인가? 그것은 다름 아닌 아니타라
는 인물이 작품 마지막에서 외치는 "숲…… 숲…… 숲…… 숲
Wald…… Wald…… Wald…… Wald"[238]이라는 말이다. 이 작품의 1막에
등장하는 디아나라는 인물은 숲의 여신 디아나를 상기시키는데, 이것
은 결국 아니타의 마지막 대사가 디아나 여신으로 대변되는 신화적 세
계로 향하는 외침을 내뱉고 있음을 말해준다. 따라서 베네치아에서
만난 어느 어인의 노래나 아니타의 마지막 외침은 모두 성스러운 세계
로 향하는 신성한 노래인 것이다.

　인간들의 대화에 나타나는 소음 속에서 멀리 떨어진 신화시대의 격
정적 외침에 대한 동경을 표현하는 문장이 『커플들, 행인들』의 한 구
절에서도 발견된다.

　원인들의 바스락거림. 사람들은 무언가를 한다. 저녁에 옷을 벗어
넌지거나 냄비 뚜껑을 열거나 또는 모자를 내던진다. 그때 그것이 소
음 속에서 갑자기 움직이는 소리가 들리면, 사람들은 먼 곳을 동경하
게 된다. 나는 에드몽 자베스의 책에서 유켈과 사라로부터 들은 사막
에서의 외침을 동경한다. 외침으로서의 대화. 사이에는 언제나 상대방

---

238. B. Strauß, *Schlußchor*(München, 1996), 98쪽.

에게 던진 많은 메아리와 가장 섬세한 감정이 풍부하게 담겨 있다. 그 자체로서 애타게 그리워하는 가장 완벽한 행동이라고 할 수 있는 '말하기'는 현명하지만 실현되지 않은 사랑이다.[239]

위의 두 작품을 비교할 때 눈에 띄는 것은 베네치아에서 만난 한 여인의 노래와 아니타라는 여성의 격정적 외침이 등가적인 의미를 갖는다는 것이다. 즉 노래와 격정적인 외침으로서의 말 사이에는 본질적으로 차이가 없다. 이러한 생각의 의미를 보다 잘 이해하려면 언어의 기원에 관한 루소의 생각을 살펴볼 필요가 있다.

루소는 생존에 대한 필요와 욕구가 제스처라는 몸짓 언어를 낳았다면, 정념은 인간에게 첫번째 목소리를 토해내게 했다고 말한다. 다시 말해 열정적인 감정이 인간이 말을 하게 된 첫번째 계기라는 것이다. 그는 원래 인간은 빠른 속도로 늘어나는 인구 증가에 대처하기 위해 밀집된 지역에 모여 사는 대신 분산되어 살았다고 주장한다. 그런데 언어란 인간을 서로 가깝게 만들고 거리를 없애는 것이기 때문에 분산을 낳는 욕구가 언어의 기원이 될 수는 없다. 따라서 언어는 공포, 사랑 등과 같은 어떤 격정에서 비롯되었다는 것이다.[240]

루소는 남방 언어의 형성과 관련해서, 인류 초기에 건조한 지방에서 사람들은 물을 마시거나 가축에게 물을 먹이기 위해 공동으로 샘을 파거나 시냇물을 끌어와야 했으며, 그래서 우물이 낯선 이성 간의 최초의 만남의 장소가 되었다고 말한다. 그 이전까지 가족 단위로 분산되어 살던 때에는 남매가 사랑의 감정 없이 부부가 되어 같이 살았다면, 이제 우물 주위에서 낯선 남녀가 만나 자신의 감정을 표현하고 서로 이해하기 위해 몸짓 언어 이상을 필요로 하게 된 것이다. 그리하여

---

239. B. Strauß, *Paare, Passanten*, 114쪽.
240. 장자크 루소, 같은 책, 27쪽 참조.

이성 간의 최초의 사랑의 불꽃이 일어나고 열정적인 악센트가 담긴 목소리가 터져 나왔는데, 루소는 이것을 축제의 순간으로 묘사한다.[241]

슈트라우스의 작품에서도 일상적인 시간에서 벗어나는 축제의 시간이 신화적인 시간에 대한 비유로 자주 등장하곤 한다. 유용성을 추구하는 모든 목적 지향적 행위와 대비되는 격정적 사랑은 역시 그 자체로 아무런 목적도 지니지 않고 참여하는 사람이 하나로 합일되는 축제의 순간과 유사점을 지니고 있다. 바로 이러한 사랑의 축제가 일어나는 순간에 인간이 내뱉는 언어는 더이상 필요와 욕구에 종속된 이성의 언어가 아니라, 정념에서 비롯되는 감정의 언어이다.

운문과 노래와 말은 기원이 같다. 내가 앞서 언급한 그 우물들 주위에서, 최초의 이야기는 노래였다. 주기적이고 규칙적인 리듬의 반복은 시를 낳았으며, 악센트들의 선율적인 억양들은 혀의 도움을 빌려 노래를 낳았다. 더 정확히 말해 타인의 도움을 요구하는 절실한 욕구만이 유일한 욕구인 그런 유리한 기후와 행복한 시대에서는 그것만이 언어였다. ……처음에는 선율만이 있었으며, 말의 변화된 음 이외의 다른 선율은 없었다. 악센트는 노래를 만들었으며, 음량은 박자를 만들었다. 그러므로 사람들은 동시에 분절과 목소리를 통해서뿐만 아니라 음과 리듬을 통해서 말을 했다. 스트라본의 말에 따르면, 옛날에는 말을 하는 것과 노래를 하는 것이 같았다.[242]

'언어의 기원'을 다루는 루소의 책은 총 스무 장 중 여덟 장이 음악의 문제를 다루는데, 그 이유는 음악의 기원이 바로 언어의 기원이기도 하기 때문이다. 즉 태초의 말은 그 자체로 풍부한 악센트를 지닌 음

---

241. 같은 책, 82-83쪽 참조.
242. 같은 책, 97-98쪽.

악이었으며, 그 때문에 말과 구분되는 별도의 음악은 필요하지 않았다. 슈트라우스가 동경하는 신화적인 시대를 갈구하는 말이 노래로 표현되는 것 역시 같은 맥락에서 이해할 수 있다. 그것은 더이상 이념이나 사상을 전달하는 말이 아니라 제어될 수 없는 감정을 격정적으로 토로하는 말이다. 루소가 선율에 대해 다음과 같이 이야기한 것은 노래와 구분되지 않았던 태초의 언어에도 그대로 적용될 수 있다. "선율은 목소리의 억양을 모방함으로써 원망과 고통, 그리고 환희의 외침, 위협, 탄식 등을 표현한다. 정념에 관한 모든 목소리의 표시는 선율의 원동력이다. 선율은 말의 악센트, 그리고 각 고유 언어에서 영혼의 움직임에 영향을 받은 어투를 모방한다. 그것은 모방만 하는 것이 아니라 말을 한다. 그런데 분절되지 않지만 힘차고 열렬하며 열정적인 그것의 언어는 말 그 자체보다 백 배 이상의 에너지를 가지고 있다."[243]

이러한 감정의 언어는 인간 사회가 점점 더 합리적으로 발전하면서 추상화되고 생명력을 잃게 된다. 언어는 생각을 더 정확히 표현하기 위해 분절되고 거칠어지며, 그 때문에 명료해지지만 생기를 잃는다. "필요성이 증가하고, 세상사가 복잡해지며, 문명이 발전함에 따라 언어는 성격을 바꾸어간다. 그것은 더 정확해지면서 정념적인 면은 줄어들게 된다. 그런 언어는 감정을 개념으로 대체한다. 그것은 이제 마음이 아닌 이성에 호소한다. 그로 말미암아 악센트는 사라지며 음절별로 더 명확히 발음된다."[244] 문법의 발달로 말의 자연적인 악센트가 사라지는 대신 인위적인 악센트가 생겨난다. 이러한 언어의 발전은 자연스럽게 음악이 언어로부터 떨어져나오는 계기가 된다. 또한 이렇게 독립적인 장르가 된 음악 역시 선율을 점차 잃어가며, 그것을 대신하기 위해 인위적으로 협화음을 만들어내어 듣기 좋은 음악을 생산해

____

243. 같은 책, 110-111쪽.
244. 같은 책, 41쪽.

내려고 한다. 이러한 말과 음악의 분리는 현대사회가 태초의 신화적인 시대로부터 분리된 명백한 증거가 된다.

슈트라우스는 자본주의 사회와 기술문화의 발전과 더불어 인간의 언어가 어떻게 퇴화하고 있는지를 묘사한다. 『커플들, 행인들』에서 한 모녀가 등장하는데, 딸은 어머니가 거의 알아들을 수 없을 정도로 작은 소리로 쉬지 않고 무슨 말을 한다. 어머니가 그 가운데 한마디를 알아듣고 '베아식스'가 무슨 말인지 묻지만, 그녀는 아무 말도 하지 않았다고 퉁명스럽게 대답하고는 다시 상품명을 쏟아내며 중얼거린다. 모녀간의 대화는 거의 단절된 상태이고, 딸은 아무런 감정도 없는 사물화된 언어로 상품명만을 반복하고 있을 뿐이다. 이러한 언어는 자신의 근원으로부터 완전히 동떨어져 있는 단절된 언어이다. 또다른 구절에서는 여자판매원이 자동판매기에서 나오는 소리를 흉내내며 일반적으로 통용되는 '7하고 28이오'라고 말하는 대신 '지불하신 금액은 7마르크 28입니다'라고 친절하게 말하는 장면이 등장한다. 여기서 여자 판매원은 자동판매기에서 나오는 소리를 모범으로 삼아 자신의 말과 행동을 그것에 맞춘다. 이러한 언어 역시 자연에서 멀어지고 기술문명의 시대에 순응하는 모습을 보여준다.

슈트라우스가 이처럼 기계화되고 사물화된 언어에 맞서 모범으로 내세우는 언어는 노래와 말이 하나가 되는, 생명력 있고 열정으로 가득 찬 언어이다. 그는 『커플들, 행인들』에서 감탄사가 지닌 정신을 언급하며, 하나의 감탄사가 모든 감정을 '작곡'해낼 수 있으며 이러한 언어야말로 진정한 언어임을 강조한다.

더욱이 의미가 불분명한 불변화사 '음~'에는 거의 헤아릴 수 없을 정도로 많은 강세와 암시가 내포되어 있다. 미세한 차이를 지닌 다양한 의미들이 아주 작고 밀랍처럼 부드러운 짧은 음 하나만으로도 표현될 수 있다. 이 음은 높은 톤의 놀람에서 가장 낮은 톤의 의심, 긍정하는 척하는 것에서 머리를 절레절레 흔드는 부정을 대신하는 것, 그리고 길게 소리를 끌며 즐겁게 칭찬하는 것에서 조급하게 서두르며 빨리이해하는 것에 이르는 다양한 의미를 지니고 있다. 원칙적으로 모든 감정은 '음~'이라는 감탄사로 작곡될 수 있다.[245]

슈트라우스에 따르면, 우리가 표명하는 견해들은 표면적인 것에 지나지 않으며, 그 안에 숨어 있는 진정한 의도를 드러내는 말은 바로 우리의 느낌을 표현하는 '느낌씨', 즉 감탄사이다.

감탄사는 기분이 자기도 모르게 입으로 껑충 뛰어오른 것이다. 또혹시 누가 아는가. 결국 모든 인간의 언어가 어쩌면 본성의 끊임없는 중얼거림으로 향하는 그런 감탄사, 튀어나온 말, 느낌씨에 지나지 않을지도 모른다.[246]

우리가 실제로 한 말의 이면에 숨어 있는 무의식과 본성은 바로 이 감탄사를 통해 표출되며, 그 때문에 우리가 합리적인 의식의 가면을 아직 쓰기 이전의 근원적인 언어는 다양한 악센트의 선율을 변주하는 감탄사로서의 노래이자 말인 것이다.

슈트라우스의 소설 『소요 Rumor』(1980) 역시 제목에서 드러나듯이 인간 사회의 소음에서 출발하지만, 그것이 궁극적으로 찾는 것은 신에게 향하는 외침으로서의 근원적 언어라고 할 수 있다. 『소요』의 주인공인 베커는 기술영상이 지배하는 사회에서 점점 자의식을 상실하며 거의 어린아이나 야생인의 단계로 퇴행한다. 매일 텔레비전 채널을

---

245. B. Strauß, 같은 책, 89쪽.
246. 같은 책, 90쪽.

보며 현실과 가상을 거의 구분하지 못하는 듯 보이는 베커는 점점 자신의 딸 그리트에게 근친상간의 욕망을 느낀다. 그는 작품 마지막에 딸 그리트에게 전화를 거는데, 이 장면은 다음과 같이 묘사된다.

수화기에서는 틀림없이 거인의 가슴을 가지고 있을 한 남자의 육중하고, 음탕한, 숲처럼 깊은 호흡 소리만을 들을 수 있다.[247]

언뜻 보면 여기서 우리는 변태적 욕망을 지닌 한 가장이 전화기라는 문명의 산물을 통해 딸에게 정신적 폭행을 가하는 장면을 목도한다는 인상을 받는다. 그러나 슈트라우스는 전화라는 '원격의사소통 Telekommunikation'의 기술매체를 이용해 그로부터 빠져나오는 독특한 소통 구조를 만들어낸다. 위의 인용문에서 '수화기'라는 뜻의 독일어 'Muschel'은 '조개'라는 뜻도 있어, 뒤에 나오는 '숲처럼 깊은 호흡'이라는 말과 연결되면서 매우 자연적인 언어의 느낌을 전달해준다.

슈트라우스는 '잡담Gerede'과 '대화Gespräch'를 구분하고 있으며, 그에게 소통의 목적은 하버마스적인 의미에서 대화 및 담론 그리고 이를 통한 의사소통적 합의에 있는 것이 아니라, 내면적 열정의 표현과 이를 통한 결합의 추구에 있다. 현대 기술문명의 산물인 전화는 거리적으로 서로 떨어져 있는 두 사람이 그러한 거리를 극복하고 소통하는 수단이다. 이러한 전화는 대화적인 매체라고 생각하기 쉽다. 그러나 뢰저에 따르면, 슈트라우스에게 전화는 전화를 거는 사람과 전화를 받는 사람 사이의 위계적인 관계가 생겨나는 장소이다.[248] 이것은 슈트라우스의 『그 어느 누구도 아닌 바로 그 사람Niemand anderes』(1987)

---

247. B. Strauß, *Rumor*(München, 1994), 231쪽.
248. 이하 슈트라우스의 작품에서 전화가 갖는 소통의 의미에 관한 서술 부분은 다음 참고문헌의 내용을 참조하여 정리한 것이다. P. Löser, 같은 책, 183-187쪽 참조.

이라는 산문에서 잘 나타난다. 여기서 전화기 옆에 있는 여자가 세 번의 통화를 하는데, 첫번째 통화에서는 약속을 잡으려고 전화를 했다가 실패하고 두번째 통화에서는 이전에 같이 살던 세입자의 남자친구가 전화를 걸어 그녀에게 재워달라고 한 부탁을 거절한다. 이 두 경우 모두 전화를 건 사람은 부탁하는 입장인 반면, 전화를 받는 사람은 허락하는 우월한 입장에 서 있다. 반면 세번째 통화에서는 애인이 발신자로 등장하는데, 그가 그녀에게 건넨 말은 그녀가 평소에 의식하지 못한 관심을 표현해서, 이제 발신자가 명령하고 수신자가 받아들이는 입장으로 관계가 전도된다. 그리하여 전화를 받는 여자는 타인의 목소리를 귀 기울여 듣게 된다. 이것을 조금 더 확대하여 적용하면, 수신자는 타자로서의 신의 목소리를 듣는다. 전화벨이 울리면 어떤 예기치 않은 낯선 것이 수신자의 삶에 침투하게 된다. 비록 이런 혼란은 전화통화를 통해 그 상대방을 알게 되면서 사라진다 하더라도, 벨이 울리는 순간에는 여전히 그러한 낯선 기대와 흥분이 존재한다. 이것은 신의 목소리가 갑자기 우리에게 들리는 낯선 사건에 비교될 수 있다. 이때 전화는 일상적인 소통 수단의 기능에서 벗어나 근원적인 신화적, 종교적 차원의 소통 수단으로 변한다. 이로써 전화는 기술적인 원격소통의 수단이 아니라, 신과 인간의 거리를 메워주는 자연적인 원격소통의 수단이 된다. 여기서는 신의 숨결 또는 목소리가 자신의 권위와 권력을 내세워 명령하며 상대방은 그것을 받아들인다. 베커의 숲처럼 깊은 숨결 역시 신의 숨결이거나 신이 우리에게 불어넣어준 순수한 숨결 내지 목소리라고 할 수 있다. 이러한 신의 목소리 또는 자연의 목소리는 그리트와 같이 유용성을 추구하는 현대인에게 복종과 태도의 전환을 요구한다.

　여기서 슈트라우스가 암시하는 언어는 루소가 생각하는 이상적인 근원언어와 매우 흡사하다. 루소는 몸짓 언어와 동물적인 언어의 단계에서 벗어났지만 아직 관습과 분절음을 통해 타락하지 않은 단계의 언어, 즉 근원 이전도 아니고 이후도 아닌 생성 중인 언어의 시기를 접근 불가능한 신화적 경계로 삼으며 이상적인 근원어의 상태로 간주한다.[249] 일반적으로 상징으로서의 언어와 그것이 지칭하는 대상 사이에는 항상 넘어설 수 없는 간극이 있다. 기표와 기의는 서로 간에 아무런 필연성이 없는 자의적 관계를 지니고 있으며, 그래서 기표로 기의를 포착하는 것은 불가능하다. 그것은 결국은 모든 것이 서로 차이가 나는 무한한 기표의 연쇄로 이루어져 있음을 보여줄 뿐이다. 그런데 루소는 이러한 언어와 그것이 가리키는 대상 간의 차이를 없애기 위해 '순수한 숨결'이라는 뜻의 '프네우마pneuma'라는 개념을 끌어들인다.

이리한 차연을 지언적인 표현 속에서 지위 없애는 데 숨결보다 더 적합한 것이 어디 있겠는가? 말하면서도 노래하는 숨결, 언어의 숨결이지만 분절되지 않은 숨결 말이다. 그러한 숨결은 인간적인 기원을 지닐 수도 없고 인간적인 운명을 지닐 수도 없다. 그것은 아이의 언어처럼 더이상 인간을 향한 도정에 있는 것이 아니라, 인간을 넘어서는 초월적인 것으로 가는 도정에 있다. 그것의 원리와 목적은 자연의 목소리와 섭리처럼 신학적이다. 이러한 존재신학적인 모델에 따라, 루소는 그것의 근원이 반복되는 것을 규정한다. 순수한 숨결pneuma과 아직까지 손상되지 않은 삶, 분절되지 않은 노래와 분절되지 않은 언어, 즉 공간적 간격이 없는 말의 범례가 되는 모델로 우리는 유토피아적이고 상식을 벗어나기는 하지만 우리에게 적합한 패러다임을 가지고 있다. 우리는 그것을 명명하고 정의할 수 있다. 그것은 네우마이다. 그것은 순수한 모음화이며, 분절되지 않은 노래의 형태로 숨결을 의미한다.

---

249. J. Derrida, 같은 책, 419쪽 참조.

그러한 숨결은 신이 우리에게 불어넣어준 것으로, 오로지 신에게만 향할 수 있다.[250]

위의 인용문과 연관해 『소요』의 마지막 장면에 나오는 베커의 '숲처럼 깊은 호흡'을 살펴보면, 딸에 대한 단순한 변태적 욕망과 구분되는 또다른 의미 차원이 드러난다. 그러한 호흡은 명확히 발음되지 않는 분절되지 않은 모음으로서 태초의 생성 중인 언어를 가리킨다. 그것은 동시에 『마지막 합창』에서 아니타가 외치는 '숲'과 관련해 신에게 바치는 환희의 송가, 마지막 합창이라고 해석할 수도 있다. 네우마라는 개념 역시 그레고리오성가에서 나온 개념으로, 가톨릭교도들이 신을 기쁘게 할 수 있는 말을 찾아낼 수 없어 분절되지 않는 모호한 소리로써 환희로 가득한 찬가를 부르는 형식을 가리킨다.[251] 이처럼 노래와 말이 하나가 되는 순수한 숨결로서의 네우마는, 신이 인간에게 부여하고 인간이 신에게 바치는, 그 때문에 신의 현전을 경험할 수 있는 이상적인 순간을 의미한다. 이렇게 볼 때 딸 그리트에 대한 베커의 근친상간적인 욕망 역시 새로운 맥락에서 해석될 수 있다. 루소에 따르면 가족 단위로 분산되어 살고 아직 열정의 언어가 생겨나지 않은 시대에는 근친상간이라는 개념이 존재하지 않았다. 물론 이 시기에는 결혼이 가족 내에서 근친상간의 형태로 이루어지고 있었지만, 근친상간 금기의 규범과 사회 자체가 없었기 때문에 이 개념에 대한 의식도 존재하지 않았던 것이다. 반대로 우물 근처에서 처음으로 낯선 남녀가 사랑을 느끼고 그러한 감정을 아직 분절되지 않은 느낌씨로 내뱉게 되면서, 근친상간 금기가 있는 사회로 들어선다. 그렇다면 근친상간의 발생은 동시에 사회와 언어의 기원이라고 할 수 있을 것이다. 슈트

---

250. 같은 책, 427쪽.
251. 같은 책, 427쪽.

라우스는 이러한 상황을 되돌려 근친상간 금기가 확립되어 있는 현대 사회에서 근친상간 금기가 존재하기 이전의 시대로 넘어가는 시기, 즉 근친상간이라는 개념이 생성되는 시기를 다룬다. 『소요』의 베커라는 인물이 '숲처럼 깊은 호흡'을 내쉬며 근친상간의 욕망을 드러낼 때, 그 것은 근친상간이라는 개념과 그에 대한 의식이 아직 존재하지 않았기 때문에 근친상간이 실질적으로 존재하지 않던 시절로 넘어가려는 도약의 순간을 지시한다.

슈트라우스가 이야기하는 신화적 순간의 회상은 동시에 근친상간 금기가 생겨나는 시대에 대한 회상이기도 하다. 『커플들, 행인들』에서 휴게소 건물 뒤쪽의 한 객실에 부모와 자매가 지저분한 매트리스 위에 모여 있는 이야기가 나온다. 여기서 노부부의 당혹스러움과 역정과 경고에도 불구하고 자매는 성행위를 한다.

그들 둘 다 신음소리를 내는 동안 그녀는, 더 세게 서로를 끌어안고 있는 나이 든 부모의 얼굴을 가장 가까이에서 정신이 나간 듯 뚫어져 라 쳐다본다. 부모는 점점 더 심하게 항의하며 "그만둬! 제발 그만둬!" 하고 외친다. 나는 생각했다. 그래, 이것이 회상이야. 회상이란 그런 거지. 모두 다 근친상간에 대한 회상이야. 도시, 시간, 계단을 내려가 고 또 내려가면……[252]

슈트라우스가 오늘날 텔레비전이나 컴퓨터와 같은 기술영상 매체 로 인해 현재가 총체적으로 지배하는 시대에서 벗어나 과거를 회고하 게 만들려고 할 때, 그러한 회상이 이르게 되는 궁극적인 시기는 바로 근친상간 금기가 생겨나는 시기이며, 그것은 동시에 인간이 동물과

---

252. B. Strauß, *Paare, Passanten*, 129쪽.

같은 자연 상태에서 벗어나 인간다운 문화의 상태로 들어서는 비약의
순간을 의미한다. 이는 인간이 동물도 아니고 그렇다고 문명적인 인
간도 아닌 채 신화적인 경계에 있던 시기로, 바로 그 순간에 정념을 표
현하고 궁극적으로는 신을 찬미하는 최초의 언어와 노래가 생겨난다.

(5) 감성적인 소통의 현재성과 한계

슈트라우스는 인간의 노래와 말이 하나였던 태고의 시대를 회상하
며, 구술성의 의미를 강조한다. 구술적인 말은 공동체적인 결속과 열
정적인 내면의 토로를 가능하게 할 뿐만 아니라, 신의 목소리를 듣고
신을 찬미하는 종교적인 의미도 지닌다. 비록 현대사회가 추상적이고
상징적인 문자문화의 시대를 넘어 기술영상의 시대로 접어들었다 하
더라도, 슈트라우스는 탈역사주의의 물결에 휩쓸리지 않고 문자 텍스
트의 이면에 숨겨진 근원적 목소리를 상기시키려고 한다.

그러나 시대를 초월해 목소리와 구술성이 지닌 의미를 강조하는 슈
트라우스의 시도는 그의 정치적인 입장만큼이나 보수적인 측면이 있
다. 줄리언 제인스Julian Jaynes는 근대에 목소리나 청각문화의 비중이
약화된 원인을 목소리의 기능 변화에서 찾고 있다. 전근대에 목소리
가 신의 명령의 형태로 나타났다면 근대에는 그것이 성찰적인 의식의
영역에서 나타난다는 것이다. 근대에 목소리의 환영을 듣는다면, 그
것은 더이상 신의 목소리가 아니라 정신질환이나 극도의 스트레스 상
황에서 비롯된 현상이라는 것이다. 이러한 제인스의 해석에 기대어
뢰저는 목소리의 힘을 초시대적인 것으로 제시하는 슈트라우스의 관
점에 문제를 제기한다.[253]

데리다는 서양철학에 나타나는 로고스중심주의와 음성중심주의의
형이상학적 성격을 비판하며, 자연적이고 직접적인 것으로 간주되는

---

253. P. Löser, 같은 책, 193-194쪽 참조.

음성 및 이와 연관된 최종적인 기의에 대한 소망이 차이를 억압하며 진리의 환영을 만들어내고 있다고 지적한다. 목소리는 내면에서 나온 것이지만 동시에 항상 외부로 표출된 외화된 것이기도 하다. 그래서 목소리 역시 시각적인 대상과 마찬가지로 인식의 대상이 될 수 있다. 말을 할 때면 말하는 주체인 나는 화자인 동시에 그 말을 듣는 청자이며, 청자인 내게서 그 말은 대상으로서의 지위를 획득한다.[254] 이러한 맥락에서 내가 신의 목소리 내지 나의 내면의 목소리로 듣는 것이 과연 진정한 존재와의 만남을 의미할 수 있는지 성찰할 필요가 있다.

슈트라우스는 목소리가 지닌 감성적인 의사소통의 특성을 강조한다. 크레머도 우리가 말의 명제적 내용을 이해하지 못하더라도 화자의 감정 상태를 확인할 수 있는 정서적 차원의 소통이 존재한다고 말한다.[255] 목소리에 들어 있는 이러한 감정적인 소통의 차원에 대한 인식과 이에 대한 강조는, 합리적인 논증과 이를 통한 합의만을 강조하는 근대의 합리적이고 담론적인 의사소통의 한계점을 명확히 하고 있다는 점에서 분명 의미가 있다. 그러나 이러한 감정적 의사소통을 다시 신비화하고 그것을 절대화하는 것은 근대의 억압 못지않은 또다른 억압이 될 수 있다. 근대의 합리주의가 지닌 문제점을 비합리적 내지 반합리적인 방향으로 풀어서는 안 된다. 오히려 근대적 이성의 단순한 환원주의의 한계를 밝히고 극복하기 위해서는, 질서 속에 감추어져 있는 혼돈을 밝혀낼 수 있는 '더 많은 이성'이 필요하다. 그러한 더 많은 이성은 목소리의 감성적 소통의 차원을 '인식의 대상'으로 다루며, 목소리에 적대적이지도 않고 그렇다고 목소리를 맹신하지도 않을 것이다.

---

254. S. Krämer, "Die Rehabilitierung der Stimme," 279쪽 참조.
255. 같은 글, 274-276쪽 참조.

제4장

|

문자의 형상성

1. 조너선 사프란 포어의 『엄청나게 시끄럽고 믿을 수 없게 가까운』

(1) 존재와 무 사이에서—소통과 접촉을 위한 시도들

포어의 소설 『엄청나게 시끄럽고 믿을 수 없게 가까운*Extremely Loud & Incredibly Close*』(2005)은 두 가지 역사적 사건을 배경으로 하고 있다. 2001년 9·11 테러가 일어났을 때, 소설의 서술자인 아홉 살짜리 소년 오스카의 아버지는 세계무역센터 건물 안에 있다가 죽음을 맞이한다. 아버지가 죽음을 앞두고 아들 오스카에게 전화를 걸지만, 아들은 두려움에 전화를 받지 못한다. 아버지와 마지막으로 대화할 기회를 놓친 데 대한 죄의식과 사랑하는 아버지를 잃은 슬픔으로 괴로워하던 그는, 아버지가 남긴 흔적을 쫓고 그와 작별하기 위해 노력한다. 또다른 역사적 사건은 1945년 2월 13일 독일에서 일어난 드레스덴 공습사건이다. 이차대전이 종말을 향해 치닫던 시기에 연합군의 폭격으로 많은 드레스덴 시민들이 비참하게 죽었는데, 이러한 희생자들 가운데에는 오스카의 할아버지 토머스 셸이 사랑하던 여인 애나가 있다. 그는 전쟁이 끝난 후 미국으로 넘어와 애나의 여동생과 결혼하여 살지만, 끝내 전쟁의 트라우마를 극복하지 못하고 아내와 자식을 버려두고 다시 드레스덴으로 건너간다. 이처럼 오스카와 그의 할아버지는 각기 자신의 아버지이자 자식인 토머스 셸(그의 아버지와 이름이 같음)에 대한 죄의식과 참혹한 역사적 비극으로 인한 상실감을 극복하지 못하고 끊임없이 괴로워한다. 이들은 오스카처럼 친구 없는 외톨이 신세가 되거나, 그의 할아버지 토머스처럼 말할 능력을 상실하며 소통의 장애를 겪는다. 이 소설은 이러한 단절과 소통의 장애를 극복하고 자신과 가장 가까운 사람과의 관계를 다시 회복하며 사랑을 되찾는 과정을 서술하고 있다.

자신이 가장 사랑하는 아버지를 잃고 나서, 오스카에게 남겨진 가장 가까운 사람은 바로 할머니와 어머니이다. 두 사람 다 오스카의 존재 이유가 될 정도로 그의 삶에서 큰 비중을 차지하는 인물들이지만, 정작 이들의 삶이나 감정에 대해 오스카는 별로 아는 바가 없다. 오스카 스스로 말하듯 아버지가 돌아가신 후 할머니는 자신과 가장 많은 시간을 보낸 사람이자 자신이 가장 사랑하는 사람이지만, 그는 정작 할머니에 대해 그리 많은 것을 알지 못한다. 할머니가 어릴 때 어떤 모습이었고, 그녀의 결혼생활은 어떠했으며, 왜 할아버지가 할머니를 떠났는지에 대해 그는 아는 바가 전혀 없다. 그가 할머니에 대한 전기를 쓴다면 기껏해야 할아버지가 동물과 대화를 나누었다거나 자신에 대한 할머니의 사랑이 그 무엇보다 더 크다는 정도일 것이다. 어머니와 오스카의 관계는 더더욱 문제적이다. 오스카는 아버지가 죽은 후 어머니가 집에 늦게 귀가한다거나 다른 남자와 가까이 지내며 쉽게 슬픔을 잊어버리는 듯한 모습에 서운함을 느낀다. 또한 자신이 아버지의 유품에서 우연히 발견한 파란 꽃병에 든 봉투 속 열쇠의 주인인 블랙을 찾아 8개월 동안 떠돌아다닐 때, 어머니가 전혀 자신에게 관심을 내보이지 않은 것에도 실망을 느낀다.

사실 오스카가 어머니에게 느끼는 이 실망은 오해에서 비롯되었다. 어머니는 정신적 충격을 극복하기 위해 가족을 잃은 사람들의 모임에서 역시 자동차 사고로 부인과 아이를 잃은 론 아저씨를 알게 된다. 그녀는 오스카가 아버지가 남긴 열쇠의 주인을 찾아다닌다는 것을 알면서도 모르는 척했을 뿐만 아니라 뒤에서 묵묵히 그의 탐색을 도와준다. 그러나 그녀는 자신의 감정을 말이나 글로 표현하지 않고 가슴에 담아두게 되고, 그들은 서로의 사랑을 확인하지 못한 채 쌓여가는 오해로 괴로워한다. 작품의 결말에 이르러서야 오스카는 어머니의 마음을 이해하고 그녀에게 론 아저씨를 사랑해도 된다며 보다 성숙한 자세를 보인다.

오스카와 그의 할머니 역시 올바른 소통의 창을 마련하지 못한다. 맞은편 건물에 사는 이들은 무선통신으로 서로 자주 이야기하고 연락하면서도 정작 마음속 깊은 이야기는 나누지 못한다. 할머니가 오스카에게 하지 못했던 이야기들과 그녀의 숨겨진 감정들은 그녀가 그에게 쓴 편지들에 나타난다. 오스카와 함께 아들의 묘지를 방문한 할아버지가 또다시·마음의 혼란을 이기지 못하고 공항으로 달아나자, 할머니는 그의 뒤를 쫓아간다. 그녀는 그에게 가는 것도 아니고 오는 것도 아니며, 존재하는 것도 아니고 존재하지 않는 것도 아닌 상태의 공항에서 같이 지내자고 말한다. 2003년 9월 12일 공항에서 할머니는 오스카에게 자신의 어린 시절과 결혼생활을 모두 이야기한 그녀의 전기를 편지로 기록한다. "나의 삶과 나의 감정들은 같은 것이 아닌가요?"[256]라고 묻는 그녀의 편지 제목은 '나의 감정들'이다. 다시 말해 이 글은 그녀의 감정, 즉 그녀의 삶을 기록한 것이다. 이 편지에서 그녀는 사랑하는 언니에게 사랑한다는 말을 끝까지 전하지 못했던 것을 후회하면서 오

---

256. 조너선 사프란 포어, 『엄청나게 시끄럽고 믿을 수 없게 가까운』, 송은주 옮김(민음사, 2010), 181쪽.

스카에게 사랑의 마음을 전한다.

　오스카와 어머니 또는 오스카와 할머니가 맺고 있는 관계가 이 작품의 중요한 한 축이라면, 다른 한 축은 오스카의 할아버지와 할머니의 관계 및 할아버지와 그의 아들, 즉 오스카의 아버지 사이의 관계라고 할 수 있다. 오스카의 할아버지는 드레스덴에 살던 시절 할머니의 언니인 애나를 사랑하여 그녀를 임신시켰다. 그러나 드레스덴 공습 때 그는 애나와 아이를 함께 잃는다. 이 상실감 때문에 절망에 빠져 미국으로 건너온 그는 우연히 애나의 동생인 지금의 아내를 알게 되어 결혼까지 한다. 이들은 과거를 금기시하고 여러 가지 규칙을 세워 살아보려고 하지만 그 시도는 실패하고 만다. 이들은 집에 무라는 공간을 만들어, 그곳은 서로 쳐다보지 않기로 하고 설령 파트너가 그 안에 있어도 모른 척하기로 합의한다. 그러나 점점 이러한 무의 공간이 증가하고 존재의 공간은 협소해지면서 결국 새로운 존재, 새로운 삶을 발견할 수 없었던 할아버지는 다시 죄의식을 이기지 못하고 임신한 아내를 버려둔 채 드레스덴으로 돌아간다. 나중에 그는 9·11 사건에 관한 텔레비전 보도를 듣고 미국으로 돌아와 할머니와 재회한다. 할머니는 그를 손님방에 가둬두고 개인적인 접촉을 피하지만 점차 이들은 이 거리를 극복해나간다. 특히 그는 드레스덴으로 간 후 그만두었던 조각을 다시 시작하는데, 이것은 누드모델이 되어준 할머니와 그 사이의 신체적 접촉을 점점 늘려가는 계기가 된다. 나중에 그가 손자인 오스카를 신분을 감추고 만난 후 같은 날 밤에 아내와 사랑을 나눌 때, 그는 그녀뿐만 아니라 모두와 하나가 되며 고립과 소외를 극복할 계기를 마련한다. 비록 그가 또다시 공항으로 도피하더라도, 그를 쫓아간 할머니는 다시 그를 받아들이며 '우리'라는 의식을 갖는다. 지금까지 이들 주변에 많은 사건이 일어났다면, 이제는 이들 사이에 중대한 사건이 일어난 것이다.

또한 할아버지와 죽은 아들 간의 소통도 이루어진다. 할아버지는 이미 1963년 5월 21일에 작별인사도 없이 임신한 할머니를 떠나면서 아직 태어나지 않은 아들에게 편지를 쓴다. 그는 이 편지가 그에게 전달되기를 원하면서 그 이후로는 글을 쓰지 않기로 결심한다. 그러나 드레스덴에서 쓴 1978년 4월 12일자 편지가 증명하듯이, 그는 지속적으로 아들에게 편지를 써왔다. 물론 1963년 이후의 편지들은 아들에게 전달되지 않는다. 아들이 어머니를 통해 편지를 읽고 후에 기자로 변장하여 드레스덴에서 아버지를 인터뷰했지만, 정작 이들은 서로의 신분을 솔직히 밝히고 대화를 나누지는 못한다. 그 후 오스카를 만나 아들의 묘지를 같이 가기로 한 날, 즉 9·11 테러가 일어난 지 2주년이 되는 날, 할아버지는 아들에게 마지막 편지를 쓴다. 이 편지는 '네가 있는 곳에 왜 나는 없는가'라는 제목으로 쓰인 이전의 편지들과 같은 제목을 달고 있다. 아들의 죽음으로 인한 상실감과 죄의식은 이 편지에서는 '나는 말을 못합니다. 미안합니다'라는 부제로 더욱 간절히 용서를 구하고 있다. 이 편지와 함께 그동안 그가 썼던 모든 편지가 아들의 텅 빈 관을 가득 채우며 땅속에 묻힌다. 생전에 아버지가 탐색놀이로 센트럴 파크에서 무언가를 찾아내도록 오스카에게 지시했을 때, 오스카는 온갖 물건을 파내가지고 온다. 오스카는 구부러진 숟가락, 나사 몇 개, 녹슨 가위 등을 증거품으로 제시하며 아버지의 의견을 구하지만, 아버지는 찾는 방법이 하나만 있는 것이 아니니 어떤 방법을 쓰든 잘못되었다고는 할 수 없다고 말한다. 아버지의 이런 위로에도 불구하고 오스카는 무엇을 찾아내야 할지 도무지 알 수 없어 결국 탐색을 중단한다. 그런데 이제 작품 결말부에서 이전에 오스카가 센트럴 파크를 판 것은 아버지의 무덤을 파기 위한 일종의 예행연습이었음이 증명된다. 이를 통해 아버지가 찾던 물건은 바로 할아버지의 편지, 그와의 솔직한 소통이었음이 드러난다.

위에서 언급한 두 개의 큰 역사적 사건 외에 주변 에피소드에서도 사랑과 소통의 중요성이 강조된다. 오스카는 아버지가 남긴 파란 꽃병에 담긴 열쇠의 주인이자 봉투에 쓰인 이름의 주인공인 블랙을 찾아 나선다. 이를 통해 오스카는 무수히 많은 블랙이라는 이름을 지닌 사람들을 만나게 된다. 비록 오스카가 찾은 열쇠의 주인인 윌리엄 블랙이 아버지와 아무런 관련이 없는 인물로 밝혀졌더라도, 이러한 탐색 자체가 무의미한 것만은 아니다. 생전에 아버지와 관계가 좋지 않았던 윌리엄 블랙은 그의 아버지가 돌아가시면서 남긴 사무적인 편지에서 자신에 대한 신뢰를 읽어낸다. 윌리엄 블랙을 비롯한 블랙이라는 인물들과의 만남은 오스카에게 사랑과 소통의 중요성을 새삼 일깨워 주는 것이다.

오스카가 가장 즐겨 읽는 책은 스티븐 호킹의 『시간의 역사』이다. 그 책의 1장을 읽고 그는 아버지에게 무한한 우주에서 우리라는 존재가 무의미하다는 문제에 대해 어떻게 생각하는지를 묻는다. 이 아버지는 모래알을 1밀리미터라도 옮긴다면, 이로써 우주를 바꾼 것이라고 말한다. 물론 인간이라는 존재는 광대한 우주에서 자신이 알 수 없는 운명적인 사건들에 휩쓸려 희생이 되기도 하지만, 그 속에서도 그에게 행위의 자유가 전혀 없지는 않다는 것이다. 오스카의 할아버지와 할머니는 결혼생활을 하면서 존재를 잃고 무에 휩쓸려가지만, 그러면서도 끊임없이 삶을 찾기 위한 시도를 포기하지 않는다. 9·11 사건 후 할아버지가 미국에 다시 왔을 때 입국 목적을 "다시 한번 살아보기 애도하기 위해서"[257]라고 쓴 것이나 그의 방 벽에 "난 너무나 절실히 삶을 갖고 싶었다"[258]라고 쓰여 있는 것은, 무에서 자신의 존재를 세우고 존재 의미를 확인해 내는 그의 반복되는 시도를 보여준다. 이러한

257. 같은 책, 369쪽.
258. 같은 책, 330쪽.

맥락에서 작품 결말부에 도착한 호킹의 개인적인 답장은 중요한 의미를 지닌다. 오스카는 이전에 자신이 좋아하는 과학자 호킹에게 여러 번 편지를 보냈지만, 매번 지금은 너무 바빠 개인적으로 답변할 수 없고 다음번에 연락하겠다는 같은 문구의 형식적인 답장만 받는다. 그러다가 하루는 호킹 스스로가 보낸 아주 장문의 답장이 도착한다. 그는 무한한 우주의 대부분이 우리가 알 수 없는 암흑의 물질로 구성되어 있고 그것이 삶을 좌우한다는 과학자로서의 견해를 피력한다. 그 때문에 우리는 무엇이 진짜인지 그렇지 않은지를 알 수 없다는 것이다. 이러한 무의 세계에서 그는 자신이 과학자가 아니라 차라리 시인이었으면 좋겠다고 말한다. 왜냐하면 시인으로서는 삶이 의지할 수 있는 어떤 것을 발명할 수 있기 때문이다. 그러한 상상력의 과학적 사용은 삶을 무에서 구원하며 살 만한 것으로 만들 수 있다. 그 때문에 작품 초반만 해도 과학적인 빈틈없는 시선으로 무장했던 아마추어 과학자 오스카는, 작품 마지막에 가서 상상력의 긍정적이고 구원적인 기능을 인정하는 시인의 모습으로 탈바꿈한다. 날카로운 관찰력과 통찰력으로 무장한 사람이 되려는 오스카의 시도는 여러 가지 허점을 노출하며 과학적인 시선의 불완전함을 보여준다. 가령 그는 날카로운 관찰력에도 불구하고 아파트 위층에 사는 노령의 블랙 씨의 침대에 박힌 8,629개의 못을 찾지 못한다. 그 못이 블랙 씨가 아내가 죽은 후에 박은 사랑의 무게라고 할 때, 그것은 과학적으로 파악할 수 없는 인간의 감정을 통찰하지 못한 오스카의 시선이 지닌 한계를 보여준다.

작품 마지막에서 오스카는 배낭에서 책을 꺼내 책장을 거꾸로 넘기며 세월을 되돌리려 시도한다. 그러면서 그가 아버지에게 뉴욕의 여섯번째 구에 대한 이야기를 들려주면서 모두를 무사하게 구원하려고 할 때, 상상력이 지닌 구원의 기능이 나타난다. 아버지는 생전에 지금의 우주가 존재하지만, 그것이 다른 종류의 우주가 생겨날 수 있을 가능성을 배제하지는 않는다고 말한다. 아버지는 역사책에 등장하지 않는 전설적인 여섯번째 구에 대해서도 오스카에게 이야기해준 적이 있다. 이 여섯번째 구인 섬과 맨해튼 사이의 가장 폭이 좁은 곳은 넓이뛰기 세계선수권자가 뛰어넘을 수 있는 거리였지만, 점점 그 섬이 떨어져 나갔다는 것이다. 센트럴 파크도 원래 이 섬 한가운데 있었지만 뉴욕 주민들이 그곳을 구해내기로 해 거대한 갈고리로 맨해튼 쪽으로 끌고와 오늘날의 위치에 놓여 있게 되었다고 한다.

"글쎄, 아무리 둘째가라면 서러울 비관주의라도 센트럴 파크에서 단 몇 분만 있어보면 현재 이외에 뭔가 다른 시제를 경험하고 있다는 느낌을 받기 마련이지. 그렇지 않니? ……어쩌면 우리는 잃어버린 것을 그리워하고 있거나, 왔으면 하는 것을 바라고 있는지도 몰라. 아니면 그긴 공원이 옴 즉이던 날 밤 꾸었던 꿈이 나머지 조각일지두 므르고. 우리는 그 아이들이 잃어버린 것을 그리워하고, 그 아이들이 비랐던 것을 바라는지도 몰라."259

그러한 상상의 여섯번째 구에 있는 센트럴 파크에서 물건을 파내듯이, 이제 서술자 오스카는 또다시 상상의 나래를 펴고 텍스트를 거꾸로 찢어나가면서 여섯번째 구라는 공간에서 새로운 시간과 마주한다. 선형적으로 흘러가는 역사적 시간의 흐름을 거슬러 상실된 과거를 기억하고 소망하는 미래를 불러들이는 시인은, 죽은 아버지를 되살리며 무에서 존재를 구해내고 있는 것이다.

---

259. 같은 책, 308쪽.

(2) 타이포그래피의 미학과 문자 텍스트의 매장

『엄청나게 시끄럽고 믿을 수 없게 가까운』은 주인공 오스카의 상상으로 시작된다. 그런데 그가 상상하는 것은 모두 '소리'와 관련이 있다. 아빠 목소리로 책을 읽어주는 찻주전자, 훈련을 통해 방귀를 뀌며 말하는 항문, 몸속으로 들어가 심장박동을 알려주는 소형 마이크 같은 것이 그 예이다. 이 소설이 이러한 다양한 소리와 관련된 발명으로 시작하는 것은 우연이 아니다. 앞에서 살펴본 것처럼 시인의 발명으로서의 상상이 현재에 대한 대안적인 세계를 제시하는 구원으로서 의미를 지닌다면, 마음속 깊은 곳에서 나오는 목소리 역시 소통과 구원의 시작으로서 중요한 의미를 지닌다.

드레스덴에서의 천둥 치는 듯한 폭음과 사람들의 울부짖음, 아수라장이 된 9·11 테러 현장의 엄청나게 시끄러운 소음은 사람들에게서 자연스러운 언어를 빼앗고 그들을 침묵으로 몰아넣는다. 과거에 대한 기억을 억압당해 자신의 삶의 전기를 상실한 사람들은 정체성의 위기를 겪는다. 아버지의 무덤으로 가는 리무진 차 안에서 제럴드라는 기사가 오스카에게 명함을 건네자 오스카는 마치 컴퓨터처럼 "반갑습니다. 제럴드 씨. 저는. 오스카. 입니다"[260]라고 말한다. 그는 블랙이라는 사람을 찾기 위해 다른 구역을 지나더라도 자신을 여전히 '나'로 기억하며 정체성을 잃지 않기 위해 계속 탬버린을 흔들어댄다. 오스카의 할아버지는 드레스덴 폭격으로 애인을 잃은 후 침묵의 공포에 시달린다. 그는 침묵에서 벗어나기 위해 끊임없이 떠들고 다닌다. 하지만 미국으로 온 이후 점점 언어를 상실하기 시작한다. 그래서 가령 '~하고 싶다'라는 말을 잃어버려 '욕망하다'라는 말을 사용하고, '배가 고프다'라는 말을 상실하여 '배부른 상태의 반대야'라고 말한다. 그가 마

---

260. 같은 책, 21쪽.

지막까지 큰 소리로 말할 수 있었던 단어는 '나'였지만 결국 그 말마저 할 수 없게 되며 완전한 침묵에 빠진다. 더이상 말을 할 수 없게 된 그는 그 후로는 공책을 들고 다니며 글로만 소통을 시도한다.

이 소설에 등장하는 인물들은 비극적인 역사적 사건이 야기한 심적인 충격을 극복하지 못하고 자신의 생각을 마음속에 깊이 묻어둘 뿐 말로 표현할 수가 없다. 오스카는 애비 블랙이라는 여자를 찾아갔다가 사람이 들을 수 없을 정도로 아주 깊은 울음소리로 서로 대화하는 코끼리에 관한 이야기를 한다. 코끼리들은 아무리 멀리 떨어져 있어도 서로의 울음소리를 듣고 한곳에 모일 수 있으며, 그들의 좋은 기억력으로 한 번밖에 들은 적 없는 울음소리를 들려줘도 그와 연관된 상황을 파악해 눈물을 흘리거나 공포를 느낀다는 것이다.

상대방의 마음속 깊은 곳에 숨겨진 목소리를 듣고 그의 고통과 사랑을 이해하는 것이야말로 참사를 겪고 트라우마에 시달리는 사람들이 서로를 위해 절실히 필요로 하는 것이다. 오스가는 딱 한 번 아버지를 매장하는 날 묘지에 빈 관이 내려졌을 때 짐승같이 울부짖는 소리를 낸다. 할머니는 편지에서 그 소리가 아직도 귓가에 생생하다며, 그것이 바로 자신이 사십 년간 찾아헤매던 것, 즉 자신의 삶과 자서전이 되길 바라던 목소리였음을 고백한다.

자신의 언어를 상실하고 상대방과의 소통에 장애를 겪는 사람들은 직접적인 감정을 표현하는 대신 글을 통해 그것을 표현하려고 한다. 그러나 포어는 선형적인 텍스트나 글자가 의미를 전달한다는 근대적 믿음을 공유하지 않는다. 선형적인 텍스트의 흐름은 텍스트 곳곳에 삽입된 사진들을 통해 중단되며 끊임없이 사진과 연관된 내용들을 다시 기억하도록 만든다. 글자 역시 데리다가 말한 음성중심주의의 의미에서 단순히 로고스로서의 의미를 전달하는 기능만 하고 있는 것은 아니다. 오히려 문자의 시각적인 배열과 조직은 그 자체로서 특정한

의미를 지니며 독자에게 여백과 행간에 숨은 의미에 주목하도록 만든
다. 이것은 동시에 독자에게 완전히 표현되지 못한 내면 깊숙이 숨어
있는 인물들의 목소리를 듣도록 요구한다.

　오스카의 아버지는 죽기 전에 집에 전화를 걸어 몇 차례 메시지를
남긴다. 오스카는 아버지의 목소리가 담긴 음성메시지를 모스부호로
바꿔 해석하여 목걸이, 발찌, 팔찌 등을 만들어 어머니에게 선물한다.
그중에서도 아버지의 마지막 메시지를 시각적으로 표현한 팔찌가 가
장 아름다운 것으로 묘사된다.

　침묵은 하늘색 구슬, 문자 사이의 휴지부는 밤색 구슬, 단어 사이의
휴지는 보라색 구슬로 바꾸고, 삭제음이라나 그 뭐라던 길고 짧은 발
신음은 구슬 사이에 길고 짧은 실로 넣었다. 아빠라면 무슨 의미인지
아셨을 텐데, 그걸 만드는 데 아홉 시간이 걸렸다.[261]

　주목할 것은 아버지가 남긴 메시지 자체가 아니라, 그러한 음성 사
이에 숨겨진 침묵, 문자나 단어 사이의 휴지부, 발신음 등을 시각화하
여 팔찌로 표현했다는 사실이다.[262] 할아버지는 다섯번째 메시지에 담
긴 아버지의 음성이 침착한 이유가 아마도 오스카가 걱정하지 않도록
하기 위한 배려 때문이었을 것이라고 말한다. 오스카의 추측처럼 "아
빠는 나를 사랑하기 때문에 사랑한다는 말을 하지 않은 것이다."[263] 즉
말로 표현하지 않은 여백의 공간에 그의 진정한 마음이 표현되어 있는

---

261. 같은 책, 58쪽
262. 또한 다섯번째 메시지 자체도 아버지의 말이 완전히 녹음되지 않은 불완전한 문장
의 상태를 보여준다. "다섯번째 메시지 / 오전 10시 22분. 압　　아빠, 여　　　아빠다.
뭔가 / 알아보렴 이건 내가　여보세요 내 말 들리니? 우린 / 지붕으로　다　　괜찮
아 곧　미안하다 들리니 / 많이 일어나　　기억해―"(같은 책, 391-392쪽)
263. 같은 책, 356쪽.

것이다.

오스카가 다섯번째 마지막 메시지라고 부른 메시지 뒤에 사실은 한 번 더 아버지의 전화가 걸려온다. 그러나 너무 무서워서 꼼짝할 수 없었던 오스카는 애타게 자신을 찾는 아버지의 "너 거기 있니"라는 외침을 열한 번이나 반복해 들을 뿐이다. 그 외침 사이에서 오스카는 9·11 참사의 생생한 현장음을 듣는다.

"아빠 주위에서 사람들이 비명을 지르고 울부짖던 소리가 지금도 제 귀에 들려요. 유리가 깨지는 소리도 들려요. 아마도 사람들이 뛰어내리고 있었던 것 같아요."[264]

아버지의 전화를 받지 못하고 그에게 아무런 말도 할 수 없었던 것에 대한 죄책감은 오스카의 마음을 옥죈다. 그래서 그는 할머니나 어머니와 같은 가까운 사람 가운데 어느 누구에게도 이 사실을 털어놓지 못한다. 그 때문에 그는 역설적으로 할머니의 세입자로 착각한 할아버지에게 진실을 밝히며 용서를 구한다. 이처럼 그는 가장 가까운 사람들에게 자신의 진심을 표현하지 못하며 소통의 단절을 겪는다. 그는 오히려 자신이 방문한 블랙이라는 이름을 지닌 사람들이나 세입자로 착각한 할아버지와 같은 낯선 사람에게야 자신의 마음을 털어놓을 수 있다.

글자와 의미, 기표와 기의의 상관관계에 대한 믿음은 우리의 (무)의식에 생각보다 깊게 각인되어 있다. 이것은 오스카가 파란 꽃병에 들어 있는, 열쇠를 담은 봉투에 쓰여 있는 블랙이라는 글자의 비밀을 해냉하기 위해 미술용품 상점에 갔을 때 잘 드러난다. 거기서 판매원은

---

264. 같은 책, 421쪽.

진열대에 있는 종이철을 보여주며 사람들은 보통 빨강이라는 글씨는
빨간 펜으로, 파랑이라는 글씨는 파란 펜으로 쓰는 것이 일반적이라고
말한다. 그래서 이 봉투에서처럼 빨간 펜으로 블랙이라고 썼다면 그
것은 색깔을 의미하는 것이 아니라 이름을 의미하는 것일 거라고 말한
다. 실제로 나중에 밝혀지듯 이것은 올바른 추측이다. 그런데 이와 관
련해 흥미로운 것은 빨강이라는 글자를 빨간 펜으로 써야 한다는 생각
이 무의식에 깔려 있다는 사실이다. 즉 표현하는 매체와 표현되는 대
상 사이의 일치관계에 대한 일종의 강박이 사람들의 (무)의식에 깔려
있는 것이다. 그러나 위에서 살펴보았듯이 포어는 이러한 기표와 기
의, 문자와 의미 사이의 일치관계를 인정하지 않고 그것을 넘어설 때
발화되지 않은 진정한 음성을 들을 수 있다고 생각한다. 그러한 음성
을 듣기 위해서는 시각적으로 표현된 문자들 사이의 빈 공간을 인지할
수 있어야 한다.

'나의 감정들'이라는 제목이 붙은, 할머니가 손자 오스카에게 쓴 편
지들은 타이포그래피의 관점에서 봤을 때 문장들 간의 간격이 일반적
인 경우보다 더 벌어져 있는 것이 특징적이다.[265] 이 편지는 2003년 9월
12일 할머니가 할아버지를 쫓아 공항에 가 그곳에 머무르기로 결심한
후 손자에게 못다 한 이야기를 쓴 것이다. 이 편지 내용은 텍스트 내에
서 분산되어 곳곳에 배치되어 등장한다. 따라서 독자는 이 편지 전체
를 처음부터 끝까지 선형적으로 읽는 것이 아니라 몽타주처럼 다른 텍
스트의 내용과 뒤섞인 상태에서 읽게 되며, 나중에 그것이 모두 하나
의 편지에 속한 것임을 알게 되고서야 역시 선형적으로 쓰인 텍스트
전체에 반해 그 편지들만을 묶어 비선형적으로 읽을 수 있게 된다. 이

---

265. 구체적인 예로 할머니가 오스카에게 쓴 편지의 도입부 가운데 한 부분을 살펴보면 다
음과 같다. "네게 할 얘기가 너무나 많구나.   처음부터 시작하마. 너는 다 들을 자격이
있으니까.   네게 사소한 것 한 가지도 빼놓지 않고 전부 다 얘기해주고 싶단다.   하지
만 어디가 시작일까?   그리고 무엇이 전부일까?"(같은 책, 106쪽)

편지에서는 앞에서 이야기한 것처럼 문장 간의 간격이 일반적인 경우보다 더 심하게 벌어져 있는데, 이것은 할머니와 손자 오스카 사이의 거리감을 시각적으로 표현한 것이다. 이러한 해석은 편지 마지막 부분에서 할머니가 남편과 마주보며 종이를 타자기에 끼우고 편지를 쓰는 장면에서 설득력을 얻는다. 그전까지 할머니는 오스카에게 자신의 삶과 전기에 대해 아무것도 이야기하지 못했고 그들 간의 긴밀한 관계에도 불구하고 어떤 숨은 거리감이 있었다면, 이제 오스카에게 쓰는 편지에서는 쉽게 말이 나오고 페이지가 술술 넘어간다. 그러면서 그녀가 쓰는 편지의 마지막 구절에 이르면, 한 줄에 한 문장, 더 나아가 핵심적인 한 단어만이 등장하며, 이로써 거리감을 표현하기도 하는 문장들 간의 벌어진 간격도 사라지게 된다. 그리고 거기에는 바로 오스카를 사랑한다는 할머니의 말이 적혀 있다.

너에게 지금까지 전하려 했던 모든 이야기의 요점은 바로 이것이란다, 오스카.
그 말은 언제나 해야 해.
사랑한다,
할머니가[266]

할머니가 결혼생활을 하면서 삶보다는 무를 위해 산다고 여긴 할아버지는 그녀에게 자서전을 써볼 것을 제안한다. 그녀는 새벽 네시에 일어나 손님용 침실로 가서 자서전에 매달린다. 그리고 몇 년 작업 끝에 이천 장이나 되는 방대한 원고를 완성하여 남편에게 보여준다. 그러나 할아버지가 본 것은 그녀의 삶이 고스란히 적힌 전기가 아니라

---

266. 같은 책, 439쪽.

텅 빈 백지의 묶음이었다. 할아버지는 할머니의 눈이 보이지 않아 자신이 실수로 타자기의 잉크 리본을 빼놓은 것을 모르고 헛수고를 한 것으로 착각한다. 그러나 사실 할머니는 결코 장님이 아니었다. 그녀가 자신의 시력이 별로라고 말한 것은 남편의 관심을 끌기 위한 것이었다. 그녀는 글을 쓰는 척하면서 작업실에서 스페이스 바만을 계속해서 치며 자서전을 백지로 채운 것이다. 이것은 그녀가 아직 자신의 삶, 즉 자신의 감정을 고스란히 글로 표현하기에 무르익지 않았음을 보여준다. 이 소설에는 할머니가 썼다며 할아버지에게 건넨 백지 원고가 그대로 몇 페이지에 걸쳐 역시나 백지 상태로 실려 있는데, 이것은 그녀가 백지와 같은 침묵의 상태에서 아직 벗어날 수 없었음을 보여준다. 따라서 백지는 결코 아무것도 적혀 있지 않은 무의미한 빈 종이가 아니라, 할머니의 고통과 침묵을 시각적으로 형상화하고 있다고 할 수 있다.

이러한 백지 원고와 대비되게 글자들이 겹쳐 쓰여 결국에는 한 페이지가 거의 검은 잉크로 뒤덮여 있는 페이지도 있다.(도판 1~4)

'네가 있는 곳에 왜 나는 없는가'라는 제목으로 오스카의 할아버지는 아들에게 편지를 보낸다. 미국으로 건너와 결혼생활을 하다가 다시 드레스덴으로 돌아가기 위해 공항에 와서 쓴 1963년 5월 21일자 편지는 아직 태어나지 않은 아이를 수신자로 삼고 있다. 그 때문에 이 편지는 어느 정도는 독백의 성격을 띤다. 이 편지에 나오는 마침표 대신 콤마로 이어지는 문장들은 마치 자유연상법처럼 끊임없이 쏟아져나오는 그의 생각과 내면의 목소리를 기록하고 있지만, 그것은 아직 거리를 지키며 문장의 질서와 규칙에서 완전히 벗어나지 않는다. 그는 태어나지 않은 아들에게 할 이야기가 너무 많지만 그것을 적을 공책이 부족하다고 말한다. 그러나 자신이 적은 많은 기록들이 사실은 그의 아내의 텅 빈 백지 자서전과 마찬가지로 아무것도 해명하지 못하고 있음을 깨닫고 자신 역시 아무것도 쓰지 못했음을 고백한다.

이에 반해 1978년 4월 12일에 드레스덴에서 할아버지가 아들에게 쓴 편지에서는 마침표 대신 콤마를 사용하는 경우가 적어도 편지 초반부에서는 사라지고 그 대신 빨간 펜으로 표시한 부분—교정한 부분 모두 원래는 빨간색이다—이 보인다.(도판 5) 그러다가 편지의 내용이 전개되면서 마침표를 대신하는 콤마의 수가 점점 늘어나기 시작하며, 그때 사용된 콤마는 많은 경우 빨간색으로 표시된다. 이것은 편지를 쓰면서 할아버지가 점점 자신의 생각에 대한 지배력을 상실하여 말이 다시 쏟아져나오고 있음을 반영한다. 특히 그러한 빨간색 표시가 급격히 늘어나기 시작한 시점은 드레스덴에 대한 폭격의 묘사가 시작되면서부터이다. 이러한 빨간색 표시는 흥분된 할아버지의 심리 상태를 드러낸다. 더욱이 비행기에서 떨어뜨린 '붉은' 조명탄 수천 발과 불길, 그리고 흘러내리는 피는 이러한 빨간색 표시를 통해 시각적으로 강조된다. 이러한 빨간색 표시는 편지의 마지막 부분에서는 콤마뿐만 아니라 삶, 죽음, 사랑과 같은 감정적인 상태를 나타내는 단어나 문장이 등장할 때 그것을 표시하기 위해 사용된다. 그러한 빨간색 표시가 편지의 끝에 이르면 한 페이지의 절반을 훨씬 넘어서기에 이르는데, 이것은 편지를 쓴 할아버지의 심정이 불타오르듯 아주 격정적이고 흥분된 상태가 되었음을 보여준다.(도판 6) 이처럼 할아버지의 편지는 구두법의 질서에서 벗어나 감정의 카오스를 보여주는데, 이것은 빨간색 표시로 더욱 부각된다.

할아버지가 아들에게 쓴 마지막 편지는 9·11 테러로 아들이 죽은 지 2년째 되는 날이자 손자 오스카와 아들의 무덤에 같이 가기로 한 2003년 9월 11일에 작성된다. 처음 몇 문장은 마침표가 제대로 사용되지만, 이내 다시 마침표 대신 콤마가 사용되기 시작한다. 이 편지에서 그는 손자 오스카와의 만남에 대해 이야기한다. 물론 오스카는 할아

The message was cut off,you sounded so calm, you didn't sound like someone who wa
about to die, I wish we could have sat across a table and talked about nothing for hours,
wish we could have wasted time, I want an infinitely blank book and the rest of time.
told Oskar it was best not to let his grandma know we'd met, he didn't ask why, I wonde
what he knew, I told him if he ever wanted to talk to me, he could throw pebbles at th
guest room window and I would come down to meet him on the corner, I was afraid I'
never get to see him again, to see him seeing me, that night was the first time you
mother and I made love since I returned, and the last time we ever made love, it didn'
feel like the last time, I'd kissed Anna for the last time, seen my parents for the last time
spoken for the last time, why didn't I learn to treat everything like it was the last time, m
greatest regret is how much I believed in the future, she said, "I want to show you some
thing," she led me to the second bedroom, her hand was squeezing YES, she opened th
door and pointed at the bed, "That's where he used to sleep," I touched the sheets, I low
ered myself to the floor and smelled the pillow, I wanted anything of you that I coul
have, I wanted dust, she said, "Years and years ago. Thirty years." I lay on the bed,
wanted to feel what you felt, I wanted to tell you everything, she lay next to me, she askec
"Do you believe in heaven and hell?" I held up my right hand, "Neither do I," she said, "
think after I made love like before you lived," her hand was open, I put YES into it, sh
closed her fingers around mine, she said, "Think of all the things that haven't been bor
yet. All the babies. Some never will be born. Is that sad?" I didn't know if it was sad, all th
parents that would never meet, all the miscarriages, I closed my eyes, she said, "A few day
before the bombing, my father took me out to the shed. He gave me a sip of whiskey an
let me try his pipe. It made me feel so adult, so special. He asked me what I knew abou
sex. I coughed and coughed. He laughed and laughed and became serious. He asked if
knew how to pack a suitcase, and if I knew never to accept the first offer, and if I could star
a fire if I had to. I loved my father very much. I loved him very, very much. But I neve
found a way to tell him." I turned my head to the side, I rested it on her shoulder, she pu
her hand on my cheek, just like my mother used to, everything she did reminded me o
someone else, "It's a shame," she said, "that life is so precious." I turned onto my side an
put my arm around her, I'm running out of room, my eyes were closed and I kissed he
her lips were my mother's lips, and Anna's lips, and your lips, I didn't know how to be wit
her and be with her. "It makes us worry so much," she said, unbuttoning her shirt, I un
buttoned mine, she took off her pants, I took off mine, "We worry so much," I touche
her and touched everyone, "It's all we do," we made love for the last time, I was with he
and with everyone, when she got up to go to the bathroom there was blood on the sheet
I went back to the guest room to sleep, there are so many things you'll never know. Th
next morning I was awoken by a tapping on the window, I told your mother I was goin
for a walk, she didn't ask anything, what did she know, why did she let me out of her sight
Oskar was waiting for me under the streetlamp, he said, "I want to dig up his grave.

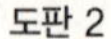

도판 1   도판 2

도판 3   도판 4

saw my reflection, I was terrified of my own image, my blood-matted hair, my split and bleeding lips, my red, pulsing palms, which, even as I write this, thirty-five years later, don't look like they should be at the ends of my arms. I remember losing my balance, I remember a single thought in my head: *Keep thinking.* As long as I am thinking, I am alive, but at some point I stopped thinking, the next thing I remember is feeling terribly cold, I realized I was lying on the ground, the pain was complete, it let me know I hadn't died, I started moving my legs and arms, my movements must have been noticed by one of the soldiers that had been put into action all over the city, looking for survivors, I later learned that there had been more than 220 bodies taken from the foot of the bridge, and 4 came back to life, I was one of them. They loaded us onto trucks and took us out of Dresden, I looked out from the flaps of canvas that covered the sides of the truck, the buildings were burning, the trees burning, the asphalt, I saw and heard humans trapped, I smelled them, standing in the molten, burning streets like living torches, screaming for help that was impossible to give, the air itself was burning, the truck had to make a number of detours to get beyond the chaos, planes bore down on us once more, we were pulled off the truck and placed under it, the planes dove, more machine guns, more bombs, yellow, red, green, blue, brown, I lost consciousness again, when I awoke I was in a white hospital bed, I couldn't move my arms or legs, I wondered if I had lost them, but I couldn't summon the energy to look for myself, hours passed, or days, when I finally looked down, I saw that I was strapped to the bed, a nurse was standing beside me, I asked, "Why have you done this to me?" She told me I had been trying to hurt myself, I asked to be free me, she said she couldn't I would hurt myself, I begged her to free me, I told her I wouldn't hurt myself, I promised, she apologized and touched me, doctors operated on me, they gave me injections and bandaged my body, but it was her touch that saved my life. In the days and weeks after my release, I looked for my parents and for Anna and for you. Everyone was looking for every-

and the address of the refugee camp in Oschatz, I waited for a letter, but no letter ever came. Because there were so many bodies, and because so many of the bodies had been destroyed, there was never a list of the dead, thousands of people were left to suffer hope. When I had thought I was dying at the base of the Loschwitz Bridge, there was a single thought in my head: *Keep thinking.* Thinking would keep me alive. But now I am alive, and thinking is killing me, I think and think and think. I can't stop thinking about that night, the clusters of red flares, the sky that was like black water, and how only hours before I lost everything, I had everything. Your aunt had told me she was pregnant, I was overjoyed, I should have known not to trust it, one hundred years of joy can be erased in one second, I kissed her belly, even though there was nothing yet to kiss, I told her, "I love our baby." That made her laugh, I hadn't heard her laugh like that since the day we walked into each other halfway between our houses, she said, "You love an idea," I told her, "I love our idea." That was the point, we were having an idea together. She asked, "Are you afraid?" "Afraid of what?" She said, "Life is scarier than death." I took the future home from my pocket and gave it to her, I kissed her, I kissed her stomach, that was the last time I ever saw her, I was at the end of the path when I heard her father. He came out of the shed. "I almost forgot!" he called to me. "There's a letter here for you. It was delivered yesterday. I almost forgot." He ran into the house and came back out with an envelope. "I almost forgot," he said, his eyes were red, his knuckles were white, I later learned that he survived the bombing and then killed himself. Did your mother tell you that? Does she know it herself? He handed a letter to me. It was from Simon Goldberg. The letter had been posted from Westerbork transit camp in Holland, that's where the Jews from our region were sent, from there they went either to work or to their deaths. "Dear Thomas Schell, It was a pleasure meeting you, however briefly. For reasons that need not be explained, you made a strong impression on me. It is my great hope that our paths, however long and winding, will cross again. Until that day,

도판 5　　　　　　　　　　　도판 6

도판 1~6 조너선 사프란 포어 『엄청나게 시끄럽고 믿을 수 없게 가까운』 영문판 본문 중에서.

버지를 할머니 집의 세입자로 알고 있지만, 그에게 자기 아버지의 죽음과 아버지가 남긴 음성 메시지에 관해 모든 것을 이야기한다. 그날 밤 할아버지는 처음이자 마지막으로 할머니와 사랑을 나누었는데, 그때 그는 그녀뿐만 아니라 모두와 하나가 되었음을 느낀다. 바로 이처럼 할머니를 비롯한 다른 사람들과의 정신적, 신체적 거리를 극복한 순간 텍스트의 질서도 변화한다. 이제 그의 편지에서 문단 사이의 간격이 점점 좁아지기 시작하더니 나중에는 글자들이 겹쳐져 결국에는 전혀 읽을 수 없는 상태에 이른다.(도판 1~4)[267] 이것은 인간적 접촉과 소통의 회복을 텍스트의 형태 차원에서 다시 한번 시사적으로 보여준다.

---

267. 같은 책, 392-396쪽 참조.

작품 마지막에서 오스카는 그의 할아버지와 함께 아버지의 무덤에 간다. 할아버지는 그곳에 있는 텅 빈 관을 아들에게 쓴 편지로 채운다. 그것은 살아서 서로 소통할 수 없었던 할아버지와 아버지 간의 거리를 메우는 상징적인 장면이다. '엄청나게 시끄러운' 비극적인 역사적 사건의 소음 속에서 이들은 이제 서로에게 '믿을 수 없게 가까운' 사이로 다가설 수 있게 된 것이다. 그러나 할아버지의 편지를 관에 집어넣어 땅속에 묻는 행위를 또다른 시각에서 해석할 수도 있을 것이다. 그것은 바로 문자 텍스트의 미래와 관련된다.

오스카는 자신에게 일어난 일을 기록한 옛날 노트가 한 페이지도 남김없이 꽉 채워져 새로운 공책으로 바꿔야겠다고 생각한다. 그러다가 문득 9·11 공습 때 건물들이 종이 때문에 계속 불길에 타올랐다는 기사를 읽었던 기억을 떠올린다.

그 모든 것들이 다 연료였다. 많은 과학자들은 머잖아 종이 없는 사회가 현실로 다가올 거라고 말한다. 우리가 이미 그런 사회에 살고 있었다면, 아빠는 아직도 살아 있을지 모른다. 어쩌면 나도 새 공책을 쓰지 말아야 될지 모르겠다.[268]

선형적인 문자 텍스트는 인간에게 선형적인 역사의식을 불러일으켰고 역사적 진보에 대한 믿음을 심어주었다. 그러나 그러한 역사적 인간은 전쟁과 테러를 일삼으며 인간의 생명을 위협하고 있다. 이러한 맥락에서, 위에서 오스카가 한 말은 문자 텍스트 시대의 역사의식에 대한 비판으로 받아들일 수도 있다. 그리하여 그는 배낭에서 꺼낸 책을 이제 마지막 페이지에서부터 역순으로 뜯어내며 최악의 순간 이

---

268. 같은 책, 454쪽.

전으로 돌아가고자 한다. 그것은 선형적인 시간의 흐름을 교란하며 대안적인 가상세계를 상상하는 탈역사화의 전략이다. 마지막에 오스카의 아버지가 뉴욕의 여섯번째 구에 대한 상상적 이야기를 들려주는 것으로 이 소설이 끝나는 것은 결코 우연이 아니다.

그러나 보다 정확히 말하면, 이 소설은 문자로 쓰인 텍스트가 끝난 후 여러 페이지에 걸쳐 일련의 사진들을 싣고 있다. 이 사진들은 9.11 테러 사건 직전의 상황, 즉 비행기 한 대가 건물에 충돌하기 직전의 상황에서 시작해, 시간을 거슬러올라가 그 사진 안에서 비행기가 사라지는 순간, 즉 역사적 비극이 일어나기 이전의 순간까지를 담고 있다. 이처럼 역사적 의식을 심어주는 문자 텍스트에서 탈역사적인 기술영상인 사진으로 넘어감으로써, 역사적 비극은 상상력을 통해 피할 수 있으며 이와 더불어 구원의 가능성이 열릴 수 있는 것으로 묘사되고 있다.

포어는 이 소설에서 타이포그래피를 통해 상대방과 소통하지 못한 인물들의 내면을 드러낸다. 이제 중요한 것은 텍스트에 쓰여 있는 글자 자체가 아니라, 자간과 행간 또는 백지와 검정 잉크가 시각적으로 드러내는 의미이다. 이로써 문자 자체에서 신이나 개인의 내면적 목소리를 들으며 진리를 확신하는 표음문자의 음성중심주의는 비판되며, 그 대신 문자 텍스트의 시각성과 그것의 구성적 특징이 여실히 드러난다. 이러한 생각을 끝까지 밀고나갈 때 도달하는 결론은 선형적인 문자 텍스트 자체의 위기일 것이다. 포어는 타이포그래피의 미학을 전개하며 오스카와 그의 할아버지처럼 문자 텍스트를 무덤 속에 매장한다. 이처럼 포어는 선형적인 문자 텍스트로 작업하는 글쓰기가 지닌 한계를 인식하고 있으며, 그래서 그가 자신의 소설에 탈역사적인 매체인 사진을 포함시킨 것은 우연이 아니다. 그러나 그는 텍스트와의 유희를 극단적으로 수행하며 완전한 의미 해체를 꾀하기보다는, 문장이나 문단 사이의 여백에 숨겨진 진정한 '목소리'를 듣고 소통의 의미를 강조하며 이를 통해 또다른 차원에서 텍스트의 의미를 구성해나간다. 그러나 이러한 여백의 사잇공간에 담긴 의미들은 전기적, 역사적으로 기술된 문자 텍스트 밖의, 즉 현실적으로 실현되지 못한 가능성의 공간에 존재한다. 따라서 이러한 가치(의미)생산 작업은, 역사적 현실을 거슬러올라가는 작품 마지막의 사진 배열에서 드러나듯이, 실제 현실을 지시하기보다는 상상력을 통한 미학적 구원의 성격을 띰으로써 놀이의 특성을 완전히 상실하지는 않는다.

2. 읽는 시에서 보는 시로

(1) 구체시 이전의 실험시

문자가 의미를 전달하는 수단에 그치지 않고 그 자체의 형상을 통해 자신의 물질성과 매체성을 드러내는 시각적인 시의 근원은, 서양에서는 고대 그리스·로마 시대까지 거슬러올라간다. 하지만 신고新高독일어로 쓰인 최초의 형상시는 바로크 시대에 등장한다고 할 수 있다. 바로크 시대의 형상시는 주로 타이포그래피적인 배열을 통해 십자가, 심장, 클로버 등 특정한 대상을 모사하였는데, 모사된 대상과 시의 내용 간에 긴밀한 연관관계가 있었다.

그러나 근대에 들어서면서 시는 더이상 보기 위한 것이 아니라, 낭송하고 노래 부르기 위한 것으로 변하였다. 키틀러가 1800년대 기록 시스템의 특징으로 언급한 것처럼, 이 시기에는 작가나 독자가 문자의 매체성을 인식하지 않고 그 안에서 (자연의) 근원적 목소리와 선험적 기의를 들려주거나 들으려는 경향이 강하게 드러난다. 특히 괴테의 「나그네의 밤의 노래 IIWandrers Nachtlied II」에서는 이러한 경향이 잘 나타난다.

> 모든 산봉우리에는
> 고요함이 깃들어 있고
> 모든 나무 꼭대기에는
> 한 가닥 숨결조차
> 느껴지지 않는구나.
> 숲에서는 작은 새들이 침묵한다.
> 기다려라! 머지않아
> 그대도 쉬게 되리니.[269]

　괴테의 이 시는 이 시기의 가장 아름다운 '자연서정시Naturlyrik'가 운데 하나로 평가받아왔다. 볼데마르 마징Woldemar Masing의 지적처럼 이 시에서는 카오스적인 혼란으로서가 아니라 잘 조직된 세계로서의 자연이 묘사되고 있다. "우선 여기에서 산봉우리가 눈에 띈다. ……그 것은 낮에도 모든 비유기적인 자연의 깊은 잠을 잔다. ……나무 꼭대 기는 아직 영혼의 왕국에 속하지는 않을지라도, 자연이 이미 유기적인 삶으로 깨어나 있는 식물의 왕국에 속한다. ……또한 영혼의 삶을 지 니고 있는 동물의 왕국은 작은 새들을 통해 대변된다. ……그리고 이 러한 자연의 일부분이기도 한 인간은 자연의 모든 영역에서 고요함을 바라보면서 스스로를 위해서도 평화를 가져오는 잠을 잘 수 있기를 희 망할 온갖 이유를 갖게 된다."[270] 이러한 자연의 세계에서 나그네는 산

---

269. Johann Wolfgang von Goethe, *Werke Kommentare und Register. Hamburger Ausgabe in 14 Bänden, Bd. 1. Gedichte und Epen I*(München, 1996), 142쪽: "Über allen Gipfeln / Ist Ruh' / In allen Wipfeln / Spürest Du / Kaum einen Hauch; / Die Vögelein schweigen im Walde. / Warte nur! Balde / Ruhest Du auch."
270. Woldemar Masing, *Über ein Goethesches Lied*(Leipzig, 1872), 14-15쪽.

과 숲 그리고 새와 함께하면서 자연과 점점 가까워진다. 시인 괴테는
인간사회에서 격무와 갈등에 시달렸을 나그네가, 자연의 품속에서 평
온을 되찾을 수 있을 뿐만 아니라 그 스스로 자연의 일부분으로서 자
연으로 돌아가게 될 것이라고 말하고 있다. 이 시의 마지막 구절인
'곧 너도 쉬게 되리니'는 다양한 의미로 해석될 수 있겠지만, 그 가운
데는 죽음의 의미도 틀림없이 들어 있다.[271]

　이처럼 인간사회를 피해 떠나온 나그네가 자연에서 마음의 안정과
평온을 찾기를 희망할 때, 자연은 어떤 선험적인 고향과 같은 곳으로
등장한다. 독자는 이 시의 내용뿐만 아니라 시에 사용된 단어나 형식
을 통해서도 이것을 알 수 있다. 특히 2행에 나오는 시어 '고요함Ruh'
이나 8행에 나오는 시어 '쉬게 되리니Ruhest'에 들어 있는 모음 'u'는
고요함이나 평안한 깊은 잠을 나지막한 자연의 근원적 음성으로 독자
에게 들려준다는 것이다.[272]

　이처럼 괴테의 자연서정시는 자연의 근원적인 목소리를 들려주며
자연에 대한 인간의 깊은 동경을 일깨운다. 그러나 키틀러가 지적한
것처럼 1900년대에 들어서서 영화, 타자기, 축음기와 같은 새로운 기술
매체들이 등장하면서 기록매체로서 시문학이 갖는 독점적인 지위는
흔들린다. 문학보다 인간을 더 깊은 환상에 빠뜨릴 수 있는 영화와 같
은 매체가 등장하면서, 자연의 선험적 기의를 전달하려는 시문학의 환
상적 특성은 위협받는다. 이제 시인들은 더이상 시 텍스트의 물질적
특성을 감추며 독자에게 자연의 근원적인 목소리를 들려주려는 환상
을 추구하기보다는, 오히려 그것의 매체적 특성을 인식하고 문자의 형
상성에 주목한다. 다른 기술매체와 마찬가지로 문자 텍스트로 이루어

---

271. Wulf Segebrecht, *J.W. Goethe. "Über allen Gipfeln ist Ruh"* (München/Wien,
1978), 68쪽 참조.
272. W. Segebrecht, 같은 책, 84쪽 참조.

진 시문학 역시 매체적 특성을 지니고 있으며, 따라서 그것은 더이상 단순히 기의를 전달하기 위한 순수한 전달 기능에서 벗어나, 대상을 조작하여 특정한 효과를 낳으려는 기술적이고 연산적인 특성을 지니고 있는 것으로 인식되기 시작한다.

전통적인 시와 단절하며 문자의 형상성에 주목하는 새로운 시의 출발점으로 자연주의 작가 아르노 홀츠Amo Holz를 들 수 있다.[273] 그는 "새로운 형식들로 돌진하려고 시도한 최초의 현대 시인이다. 그는 운율 대신 리듬을 요구하고 시행을, 나중에는 시의 연조차 포기한다. ……그러나 홀츠는 모든 혁신적 시도에 불구하고 자연적인 문장 구조를 고수한다. 구두점과 콤마, 리듬 속의 휴지부는 대개 시행과 시연의 마지막 부분에 존재한다."[274] 이러한 시도는 특히 그의 시집 『판타수스Phantasus』(1898~1899)에서 잘 나타난다. 홀츠 이후 표현주의 시인 아우구스트 슈트람이나 다다이스트 쿠르트 슈비터스Kurt Schwitters 등이 언어의 대상 지시적 기능을 비판하며 새로운 실험적인 시들을 지었다. 이러한 전통적인 통사적 질서를 포기하는 현대시 가운데 시가 하나의 단어, 심지어 하나의 알파벳으로 이루어지는 예들도 등장하는데, 슈비터스의 「i 시Das i-Gedicht」(1922)는 그 대표적인 예이다. 이 시는 위

---

273. 비록 아르노 홀츠가 예술이 자연을 있는 그대로 재현해야 한다고 주장하는 자연주의의 대표적인 작가이자 이론가로 간주될지라도, 적어도 시 분야에서 그는 미메시스적인 표현을 지양하며 언어의 물질성에 주목한 최초의 독일 작가로 간주된다. Klaus Peter Dencker, *Optische Poesie. Von den prähistorischen Schriftzeichen bis zu den digitalen Experimenten der Gegenwart*(Berlin/New York, 2011), 334쪽 참조. 프랑스어권에서는 문자를 하얀 종이 위에 흩뿌려 보여준 말라르메의 「주사위 던지기는 결코 우연을 폐기하지 못할 것이다Un coup de dés jamais n' abolira le hasard」(1897)와 내리는 빗줄기를 문자로 형상화한 아폴리네르의 「비가 내린다Il pleut」(1914/1916)를 들 수 있다. 말라르메는 시를 한 페이지 내에서가 아니라 두 페이지에 걸쳐 썼으며, 줄을 맞춰 질서정연하게 시행을 배치하지도 않았다. 또한 그는 시를 의미적 차원에서가 아니라 시각적 차원에서 관찰할 경우 별자리나 배의 모양과 같은 형상을 발견할 수 있도록 배치하였다. 이러한 시의 형상적 측면은 시의 내용적 측면과 연관되어 있다. K. P. Dencker, 같은 책, 392-396쪽 참조.
274. van Rinsum, *Interpretationen. Lyrik*(München, 1986), 286쪽.

로 비스듬히 올라갔다가 다시 일직선으로 아래로 내려오고 또다시 사선 방향으로 올라가는 선과 중간의 선 위에 찍힌 작은 점으로 이루어져 있다. 이 시의 이러한 시각적 특성은 그러한 형상 밑에 쓰인 "이렇게 읽어라: '위로, 아래로, 위로. 그리고 그 위에 찍힌 작은 점lies: rauf, runter, rauf, Pünktchen drauf'"이라는 문구에 의해 더욱 강조된다. 긴 시행과 이를 통한 의미 전달에 주력하는 전통적인 시들과 달리, 이 시는 이러한 절제와 집중 그리고 시각적 특성에 의해 구체시의 중요한 특성들을 선취하고 있다고 할 수 있다.[275]

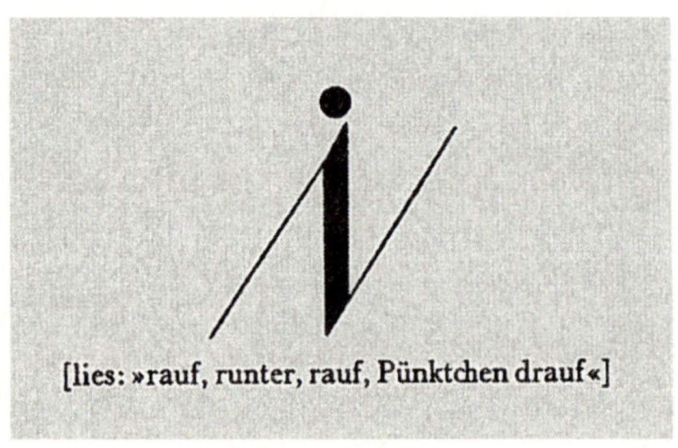

도판 7 쿠르트 슈비터스 「i 시」 시 전문.

크리스티안 모르겐슈테른은 여기서 한걸음 더 나아가 소리 내어 읽을 수 없는 기호를 시의 대상으로 삼는다. 모르겐슈테른의 『교수대의 노래』에 실려 있는 시 「물고기의 밤의 노래」는 읽기 위한 시가 아니라 보기 위한 시이다. 아무런 소리도 낼 수 없는 물고기의 노래는 역설적으로 귀를 위한 노래가 아니라 눈을 위한 노래인 것이다. 모르겐슈테

---

275. 구체시의 창시자 곰링거도 "가장 이상적인 구체시는 원칙적으로 단 하나의 단어로 이루어져 있다"고 말했다고 한다. Helmut Heißenbüttel, "Was ist das Konkrete an einem Gedicht?," *Briefwechsel über Literatur*(Helmut Heißenbüttel/Heinrich Vormweg, Neuwied, 1969), 8쪽 이하.

른의 이 시가 괴테의 「나그네의 밤의 노래」를 여러 점에서 패러디하고 있다는 것은 두 시를 비교해보면 금방 알 수 있다.

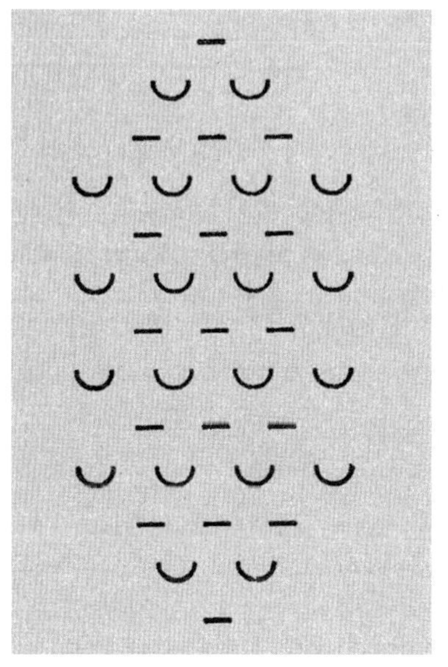

도판 8 크리스티안 모르겐슈테른 「물고기의 밤의 노래」 시 전문

이 시의 제목 'Fisches Nachtgesang'은 괴테의 시 제목 'Wandrers Nachtlied'처럼 일반적인 문법과 달리 명사의 2격이 뒤에서가 아니라 앞에서 꾸며주고 있다. 또한 둘 다 밤의 노래이다.

그러나 모르겐슈테른의 시는 근본적으로 괴테의 시를 패러디하고 있다. "「물고기의 밤의 노래」는 「나그네의 밤의 노래 II」의 철회이다. 후자의 시에서 주변의 모든 자연의 소리늘을 한순간 능가하는 인산의 목소리가 나타나 자신도 자연이라는 어머니의 품속에서 평온을 찾을 것이라고 약속한다면, 전자의 시에서는 말 없는 물고기가 등장하며 텍스트는 그것을 말하게 하는 것이 아니라 타이포그래피의 형상으로 옮겨놓는다."[276] 위의 시에 그려진 형상은 비늘이 있는 물고기처럼 보이기도 하고, 파도 위에 휩쓸리는 물고기처럼 보이기도 한다. 또는 물고기가 입을 닫았다가 벌리는 모습, 즉 물고기의 노래를 묘사한 것처럼 보이기도 한다. 또한 이 시에서는 어떤 언어도 사용하지 않고 대칭적으로 나타나는 기호의 시각적인 모습을 통해 평온한 조화를 보여주고 있다.[277]

이처럼 모르겐슈테른의 시는 반원과 짧은 선이라는 발화될 수 없는 두 기호를 사용하며, 기호가 대상을 지시하는 의미연관성을 지니고 있다는 생각을 비판한다. 니체의 추종자였던 그의 시에는 언어의 지시성을 넘어서는 언어유희적 특성이 나타나는데, 이를 통해 그의 시는 절대적인 무의미시가 되지만, 동시에 형상적인 차원에서 다양한 해석 가능성을 촉발하기도 한다.

(2) 구체시

지크프리트 슈미트는 '구체예술Konkrete Kunst'을 이렇게 정의하였다. "테오 판 두스부르흐Theo van Doesburg는 1930년('Art Concret', 파리, 1930년 4월)에 (처음으로) 회화에 '구체적'이라는 개념을 도입하였다. 그는 이 개념으로 그림의 평면에 나타나는 가시적인 경험적 현실을 재현하려는 것이 아니라, 평면 위에서 단지 구체적이고 실제적인 그림의 수단만을 보여주는 그런 회화방식을 지칭하였다. ……그것이 어떤 매체를 통해 실현되든 간에 구체예술은 비재현적이고 창조적인 예술로, 가시적인 현실의 감각적 지각을…… 지양하고 그것의 예술적 수단 자체를 주제화하는 데 몰두한다."[278]

276. F. Kittler, 같은 책, 312쪽.
277. W. Segebrecht, 같은 책, 113쪽.

오이겐 곰링거는 1955년 브라질의 구체시인 집단인 노이간드레스 그룹Noigandres Group의 회원 데시오 피그나타리Décio Pignatari와의 만남 후에 독일에서 처음으로 구체시라는 개념을 사용하였다.[279] 구체회화 가 형태와 색이라는 구체적 요소로 환원되는 것처럼, 구체시 역시 더 이상 현실(의 대상)을 지시하는 기능으로서가 아니라 구체적, 물질적 재료로서의 언어로 환원된다.[280] 외부대상의 지시라든지 감정이나 생 각의 전달 기능이 없어지면서 구체시의 언어는 제한되고 단순화된다. 짧고 간결하게 사용되는 몇몇 단어와 그 결합, 나아가 개별 알파벳의 형상이 독자의 기억에 남는다. 그리고 "가장 균등하면서도 편안하고 합리적인 문자형상을 위해 일관되게 소문자가 사용된다."[281]

구체시라는 장르에 포함될 수 있는 시인들은 크게 두 그룹에 속해 있었다. 그 첫번째 그룹은 빈그룹Wiener Gruppe이다. 빈그룹은 이차대 전 후 전위예술가들이 모인 아트 클럽에서 생겨났으며, 특히 1954년경 아르트만H. C. Artmann의 성향히에 본격화된 오스트리아 작가들의 집 단이다. 여기에는 아르트만 외에도 프리드리히 아흐라이트너Friedrich Achleitner, 콘라트 바이어Konrad Bayer, 게르하르트 륌Gerhard Rühm, 오스 발트 비너Oswald Wiener 같은 작가들이 속해 있었다. 이들은 다다이즘 과 초현실주의의 영향하에 언어에 대한 회의적인 태도를 취하며 전위

---

278. Siegfried J. Schmidt, "Konkrete Poesie. Ergebnisse und Perspektiven," in: *Wort und Wahrheit. Zeitschrift für Religion und Kultur*(4권), 1969, 325쪽.

279. Berold van der Auwera, "Theorie und Praxis Konkreter Poesie," *Konkrete Poesie II. Text +Kritik*(Heinz Ludwig Arnold 엮음, München, 1975), 33쪽 참조. 그러나 곰링거 이전에 이미 스웨덴 예술가인 외이빈트 팔슈트룀Öyvind Fahlström이 이 개념을 사용했고, 이 개 념을 곰링거가 독일로 가져왔다고 할 수 있다. Thomas Ernst, *Popliteratur*(Hamburg, 2005), 55쪽.

280. V. Rinsum, 같은 책, 287쪽.

281. Eugen Gomringer, "vom vers zur konstellation. zweck und form einer neuen dichtung," *konkrete poesie*(Eugen Gomringer 엮음, Stuttgart, 2009), 156쪽: "das gleichmäßigste, angenehmste und rationellste schriftbild erreicht die konsequente kleinschrift."

적인 실험시들을 지었는데, 특히 물질적 재료로서의 언어 요소에서 출
발해 '음성시Lautpoesie'와 '시각시visuelle Lyrik'를 발전시켰다. 그리고
50년대 중반에 빈그룹은 구체시에 집중적인 관심을 보이며 구체시를
쓰게 된다. 또다른 두번째 그룹은 슈투트가르트그룹Stuttgarter Gruppe이
다. 이 슈투트가르트그룹은 1950년대 후반 막스 벤제Max Bense를 중심
으로 형성되었는데, 여기에는 그 외에도 라인하르트 될Reinhard Döhl,
헬무트 하이센뷔텔Helmut Heißenbüttel, 프란츠 몬Franz Mon, 에른스트 얀
들Ernst Jandl 등이 속해 있다.

구체시에서 문자는 이전과 완전히 다른 의미와 기능을 갖는다. 이
전에 문자는 소리를 기록하고 이에 따라 선형적으로 배열되는 것으로
간주되었다. 그리하여 문자는 청각적인 소리나 시간적인 차원과 긴밀
한 연관을 맺고 있었다. 그런데 프란츠 몬은 그림문자에서처럼 원래
문자가 지녔던 형상성을 상기시키며 그것이 갖는 이차원적인 공간적
특성을 강조한다. 우리는 텍스트를 소리 내어 읽으면서 의미에 집중
하며, 문자의 형상적 특성은 간과한다. 그러나 문자가 더이상 선형적
으로 배열되지 않고 특정한 구도를 이루며 그 형상성을 드러낼 때, 그
러한 문자들로 이루어진 시는 "침묵과 조망의 태도를 요구한다."[282] 이
제 더이상 시를 소리 내어 읽을 필요가 없으며 오히려 그것을 시각적
대상으로 조망하는 태도가 필요하게 된 것이다.

몬은 소리의 기록과 그에 따른 의미 전달 기능에서 문자를 해방시
킬 때, 물질적 매체로서 그것 자체가 메시지가 될 수 있음을 인식한다.
나아가 그는 시의 근본적인 생성 조건이 텅 빈 백지로서의 평면이라는
점을 강조한다. 그는 알파벳 안과 알파벳 사이를 둘러싸고 있는 텅 빈
여백으로서의 사잇공간[283]에 관심을 갖고, 그러한 평면과 사잇공간이

---

282. Franz Mon, "zur poesie der fläche," *konkrete Poesie*(Eugen Gomringer 엮음,
Stuttgart, 2009), 170쪽.

그 위에 쓰인 기호들만큼이나 중요함을 지적한다. "평면은 기호의 조건일 뿐만 아니라 기호의 제스처도 담고 있다. 그러므로 평면은 기호를 주목할 만한 것으로 만드는 것이다. 텅 빈 공간, 문자들 간의 거리와 위치는 문자 자체만큼이나 중요하다. 눈은 모든 방향에서 읽는 법, 실정적인 기호를 부정적인 텅 빈 공간과 통일시켜 보는 법, 그것들 간의 가능한 연관관계를 추적하고 가장 단순한 배열에서 연관의 다채로움을 인식하는 법을 배운다."[284]

레이먼드 페더먼Raymond Federman 역시 1990년 함부르크 시학 강연에서, 이와 유사하게 비어 있는 백지의 공간이 지닌 의미를 강조한다. "글은 공간을 채우는 것(페이지를 검게 만드는 것)을 의미한다. 아무것도 쓸 것이 없는 공간에 작가는 언제나 자신이 지금 막 쓰고 있는 이야기와 전혀 상관이 없는 재료(인용문, 그림, 도표, 지도, 설계도, 다른 담론에서 따온 부분, 갈겨쓴 것 등)를 삽입할 수 있다. 아니면 그는 이 공간을 그냥 백지 상태로 놔둘 수도 있는데, 왜냐하면 문학은 말한 부분 못지않게 상당 부분 말하지 않은 부분들로 이루어져 있기 때문이다. 또한 말한 것이 반드시 진실일 필요가 없고 그것이 항상 달리 표현될 수 있기 때문이다."[285] 다시 말해 백지 위에 쓰인 문자가 진실을 의

---

283. 구체시는 아직 존재하지 않는 어떤 것을 보여주며 여기 있는 어떤 것을 넘어서 무언가 다른 것을 찾아 나서게 한다. 이런 무언가 다른 것에 대한 욕망이 실현되는 공간이 사잇공간이다. "사잇공간에 대한 호기심…… 그것은 전체를 향한 호기심이다. 그것은 절취선에 따라 이루어지는 문자들의 파편화와 새로운 배열에 대한 호기심일 뿐만 아니라 종이의 태도, 예를 들면 쓰인 문자들 안과 문자들 사이에 있는 종이의 드러남, 가려 있는 평면의 노출에 대한 호기심이기도 하다."(같은 글, 174쪽 이하) 유현주는 구체시에서 나타나는 사잇공간을 텍스트와 그림의 두 가지 매체가 긴장관계에 있는 공간으로 이해한다. 그리하여 수용자가 이러한 텅 빈 사잇공간에 주목할 때 더이상 텍스트적 의미가 아니라 텍스트를 이루는 문자의 물질적, 형상적 특성을 인식할 수 있게 된다는 것이다. 유현주, 「비주얼 포엠의 전통에서 본 독일의 디지털 포엠—매체의 경쟁과 상호매체성」, 『독일어어문학』 제35집(2007), 206쪽 참조.
284. F. Mon, "buchstabenkonstellationen," *konkrete Poesie*(Eugen Gomringer 엮음, Stuttgart, 2009), 175쪽 이하.

미할 수 없고 또다른 표현의 가능성을 열어둘 때, 백지는 그러한 가능성의 무한한 보고로 진리의 잠재력을 지닌 것으로 간주된다.

구체시는 전통적인 통사론에 얽매이지 않으며 그것을 다양한 배열 가능성 가운데 하나로만 받아들일 뿐이다. 그래서 구체시의 형상들은 선형적인 시행의 배열을 따르지 않는다.[286] 곰링거는 여기서 이미 전통적인 선형적 텍스트에 숨어 있는 이차원적인 평면성과 시각적, 공간적 특성을 인식하고 있다. 따라서·그의 구체시는 지금까지 숨겨져 있었던 텍스트의 시각적, 공간적 특성을 보다 선명히 드러낸 것이며, 결코 전통적인 통사론에 의거한 텍스트와 완전히 단절되는 것이 아니다. 물론 곰링거는 구체시의 헌장이라고 할 수 있는 「운문에서 배열로—새로운 시문학의 목표와 형식vom vers zur konstellation: zweck und form einer neuen dichtung」이라는 글에서 전통적인 통사론에 입각하여 의미를 전달하는 텍스트에서 벗어나는 새로운 시문학의 형식을 선포하며 새로운 시 형식의 주창자가 되지만, 그의 진정한 공적은 새로운 시 형식을 만들어낸 것보다는 그러한 시를 통해 지금까지 은폐되었던 문자의 물질성과 매체성을 독자로 하여금 의식하고 '보게' 만든 데 있다.

구체시의 시인은 더이상 보고의 기능에 종사하거나 도덕적 의무에 집착하기보다는 미학적 놀이에 몰두한다. 그는 그러한 놀이를 통해 텍스트의 의미 전달 기능을 문제시한다. 그러나 이러한 미학적 놀이로서의 구체시를 쓰는 시인들은 더이상 천재 시인이 아니라 합리적인 기술자 내지 수공업자이다.[287] 이들은 문자의 연산적 특성을 인식하며

---

285. Raymond Federman, *Surfiction: Der Weg der Literatur. Hamburger Poetik-Lektionen*(Frankfurt a.M., 1992); K. P. Dencker, 같은 책, 405쪽 재인용.

286. E. Gomringer, "konkrete dichtung," *konkrete Poesie*(Eugen Gomringer 엮음, Stuttgart, 2009), 161쪽.

287. Max Bense/Reinhard Döhl, "zur lage," *konkrete Poesie*(Eugen Gomringer 엮음, Stuttgart, 2009), 168쪽 참조.

문자의 배열과 이를 통해 생겨나는 구도에 의해 새로운 메시지를 만들어내는 장인인 것이다. 이로써 구체시에서는 미학적 놀이와 합리적 기술이 하나로 합쳐지게 된다. 이처럼 소리와 그에 따른 의미에 의존하지 않는 "평면 텍스트는 더이상 따로 떼어낼 수 있는 메시지를 담고 있지 않지만, 다수의 메시지를 가능한 것으로 표상한다."[288]

지금까지 구체시의 특성을 이론 중심으로 살펴보았다. 아래에서는 곰링거의 시 두 편을 중심으로 구체시가 (사잇)공간과 문자의 물질성을 구체적으로 어떻게 표현하며 강조하고 있는지 살펴보기로 하자.

침묵을 시각적으로 형상화한 곰링거의 첫번째 시는 다음과 같다.

schweigen   schweigen   schweigen

schweigen   schweigen   schweigen

schwcigcn   3chwcigcn

schweigen   schweigen   schweigen

schweigen   schweigen   schweigen

'schweigen'은 독일어로 '침묵'이라는 뜻을 갖고 있다. 이 시에서 'schweigen'이라는 단어를 계속 따라 읽다가 3행 중간에 이르면 갑자기 여백이 등장한다. 이제 독자는 더이상 하얀 여백을 읽을 수 없으며 그야말로 침묵에 이르게 되는데, 여기서 침묵이 사잇공간인 여백을 통해 가시적으로 드러남을 알 수 있다. 침묵을 의미하는 'schweigen'이

---

288. F. Mon, "zur poesie der fläche," 172쪽. 유현주도 구체시에서 언어가 지시하는 대상의 의미는 사라지지만, 동시에 그러한 언어가 지닌 물질성에 대한 성찰이 일어나며 이를 통해 새로운 의미가 형성될 수 있음을 지적하고 있다. Hyun-Joo Yoo, "Phänomen der Zwischenräume. Intermedialer Prozess bei der konkreten Poesie," 『독일문학』 110집(2009), 282쪽. 이러한 맥락에서 슈나이더는 구체시에서 의미를 구성하는 독자의 역할을 강조한다. Peter Schneider, "Konkrete Dichtung," *Sprache im technischen Zeitalter*(15권), 1965, 1204쪽 참조.

라는 단어는 역설적으로 소리 내어 발음되며 침묵을 깨뜨리는 반면, 여백으로서의 사잇공간은 침묵을 시각적으로 표현하며 독자로 하여 금 이 시의 텍스트적 특성에서 눈을 돌려 형상적인 특성에 주목하게 만든다. 이 시에서 곰링거가 시각적으로 표현한 침묵은 구체시라는 장르의 본질적 특성이기도 한데, 왜냐하면 구체시는 더이상 소리 내어 읽기 위한 시가 아니라 침묵을 지키며 보기 위한 시이기 때문이다.[289]

두번째로 문자의 물질성에 주목하게 하는 곰링거의 또다른 시를 살 펴보자.

das   schwarze geheimnis

ist   hier

hier   ist

das   schwarze geheimnis

위의 시에서는 다섯 개의 단어가 등장하여 두 번씩 사용되고 있 다.[290] 전통적인 시와 달리 이 시는 어디에서 읽는가에 따라 그 뜻이 달 라진다.

첫번째로 'das schwarze geheimnis ist hier'를 끊어서 원을 그리며 두 번 읽을 수 있다. 이때 '검은 비밀이 여기 있다'라는 문장이 생겨난 다. 유사하게 'hier ist das schwarze geheimnis', 즉 '여기에 검은 비밀 이 있다'라는 문장을 원을 그리며 두 번 읽을 수도 있다.

---

289. Gomringer, "vom vers zur konstellation," 158-159쪽 참조.
290. 'das' 는 영어의 'the' 에 해당하는 정관사로 중성명사를 지시한다. 'geheimnis' 는 '비밀' 이라는 뜻의 명사이고, 'ist' 는 영어의 'is' 에 해당하며, 'hier' 는 '여기' 라는 뜻을 지닌 부사이다. 끝으로 'schwarze' 는 '검은' 이라는 뜻을 지닌 형용사 'schwarz' 의 어 미가 변화한 형태이다.

두번째로 원을 그리며 네번째 줄을 두 번 읽으면 'das schwarze geheimnis ist hier das schwarze geheimnis'라는 동어반복적인 문장이 생겨난다. 번역하면 '검은 비밀은 이곳에서 검은 비밀이다'라는 뜻이 된다.

세번째로 'ist hier das schwarze geheimnis'라는 의문부호(?)가 생략된 문장을 두 번 반복해서 역시 원을 그리며 읽을 수 있다. 번역하면 '여기에 검은 비밀이 있는가?'라는 뜻이다.

네번째로 'das ist hier das schwarz geheimnis'('그것은 여기에서 검은 비밀이다')라는 평서문과 'ist hier das schwarze geheimnis'(여기에 검은 비밀이 있는가?)라는 의문문이 생겨날 수 있다.

다섯번째로 'hier ist geheimnis das schwarze'와 'hier ist das schwarze geheimins'라고 읽을 수 있다. 이때는 '여기에서는 비밀이 검은 색이다'와 '여기에서는 검은색이 비밀이다'라는 뜻이 생겨난다.

이상에서 살펴본 것처럼 위의 시는 결코 선형적인 독서를 허용하지 않으며 시를 이차원적인 그림처럼 시선을 원을 그리며 보도록 유도한다. 이로부터 생겨나는 텍스트의 의미는 일의적인 것이 아니라 시선을 어디에 놓고 독서를 시작하느냐에 따라 다의적이 된다. 첫번째 독법에서 네번째 독법까지는 '검은 비밀das schwarze geheimnis'이라는 단어가 등장하는데, 이때 우리는 진실을 알 수 없어 암흑처럼 깜깜하게 여겨지는 비밀의 특성이 검은색과 연결되어 나타남을 알 수 있다. 그런데 다섯번째 독법에서 일종의 반전이 생겨나는데, '여기서hier', 즉 인쇄된 텍스트에서는 마침내 '비밀geheimnis'과 '검은색das schwarze'이 분리되어 비밀의 대상이 검은색으로 바뀌게 된다. 이로써 칠흑처럼 완전히 깜깜한 '검은 비밀' 대신 하얀 백지 위에 놓인 '검은색 잉크'의 글자가 비밀의 대상이 됨을 알 수 있다. 이처럼 시를 비롯한 텍스트를 읽기 위해서는 하얀 백지라는 빈 공간과의 관계 속에서 검은색 잉크로 쓰인 문자를 살펴보아야 하며, 이를 통해 문자의 물질적 특성과 그것의 형상성에 주목할 수 있게 된다.

그러나 위에서 원을 그리며 읽는 독서와 달리 이 시를 전통적인 선형적 독서 방식으로 읽을 수도 있다. 이 경우 독자는 첫째 줄과 둘째 줄의 'das schwarze geheimnis ist'와 'hier' 또는 셋째 줄과 넷째 줄의 'hier'와 'ist das schwarze geheimnis' 사이에 각각 텅 빈 공간이 놓여 있음을 보게 된다. 그렇다면 '검은 비밀'이 '여기 있다'라는 위의 문장에서 그것이 가리키는 장소는 다름 아닌 중앙의 텅 빈 공간이 된다. "문자 특유의 정보 전달 방식이기도 한 '글 읽는 방향'에 따라 독자의 시선은 빈 공간을 향하게 되는데, 검은 비밀에 대한 지시가 내부의 백지로 이끈다는 모순적인 상황은 '문자로 서술된' 검은 비밀이 내부적 의미의 부재를 통해 '비주얼하게' 전달되고 있다는 것을 보여준다. 이 빈 공간은 텍스트가 가진 의미 부여적 기능이 이미지가 가진 시각적 표현 기능과 만나는 장소가 되는 것이다."[291] 이를 통해 독자는 검은색 문자들로 이루어진 사각형뿐만 아니라, 검은색 문자를 둘러싸는 주변 공간과 검은색 문자에 둘러싸인 사잇공간으로서의 하얀 여백을 인지하며 그것의 의미와 기능을 묻게 된다. 이처럼 곰링거는 텍스트의 명확한 의미 해석을 거부함으로써 텍스트의 물질적 형상성과 그 텍스트가 생성되는 근원적 토대인 백지라는 빈 공간에 주목하게 한다.

마지막으로 구체시의 이론과 실천 사이에 존재하는 간극에 대해 언급하고자 한다. 앞에서 구체시가 언어의 전통적인 보고의 의무에서 벗어나 대상으로서의 문자나 기호를 다루며 그것의 시각적 특성에 주목한다는 사실을 강조하였다. 벤제도 이러한 의미에서 "단어가 우선적으로 의도적인 의미의 전달자가 아니라 적어도 그것을 넘어 물질적

---

291. 유현주, 같은 글, 206쪽.

인 형상화의 요소로 사용된다"[292]고 말한다. 그러나 구체시의 이론과 달리 그것의 다양한 실천 양상을 살펴보면, 많은 구체시들이 단어의 전통적인 의미와 이와 연관된 연상 가능성 등을 전제로 하고 있는 데다 심지어 이를 적극적으로 이용하기도 함을 알 수 있다.[293] 특히 클라우스 브레머Claus Bremer와 크리스 베첼Chris Bezzel의 시들은 68운동의 사회정치적 배경하에서 구체시를 이념적인 윤리적 의도와 연결시켜 사용하고 있다. 이들은 관습적인 언어의 위계구조에 사회의 위계구조가 반영되어 있음을 보고, 마르크스주의적 관점에 입각하여 기존의 통사론을 파괴함으로써 기존의 사회적 관계도 허물어뜨리려고 한다. 곰링거 역시 구체시가 알파벳 그림, 적나라한 타이포그래피 시, 사회비판적인 시, 정치시 등 다양한 현상으로 나타나고 있음을 인정한다.[294] 그가 구체시의 기능을 좁은 의미에서의 사회적 참여를 넘어서는 것으로 본다는 점에서 브레머나 베첼과 구분되지만, 언어에 대한 입장 변화를 통해 의식의 변화 및 사회 변화를 가져오려 한다는 점에서는 이들과 상응하는 점이 있다. 이러한 맥락에서 전술한 벤제의 구체시에 대한 정의를 스스로가 몇 년 후에 다음과 같이 보충하고 있음에 주목할 필요가 있다. "구체 텍스트는 이상적인 경우에 있어서는 언어를 의

---

292. Max Bense, "konkrete poesie," *konkrete poesie international*(Stuttgart, 1965) 후기 (Dencker, 같은 책, 438쪽 재인용).

293. 이에 대한 자세한 예들은 다음의 논문을 참조하시오: Renate Beyer, "Innovation oder traditioneller Rekurs? Beobachtungen zum wirkungspoetischen Aspekt der Konkreten Poesie," *Konkrete Poesie II. Text+Kritik*(Heinz Ludwig Arnold 엮음, München, 1975) 23-32쪽. 곰링거 자신도 한 인터뷰에서 구체시에서 한 단어가 사용될 때 그 단어가 연상시키는 표상과 의미를 전제하게 됨을 인정한다. 그러나 그는 구체시인이 이러한 표상과 의미를 그대로 받아들이지 않고 단어를 인공언어의 맥락에 집어넣어 기존의 표상과 의미에서 벗어나도록 해야 한다고 말한다. 이를 통해 언어가 외부 현실을 개혁한다는 생각에서 벗어나 언어의 현실에 대한 새로운 의식을 발전시킬 수 있다는 것이다. E. Gomringer, "Wie konkret kann Konkrete Poesie sich engagieren? Ein Gespräch mit Eugen Gomringer, geführt von Ekkehardt Juergens," *Konkrete Poesie II. Text +Kritik*(Heinz Ludwig Arnold 엮음, München, 1975) 43쪽 참조.

294. B. v. Auwera, 같은 글, 40-41쪽 참조.

미의 전달자가 아니라, 그것을 넘어 어쩌면 더 강조하여, 음성적이고 시각적인 행위로 사용한다. 따라서 단어는 형태소 차원(의미의 차원), 문자소 차원(형상적인 지각 가능성의 차원), 음소 차원(음향 전개의 차원)에서 동시적으로 시적인 형상화 수단으로 나타난다. 구체 텍스트의 맥락은 의미론적이고 시각적이며 동시에 음성학적인 맥락이다.[295] 물론 벤제가 여전히 구체시의 의미론적 차원을 부차적인 것으로 언급하고 있더라도, 그것은 분명 구체시와 관련된 하나의 차원으로 인정되고 있다. 비록 이러한 문자의 의미적 차원을 활용하지 않은 구체시들이 있다 하더라도, 그것이 구체시의 전형이라고 할 수는 없으며 오히려 의미, 시각, 음성의 다양한 차원을 활용하는 다양한 구체시 형식이 존재함을 인정해야 한다.

3. 문자영화

(1) 문자영화 이전의 운동시로서의 구체시

종이 위에 기록된 활자 텍스트에서 문자는 본질적으로 이동할 수 없으며 고정된 자리를 차지하고 있다. 따라서 좁은 의미에서 문자가 역동적으로 움직이며 운동하는 것은 전자매체의 등장 이후에야 가능해졌다고 할 수 있다. 그럼에도 불구하고 활자 텍스트에서 문자의 운동이나 역동성이 전혀 나타나지 않는 것은 아니다. 마이크 위버는 구체시가 "시각적(시각), 음성적(음향), 운동적(시각적인 연속적 움직임)"[296] 특성에 따라 세 가지 유형으로 구분될 수 있다고 말한다. 넓은

---

295. M. Bense, *Einführung in die informationstheoretische Ästhetik*(Reinbek bei Hamburg, 1969), 95쪽.
296. Mike Weaver, "Concrete Poetry," *The Lugano Review*(1권/5-6권), 1966, 100쪽 이하.

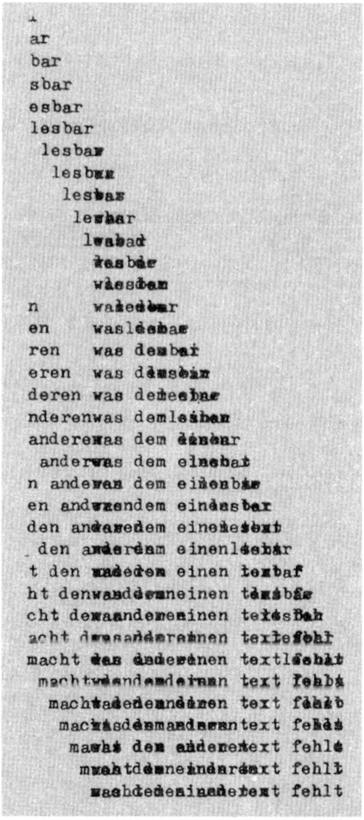

도판 9　클라우스 브레머 「한 텍스트에 결여된 것이 다른 텍스트를 읽을 수 있게 한다」 시 전문.

의미에서 운동 중인 모든 시를 '운동시'라는 개념으로 부를 수 있다면, 구체시는 운동시에 포함될 뿐만 아니라 또한 운동시의 성립에 지대한 영향을 미쳤다고 할 수 있다.

　그렇다면 구체시에서 역동적인 운동성은 어떻게 생겨나는 것일까? 왼쪽에서 오른쪽으로, 위에서 아래로 써내려가는 전통적인 직선적 텍스트는 그 관습성으로 인해 정적이고 고정된 성격을 띠게 된다.[297] 이에 반해 구체시는 텍스트 내에 역동적인 시공간 구조를 끌어들이며 운동성을 만들어낸다. 이러한 구체시의 운동성은 형식의 반복이나 형식 자체에 기반을 둔 시각적 현상에 의해서뿐만 아니라, 또한 관찰자의

운동에 의해 생겨나기도 한다.[298]

클라우스 브레머의 시 「한 텍스트에 결여된 것이 다른 텍스트를 읽을 수 있게 한다was dem einen text fehlt macht den anderen text lesbar」[299] (1964)는 생략과 겹쳐쓰기를 통해 텍스트의 운동을 만들어낸다. 이 시를 전통적인 독서 방법에 따라 왼쪽에서 오른쪽으로, 그리고 차례로 시행에 따라 위에서 아래로 읽어내려가면, 텍스트의 의미를 전혀 이해할 수 없다. 겹쳐쓴 글자는 텍스트를 읽는 것을 불가능하게 만들며, 통사적인 규칙이 무시된 데다 생략으로 인해 완전한 단어가 나타나지 않은 상황에서 횡적인 독서로는 의미 있는 문장을 구성해낼 수 없게 된다. 이러한 독서의 한계는 기존의 독법에서 벗어나 새로운 독법을 탐색하게 만들며 시를 새로운 시점에서 바라보도록 요구한다. 그리하여 이제 이 시를 먼저 종적으로 읽고 그다음에 왼쪽에서 오른쪽으로 읽어나가면, 겹쳐쓰기로 인해 가독성이 떨어지기는 해도 전체적으로 'was dem einen text fehlt'라는 문장이 적혀 있다는 것을 알아낼 수 있다. 또한 사선 방향으로 왼쪽 아래에서 오른쪽 위쪽 방향으로 읽어나가면, 'macht den anderen text lesbar'라는 문장을 재구성해낼 수 있다. 물론 이 경우 겹쳐쓰기가 좀더 심하게 나타나 해독이 쉽지 않고 'text'라

---

297. 엄밀한 의미에서 이러한 전통적 텍스트 역시 일정한 방향으로의 운동성을 보여주고 있다고 말할 수 있다. 그러나 전통적 텍스트는 다른 방향으로의 글쓰기나 독서를 억압하고 한 방향으로의 운동만을 관습적으로 고착화시키기 때문에 자신의 운동성을 은폐한다. 구체시의 이론을 보다 엄밀히 적용하면, 구체시뿐만 아니라 이런 전통적 텍스트 역시 운동성을 띠고 있다고 할 수 있으며, 이러한 인식은 구체시 이론에 의해서 비로소 가능해졌다고 말할 수 있을 것이다.

298. K. P. Dencker, 같은 책, 268쪽 참조.

299. 위의 독일어 문장에 나오는 단어를 설명하면 다음과 같다. 'text'는 '텍스트'를, 그 앞의 'dem einen'은 텍스트를 꾸며주는 말로 '하나의'라는 뜻을 지닌다. 'fehlen'의 삼인칭 동사형인 'fehlt'는 '결여되어 있다'는 뜻이고 'was'는 영어의 'the thing, which~', 즉 '~인/하는 것은'이라는 의미이다. 'machen'의 삼인칭 동사형인 'macht'는 '만들다'라는 뜻을, 'den anderen'은 '다른'이라는 뜻을, 그리고 'lesbar'는 '읽을 수 있는'이라는 뜻을 지닌다.

는 단어의 경우는 사선 방향(왼쪽 위에서 오른쪽 아래로) 전체에 걸쳐
서가 아니라 단지 오른쪽 하단부에만 몇 번 등장하기 때문에, 완전한
문장을 읽어내는 것이 힘들기는 하지만 그렇다고 해독이 완전히 불가
능한 것은 아니다. 이처럼 전통적인 독서 방향을 전도시키거나 사선
방향으로의 독서를 유도하면서 텍스트는 역동적인 운동성을 지니게
된다. 이러한 새로운 독서 태도의 요구는 이 시의 제목에서 이미 암시
되어 있다. 브레머는 가독성 및 가독 불가능성의 문제를 자신의 시에
서 전면적으로 다루면서, 기존의 독서 방법이 어떻게 지각적, 해석적
측면에서 가독 불가능성의 한계에 부딪히는지를 보여주며, 이에 대한
해법으로 새로운 독서 태도를 통해 텍스트를 새롭게 읽어낼 것을 제안
한다.

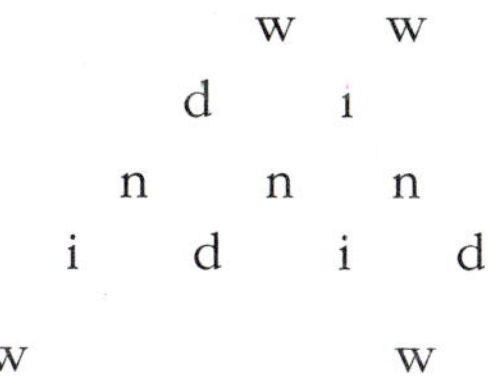

　　구체시 가운데 대상의 운동을 직접적으로 모사하는 운동시들도 있
지만, 곰링거의 「바람wind」처럼 추상적인 개념을 다루며 운동을 보여
주는 구체시들도 있다.[300] 여기서 'wind'라는 단어는 독일어나 영어로
모두 '바람'을 의미하는데, 이것은 이 시를 어느 하나의 언어에 국한시
키지 않고 다양한 언어와 연관시켜 해석할 가능성을 열어주는 것으로
볼 수 있다. 이 텍스트에서 'wind'를 읽는 방법은 역시 전통적 목서 방

300. 아래에서 이루어지는 곰링거의 시 「바람」에 대한 해석은 뎅커의 해석을 따른 것임
을 밝혀둔다. Dencker, 같은 책, 304-309쪽 참조.

향과 달리 네 가지의 다양한 사선 방향으로 이루어진다. 또한 우리가 'wind'라는 단어에서 시선을 돌려 다른 단어를 찾으려고 하면, 다양한 단어들이 발견된다. 가령 영어 단어를 찾자면 'in, did, win, din' 등의 단어가 발견된다. 또한 독일어 단어를 찾자면, 대문자 'DIN'과 'ND'가 의미를 지닐 수 있다. 'DIN'은 '독일산업규격Deutsche Industrie Norm'의 약자이며, 'ND'는 독일식 알파벳 단어로 소리 내어 읽으면 'Ende', 즉 끝, 종말을 의미한다. 뎅커는 여기서 한편으로 독일어 단어 'DIN'의 의미처럼 이 시가 정확한 규칙성을 드러내고 있음에 주목한다. 가령 이 시의 맨 위쪽과 아래쪽 시행은 각각 두 개의 'w'라는 단어로 되어 있고, 2행과 4행에는 'i, d'라는 단어만이 등장하며 중간행에는 'n'이라는 단어만이 등장한다. 그러나 그는 다른 한편 'din'이라는 단어가 영어로 '소음'이라는 의미를 지니고 있음을 강조하며, 한 단어를 정반대의 시각에서 바라보게 한다. 그리하여 이 시는 소용돌이치는 바람에 의해 'DIN'의 질서가 무너지고 'din'의 소음이 생겨나며, 이로써 폐쇄적이고 완결된 전통적인 글쓰기와 독서가 'Ende', 즉 종말을 맞이하게 되었음을 보여준다는 것이다.

곰링거는 이처럼 「바람」이라는 시를 통해 직선적인 독서 방법과 여기서 비롯되는 폐쇄적이고 완결된 해석의 한계를 보여주고 텍스트를 바라보는 다양한 시선과 그로부터 생겨나는 다양한 해석 가능성에 주목하게 만든다. 이것은 '열린 텍스트'에 대한 움베르토 에코의 언급을 떠오르게 한다. 곰링거는 여기서 한편으로 'wind'를 단순한 추상적 개념으로 사용하지 않고 네 가지 사선의 방향으로 펼쳐놓음으로써 남동풍, 북서풍, 남서풍, 북동풍과 같은 구체적인 시각적 이미지로 바꾸어 놓는다. 이로써 독자로 하여금 문자 텍스트의 물질적, 시각적 특성에 주목하며 언어의 숨겨진 새로운 차원을 해명하도록 이끈다. 이것은 다른 한편 에코가 제시한 '열린 텍스트'와 연결된다. 이제 텍스트는 단순히 시각적인 차원에서 어떤 형상과 운동을 보여주는 것을 넘어서서 정신적인 차원에서의 운동[301]도 보여줄 것을 요구한다. 독자는 열린 텍스트의 특성에 맞게 폐쇄적이고 완결된 하나의 독법과 해석 대신, 다양한 시각과 해석을 만들어내는 텍스트 생산자의 위치에 서게 된다. 이리하여 운동시로서의 구체시는 시각적인 형상적 차원에서의 운동을 넘어 정신적인 차원에서도 생각의 지속적인 운동을 요구함으로써 정적이고 고정된 문자 텍스트의 매체적 한계를 넘어서려고 시도한다. 물론 구체시는 활자 텍스트로서 책이라는 매체적, 물질적 환경에 예속되어 있기 때문에 완전히 자유로운 운동을 펼쳐보일 수는 없지만, 그럼에도 불구하고 텍스트에 운동성을 도입한 선구적인 역할을 하였음을 부정할 수는 없을 것이다.

(2) 움직이는 그림으로서의 문자영화

문자를 더이상 의미 전달의 수단으로 사용하지 않고 그것의 시각적인 물질성에 주목하는 실험들이 구체시를 비롯해 문학 텍스트의 영역에서 이루어져왔다. 이러한 문학적 실험들은 우리가 간과하고 있던 문자 텍스트의 형상성에 주목하게 하였을 뿐만 아니라, 더 나아가 일반적인 텍스트의 시각적, 공간적 구도에 나타나는 통사적 형태를 붕괴시키고 텍스트를 그림처럼 조직하며 텍스트와 그림의 이분법적인 구분을 의문시하게 만든다.

그러나 이러한 실험들은 인쇄된 책, 즉 종이에서 이루어졌으며, 그러한 물질적 조건은 곧 문자 텍스트로 수행하는 놀이의 한계를 의미하기도 했다. 이러한 한계는 문자가 더이상 구텐베르크 은하계에 갇히지 않고 비물질적인 전자적 공간 안으로 늘어오면서 극복된다. 특히

---

301. Dencker, 같은 책, 311쪽 참조.

디지털 기술의 발전과 함께 탈신체화 내지 탈물질화를 경험한 문자는 이차원적인 평면의 공간이라는 감옥에서 벗어나 자유롭게 움직이고 자신의 매체적 특성을 전환시킬 수 있는 자유를 누리게 된다.

이렇게 변화된 매체 환경에서 문자는 전통적인 회화의 특성을 띠며 그 경계를 허물 뿐만 아니라, 더 나아가 정적인 속성에서 벗어나 시간의 흐름에 따라 자유롭게 운동할 수 있는 것으로 변한다. 이처럼 '움직이는 그림으로서의 문자'의 모습이 가장 잘 나타나는 것은 '문자영화Schriftfilm'이다. "우리는 움직이고 생동감 있으며 그래픽적으로 눈에 띄게 형상화된 문자가 '주인공' 역할을 하는, 아날로그 내지 디지털에 기반을 둔 단편영화나 영화의 장면을 문자영화라고 부른다. 이러한 영화들은 예술 작업, 오락영화, 광고, 뮤직비디오 또는 소위 'TV 모션 디자인'이라고 부르는 것으로 이루어져 있다."[302] 이러한 문자영화의 범람은 빌렘 플루서나 노르베르트 볼츠Norbert Bolz의 예상과 달리, 문자가 몰락하고 있는 것이 아니라 오히려 부흥하고 있는 인상을 불러일으킨다.[303] 물론 이 경우 새롭게 부흥하고 있는 문자는 결코 이전의 텍스트에 인쇄된 문자가 아니라, 전자공학적인 매체에 의해 움직이고 다른 매체와의 경계를 넘어서며 개방적이 된 비물질적인 문자를 의미한다.

문자영화에서 문자는 더이상 이전의 인쇄 텍스트의 공간에 갇혀 있던 수동적인 대상의 지위에만 머무는 것이 아니라, 오히려 춤추고 날아다니며 시간의 경과에 따라 움직이는 활동적 지위를 갖는다. 이제 의미의 전달 매체라는 속박에서 벗어난 문자는 그 스스로가 주인공이 되며, 시각적 형상의 연쇄적 연결만으로 새로운 종류의 이야기를 서술

---

302. Bernd Scheffer, "'typEmotion': Schriftfilme. Schrift als Bild in Bewegung," *Schriftfilme. Schrift als Bild in Bewegung*(Bernd Scheffer/Christine Stenzer 엮음, Bielefeld 2009), 7쪽.

303. B. Scheffer, 같은 글, 9쪽.

할 수 있는 가능성을 갖게 된다. 또한 문자영화에서 문자는 엄청나게 빠른 속도로 움직이거나 그 모습을 바꾸어가는데, 이것은 새로운 매체 환경에서 문자의 가독성에 대한 문제를 야기한다. "문자영화에서 문자의 이미지적 속성을 형상적으로 강조하는 것은, 규칙적으로 그리고 계획적으로 문자의 간편한 가독성을 희생시키는 대가로 이루어진다. 문자의 가독 불가능성, 그래픽적인 복잡한 형상화가 추구되는데, 이것은 문자의 형상성과 함께 문자의 물질성 및 유희성을 드러내기 위함이다."[304] 그 밖에 문자는 주체의 차가운 시선에 의해 분석되는 생기 없고 대상화된 지위에서 벗어나, 이제 애니메이션에 의해 활발하게 움직이고 춤추며 감정을 표현하는 정서적 특성을 갖게 된다. 다양한 문자의 형태와 색채, 문자의 움직임은 음악과 연결되어 자신의 정서를 드러내며 상호매체적인 관계를 보여준다.

(3) 문자영화의 구체적 작품 분석

① 제프리 쇼의 〈읽을 수 있는 도시〉

호주의 미디어아티스트인 제프리 쇼Jeffrey Shaw는 〈읽을 수 있는 도시The Legible City〉에서 실제현실과 가상현실 간의 긴장관계를 다룬다. 이 뉴미디어아트를 관람하는 방문객은 직접 자전거를 타고[305] 컴퓨터로 시뮬레이션된 가상의 도시를 지나간다. 흥미로운 것은 이 도시의 조성이 실제 건축물이 아니라 삼차원적인 문자의 건축물로 이루어졌다는 점이다. 그래서 방문객이 자전거를 타고 이 가상의 도시를 지나가는 것은 사실은 일종의 독서 여행이 된다. 자전거에 올라탄 사람은

---

304. 같은 글, 26쪽.
305. 〈읽을 수 있는 도시〉의 원조 격인 〈읽을 수 있는 도시(원형)The Legible City(Prototype)〉(1988)에서는 자전거 대신 조이스틱을 사용하였다. 이후 〈읽을 수 있는 도시〉의 맨해튼 버전(1989), 암스테르담 버전(1990), 칼스루에 버전(1991)에서 조이스틱 대신 자전거가 사용된다.

자전거 앞쪽에 도시 지도가 있는 모니터 스크린을 보며 자신의 현 위치를 파악하고 핸들을 조종하여 자신이 가고자 하는 방향을 결정할 수 있다. 또한 그는 자전거 페달을 통해 속도를 조절할 수도 있다. 이렇게 해서 그가 지나가며 보게 되는 문자 도시의 풍경은 비디오 프로젝트를 통해 대형 스크린에 비춰진다.

쇼의 말처럼 그의 작업에서 핵심이 되는 것은 가상공간 자체가 아니라, 가상공간과 현실공간 사이의 관계와 이에 대한 방문객의 체험과 지각이다.[306] 그는 방문객이 현실공간과 가상공간을 오가며 가상공간에서의 체험을 통해 가상공간의 의미뿐만 아니라 현실의 의미 역시 성찰하도록 유도한다. 이에 따라 〈읽을 수 있는 도시〉에서도 방문객은 단순히 가상의 공간에 빠져드는 것이 아니라 자신의 신체를 움직임으로써, 즉 자전거 페달을 밟거나 자전거 핸들을 돌림으로써 가상공간과 상호작용한다.

〈읽을 수 있는 도시〉에서 무엇보다 흥미로운 것은 도시의 풍경이 실제 건물의 모사가 아니라 입체적인 문자의 건물로 등장한다는 점이다. 이러한 문자건축의 의미는 과연 무엇일까? 진중권과의 인터뷰에서 쇼는 다음과 같이 말한다. "거기에 따르면 '도시는 건물이 아니라 서사, 즉 그것이 말하는 이야기'라고 하지요. 도시를 탐색한다는 것은 곧 도시와 갖게 되는 서사적 관계를 탐색하는 것이지요. 다른 말로 하면, 당신이 보는 것으로부터, 사물의 형태로부터 정보가 계속 주어집니다. 도시는 데이터로 가득 차 있습니다. 당신의 도시 탐색은 곧 그 데이터들과의 조우입니다. 그 데이터란 물론 몇 세기를 거슬러올라가는 역사적 데이터입니다. 물질성, 직접적인 물리성을 제거하면, 그것이 텍스트로 바뀌면서 그 도시가 무엇인지에 관한 서사가 그대로 드러납니다."[307]

---

306. 진중권 엮음, 『미디어아트―예술의 최전선』(휴머니스트, 2009), 173쪽 참조.

도판 10 제프리 쇼 〈읽을 수 있는 도시〉

쇼 이전에 이미 벤야민이나 헤셀F. Hessel 같은 작가들은 산보객 Flaneur이 도시를 배회하며 역사를 무의식적으로 회상하고 과거의 흔적을 읽어낸다는 사실을 간파하였다. 이들에게 산보는 일종의 독서 체험이었던 것이다. 그러나 쇼의 〈읽을 수 있는 도시〉에서 방문객은 더이상 산보할 때처럼 유유자적하면서 도시를 활보하는 것이 아니라 자전거를 타고 빠르게 도시를 지나간다. 물론 그가 페달로 자전거의 속도를 조절할 수는 있지만, 그럼에도 불구하고 문자의 건축물은 더이상 정지해 있는 것으로 나타나지 않고 우리에게 빠른 속도로 다가오는 것처럼 느껴진다. 또한 이 도시의 거리를 형성하고 있는 거대한 문자는 입체적인 건물의 속성을 띠고 있을 뿐만 아니라 빠른 속도로 우

---

307. 같은 책, 187-188쪽.

리의 눈을 향해 다가오며 우리의 시야에서 충돌할 것 같은 느낌을 줌으로써 강한 촉각적 특성을 갖게 된다.[308] 이러한 속도감은 움직이는 그림으로서의 문자를 우리가 더이상 관찰자로서 거리를 두고 관조할 수 없음을 보여준다. 물론 쇼의 작품에서 문자의 건축물로 이루어진 도시는 아직까지 방문객이 페달의 속도를 조종함으로써 읽을 수 있기 때문에 우리를 독서 불능의 상태에 빠뜨리지는 않는다.

실제로 제목이 보여주는 것처럼 문자의 가독성은 쇼에게 중요한 의미를 지니고 있다. 그래서 쇼는 원래 볼륨감이 없는 문자를 사용했다가 '맨해튼'이라는 첫번째 작품 버전에서는 도시적 외관을 잘 읽어낼 수 있는 삼차원의 거대한 문자를 사용하는 것으로 전환한다. 또한 '맨해튼'이라는 작품에서는 아직까지 문자의 크기나 높이가 모두 같아 지루하고 읽기가 힘들지만, 그 뒤에 나온 '암스테르담'이나 '칼스루에' 버전에서는 건물 높이에 차이를 줌으로써 가독성을 더욱 높인다.[309]

〈읽을 수 있는 도시〉의 또다른 특징으로 장소의 변화와 함께 이야기가 서술된다는 것을 들 수 있다. 인쇄 텍스트에서 문자나 문단 사이의 간격은 일반적으로 텍스트의 조직 원칙과 문법적, 통사적 구조를 보여준다. 그러한 텍스트의 조직을 위해 마치 지도제작자처럼 작업하고 텍스트를 측량하며 조작하여 원하는 결과를 만들어낸다. 흥미롭게도 쇼 역시 지도제작술을 자신의 작품에 사용하지만, 그 기능은 인쇄 텍스트에서와는 달라진다. 즉 여기서는 이러한 지도제작술이 이야기를 서술하는 틀로 사용되며, 그래서 장소와 풍경의 변화에 따라 이야기가 전개된다.[310] 문자 텍스트의 시각적 공간은 〈읽을 수 있는 도시〉

---

308. B. Scheffer, 같은 글, 14쪽: "문자는 직접 손으로 붙잡을 수는 없지만, 그럼에도 불구하고 문자영화에서 촉각적으로 표상될 수 있다."

309. Rolf Sachse, "Von lesbaren Städten und einstürzenden Buchstaben. Zwei Phänomene und ihr möglicher Zusammenhang," *Schriftfilme. Schrift als Bild in Bewegung*(Bernd Scheffer/Christine Stenzer 엮음, Bielefeld 2009), 187쪽 참조.

에서 과거의 역사적 흔적을 회상하고 체험하는 시간적 체험의 장소가 되며, 공간을 시간으로 변형한다. 이와 함께 입체적인 삼차원의 그림으로 변형된 문자는 문자의 형상성을 보여줄 뿐만 아니라 "그림이 동시적으로 전개되는 언어의 과정 없이는 지각될 수 없다"[311]는 것을 보여준다. 쇼는 인간이 살아가면서 남긴 공간 속의 흔적을 서사적인 텍스트로 보여주기 위해 도시의 풍경을 문자의 건물로 형상화한다. 이러한 문자의 건축물로 이루어진 도시의 여행, 즉 도시의 독해는 읽는다는 행위가 언어 텍스트에 국한되지 않으며 시각적인 그림을 포함한 세계 전체로 확대될 수 있음을 보여준다.

1998년에 생겨난 〈읽을 수 있는 도시〉의 새 버전인 〈분산된 읽을 수 있는 도시The Distributed Legible City〉는 두 명 이상의 다중 유저가 동시에 가상적인 공간에 들어가 서로의 아바타를 통해 만나 교류하고 심지어 대화를 나눌 수 있다는 점에서 이전 버진과 구분된다. 각각의 유저는 이전 버전에서와 마찬가지로 자신의 자전거를 타고 이전 버전과 같은 텍스트로 이루어진 도시의 풍경을 가로지르며 구경한다. 이 유저들이 사용하는 자전거들은 서로 마주보고 있을 수도 있고 서로 떨어져 있을 수도 있다. 이들은 여행을 하며 도시를 읽다가 동일한 장소에 이르게 될 경우 서로 만나 스피커폰을 사용해 대화를 나눌 수 있다. 이로써 〈분산된 읽을 수 있는 도시〉에서는 인터페이스가 자전거에서 자전거와 네트워크로 확장되며, 이를 통해 보다 풍부한 사회적 교류와 새로운 텍스트의 공간이 생겨난다. 그리하여 이 뉴미디어아트 작품은 단순한 시각적 체험을 넘어서서 유저가 이 작품을 통해 다른 유저와 서로 교류하고 대화를 나눌 수 있는 시각적 환경과 새로운 사회적 상호

---

310. 진중권, 같은 책, 188쪽 참조.
311. B. Scheffer, 같은 글, 14쪽. 시각적 코드화와 언어석 코느화의 이러한 연관싱 때문에 가령 '빌리브란트가 무릎을 꿇다' 나 '아인슈타인의 혀' 와 같은 말만으로도 실제 그림과 같은 표상을 떠올릴 수 있는 것이다(B. Scheffer, 같은 글, 14-15쪽).

작용의 공간을 마련해주고 있다.[312]

② 알렉스 고퍼의 〈아이〉

뮤직비디오에서 문자가 주인공이 되는 것은 밥 딜런Bob Dylan의 〈지하실에서 젖는 향수의 블루스Subterranean Homesick Blues〉(1966)[313]로 거슬러올라간다. 이 뮤직비디오에서는 한 남자가 가사에 등장하는 단어들을 적은 종이를 카메라에 대고 노래에 맞춰 넘기는 장면이 등장한다. 이보다 20년쯤 늦게 등장한 프린스의 뮤직비디오 〈시대의 징조 Sign o'the times〉(1987)[314]에서는 문자의 형태와 기능이 앞의 뮤직비디오보다 더 다양하게 나타난다. 여기서는 가사의 기록인 문자 전체가 뮤직비디오의 주인공이 되어 시각적으로 다채로운 모습으로 등장한다. 음악의 리듬과 속도에 따라 가사에 해당하는 문자의 속도가 달라지기도 하고, 문자의 크기와 색 그리고 배치 역시 끊임없이 변화한다. 또한 밥 딜런의 뮤직비디오에 등장하는 종이 위의 글자와 달리 여기서는 화면 속의 문자가 역동적으로 움직이는데, 그 방향은 위에서 아래, 오른쪽에서 왼쪽, 사선 방향 등 다양하다.

알렉스 고퍼Alex Gopher의 뮤직비디오 〈아이The Child〉(1999)[315]는 여기서 한걸음 더 나아간다. 이 뮤직비디오에서 문자는 단순히 가사를 시각적으로 보여주며 전달하는 것이 아니라, 그 자체가 입체적인 형태로 나타나서 그것이 지칭하는 대상을 시각적으로 보여준다는 점에서 프린스의 뮤직비디오와 구분된다. 이 뮤직비디오 역시 제프리 쇼의 〈읽을 수 있는 도시〉와 많은 공통점을 지니고 있다. 이 작품에서도 공간적 배경은 도시이고, 도시를 형성하는 건물은 문자로 되어 있다. 또

312. http://www.jeffrey-shaw.net/html_main/frameset-works.php, 2011. 5. 31. 참조.
313. http://www.youtube.com/watch?v=-J4O2-nsFBA, 2011. 5. 31. 참조.
314. http://www.youtube.com/watch?v=vtveZ0t48p4, 2011. 5. 31. 참조.
315. http://www.youtube.com/watch?v=Ivx5w95mVqg, 2011. 5. 31. 참조.

한 이 뮤직비디오를 쫓아 도시를 가로질러가면 하나의 이야기가 서술된다. 이 이야기는 한 여성이 임신을 해서 남편과 함께 택시를 타고 병원에 가서 아이를 낳는 것으로 요약될 수 있다.

그러나 조금만 주의를 기울이면, 고퍼의 뮤직비디오와 쇼의 뉴미디어아트 사이의 차이도 분명히 드러난다. 쇼의 작품이 현실공간의 방문객과 가상공간 사이의 상호작용으로 구성되어 있다면, 고퍼의 작품에서 관객은 수동적으로 관람한다. 또한 고퍼의 뮤직비디오에서는 단순히 문자의 건축물만 등장하는 것이 아니라, 차량, 엘리베이터, 구름, 심지어는 사람까지 문자로 등장한다. 그러나 여기서 사람은 문자의 시각적인 형태로 제시되는 것은 아니며, 몇 개의 행으로 이루어진, 그의 성별이나 신체적 특성을 나타내는 단어들의 조합을 통해 표현된다. 가령 임신한 아내는 BRAUNHAIR, PRETTYFACE, WOMAN, RED-DRESS, SNEAKERS(이상 빨간색), PREGNANT(분홍색), 남편은 BLACKHAIR, PLEASANTFACE, BIGGLASSES, ANXIOUSFACE, HUS-BAND, LITTLEMAN, DARKSUIT(이상 파란색)으로 표현되어 있다. 이러한 글자들은 입체적인 삼차원의 글자가 아니라 보통 글자의 형태로 나타난다. 흥미로운 것은 여기에서 성별을 표시하기 위해 여자와 남자를 나타내는 단어들을 각기 빨간색과 파란색으로 표시했는데, 여성의 임신을 강조하기 위해 'PREGNANT'라는 단어는 특별히 분홍색이다. 나중에 이들이 탄 택시의 기사 역시 DREADLOCKS, RASTAMAN, CARDRIVER 등의 진홍색 글자로 표현된다. 또한 이들은 각기 글자의 크기나 굵기도 다르고 색깔 역시 집에 있을 때와 저녁에 길거리에 나와 있을 때가 각각 다르다. 쇼의 작품과의 또다른 중요한 차이로, 여기서는 문자가 고정되어 있지 않고 빠른 속도로 움직인다는 것이다. 쇼의 작품에서는 자전거 위에 탄 방문객이 가상공간을 지나간다면, 고퍼의 작품에서는 임신한 아내와 남편을 태운 노란색의 '택시'라는 글자가 빠른 속도로 거리를 질주한다. 더욱이 그 택시가 출산 직전의 임신한 여성을 태운 차라고 할 때 차의 스피드는 보통 상황보다 더 빠르다는 것을 짐작할 수 있는데, 이것은 나중에 속도위반을 한 이 차를 뒤쫓는 경찰차에 의해 더욱 부각된다.

자전거보다 훨씬 더 빠른, 그것도 출산 직전의 임신부를 태운 택시를 타고 도시를 질주할 때, 화면을 바라보는 시청자는 〈읽을 수 있는 도시〉에서와 전혀 다른 상황에 놓이게 된다. 이제 그는 자신이 스스로 속도를 조종하여 화면에 등장하는 시각적인 기호들을 읽어낼 수 없다. 때로는 그러한 기호가 명확하게 나타나지 않기 때문에, 때로는 너무나도 많은 문자의 정보가 동시에 주어지기 때문에, 때로는 너무나도 빠른 속도로 문자들이 나타났다가 사라지기 때문에, 시청자는 가독성의 한가운데에서 독서 불능을 경험하게 된다.[316] 물론 여러 차례 뮤직비디오를 보면 어느 정도 줄거리의 자세한 재구성이 가능하지만, 그럼에도 불구하고 화면에 등장하는 모든 글자를 다 읽어내는 것은 불가능하다. 특히 첫 장면에서 문자로 이루어진 거대한 도시 뉴욕의 전경이 시청자의 시선에 다가오면서 충돌의 촉각적 표상을 불러일으킬 때, 건물을 구성하는 단어를 일일이 다 식별해내기란 힘들다. 또한 단어들을 대문자로만 쓰거나 띄어쓰기를 하지 않은 것 역시 가독성을 떨어뜨리는 요소이다. 인쇄된 텍스트로서의 구체시와 달리, 이 뮤직비디오에 나오는 문자들은 부분적으로는 해독이 불가능하다. 문자로만 이루어진 도시의 풍경은 세계의 본질적인 대상을 우리가 포착할 수 없고 단지 우리는 기호의 세계에서 살 수밖에 없다는 것을 보여준다. 더 나아가 그 자체로 우리가 식별하기 어려운 여러 글자들은 '과연 우리가

---

316. 고퍼의 〈아이〉에 나타난 가독성과 독서 불가능성의 관계에 대해서는 다음을 참조하시오: Stephan Packard, "Eine Ästhetik der Überforderung. Imaginäre Lesbarkeit und Opazität in Schriftfilmen," *Schriftfilme. Schrift als Bild in Bewegung*(Bernd Scheffer/Christine Stenzer 엮음, Bielefeld, 2009), 172-174쪽.

세계를 읽고 해석할 수 있는가'라는 세계의 인식에 대한 본질적인 질문을 던진다. 물론 이 작품에서는 우리가 인식할 수 있는 소수의 기호들을 서로 배열하고 이로부터 이야기를 구성하며 세계를 이해할 수 있지만, 여기서 암시된 가독 불가능성을 더욱 극대화시키고 기호와의 유희를 더 급진적으로 전개하는 실험도 얼마든지 가능하다.

마지막으로 〈아이〉에 나타난 상호매체적인 특성과 문자의 정서적 측면을 언급하고자 한다. 이 작품에서 문자는 삼차원적인 입체성이나 속도감 있는 운동을 통해, 그것이 지시하는 단어의 의미를 완전히 상실하지 않으면서 문자의 형상적 특성을 드러낸다. 그런데 이러한 문자는 커졌다가 작아지거나 심장의 박동처럼 생기 있게 움직이면서 어떤 상황이나 감정의 상태를 드러내기도 한다. 예를 들면 PREGNANT라는 단어는 그러한 움직임으로 뱃속에 있는 아이의 움직임을 표현하고, ANXIOUSFACE라는 단어는 그러한 급박한 상황에서 남편의 걱정스런 마음, 심장의 두근거림을 표현한다. 그 밖에도 이 작품에서는 임신한 아내의 신음소리나 달리는 차들의 소음 등으로 임박한 출산의 급박한 분위기를 잘 전달하고 있다. 이로써 문자가 정적인 텍스트로서 단순히 생명력 없는 대상의 지위만을 갖는 것이 아니라, 음악에 맞춰 움직이고 인물의 심리 상태나 특정한 상황의 분위기를 표현할 수 있는 정서적인 표현 능력을 지니고 있음을 알 수 있다.

오마주 투 시시포스—나오면서 들어가는 말

일반적으로 독일어 'Literatur'는 예술적 내지 미학적 자질을 지닌 문학을 지칭하는 개념으로 사용되지만, 가장 넓은 의미에서 문자로 쓰인 모든 텍스트를 가리킨다. 우리가 논문을 작성할 때 본문 뒤에 달게 되는 참고문헌을 '1차 문헌Primärliteratur'이나 '2차 문헌Sekundärliteratur'으로 표기할 때, 'Literatur'가 우리말로 '문헌'에 해당하는 개념임을 알 수 있다. 어쩌면 너무도 당연한 듯 보이기도 하는 문헌으로서의 이 개념은, 문학작품을 읽거나 분석하는 사람들이 자칫 간과하기 쉬운 중요한 문제를 지시하고 있다. 즉 모든 문학작품은 문자로 쓰인 텍스트라는 사실이다.

엄밀한 의미에서, 문자로 쓰이지 않은 이야기는 문학이 아니다. 가령 우리가 어떤 스토리를 지닌 이야기를 말로 전달할 때, 그것은 '서사학Narratologie'의 대상은 될 수 있을지언정 '문예학Literaturwissenschaft'의 대상이 되지는 못한다. 왜냐하면 문예학은 미학적 자질을 지닌 문자 텍스트를 연구 대상으로 삼기 때문이다. 우리는 문자 텍스트가 지닌 매체적 특성을 제대로 인식하지 못하는 경우가 많은데, '구술문학'

과 같은 모순적인 개념이 사용되는 것도 이러한 이유에 있다. 구술문
학은 흔히 말로 구전되어 오는 이야기가 글로 기록된 작품을 지칭하는
데, 여기에는 구전되는 이야기를 아무런 변화 없이 그대로 문자로 기
록할 수 있다는 생각이 전제되어 있다. 그러나 구술적인 이야기가 문
자로 기록될 때, 이러한 과정은 필연적으로 매체 변화로 인한 근본적
인 변형 과정을 수반하기 마련이다. 구술문화라는 청각 중심의 사회
에서 문자문화라는 시각 중심의 사회로의 전환은, 감정적이고 공동체
적인 사회에서 이성적이고 개인적인 사회로의 변화를 가져오는데, 이
러한 변화는 구술적인 이야기가 문자 텍스트로 기록되는 과정에도 그
대로 반영된다. 귀를 통해 직접적으로 들어오는 말은 감정적 특성이
강하며, 또한 화자와 청자를 기반으로 하는 공동체의 형성에 기여한
다. 구술적인 이야기 역시 이러한 특성을 지닌다. 반면 문자로 쓰인 텍
스트는 독자에게 시각적 대상으로 다가오며, 독자는 이러한 인식의 대
상을 개인적으로 수용하는 과정에서 인식의 주체가 되는 동시에 스스
로를 고립된 개인으로 체험하게 된다. 또한 문자로 쓰인 텍스트는, 문
화적 기억의 전수와 공동체적인 축제적 감정의 표출이라는 과제를 맡
으며 리듬감 있고 쉽게 기억될 수 있는 언어로 이야기를 전달하는 구
술적 이야기와는 근본적으로 다른 문체와 이야기 전개 방식을 발전시
킨다.[317] 그 때문에 문자 텍스트는 결코 단순히 말을 기록하고 전달하
는 수단이 아니라, 고유의 작동 방식과 논리를 지닌 매개적 기능을 지
닌 매체라고 할 수 있다.

  그럼에도 불구하고 우리는 흔히 문(예)학과 매체학을 구분하여 문
학의 매체적 특성을 망각하곤 한다. 일반적으로 우리가 매체학이라고

----

317. 여기서 나열한 구술문화와 문자문화의 이분법적 구분은 많은 문제점을 내포하고
있기도 하다. 이것은 본문에서 옹의 이론을 다루는 장에서 자세히 언급하였으니 참조하
기 바란다.

말하면, 시각적인 이미지를 다루는 컴퓨터나 영화 같은 것들을 떠올리
게 된다. 이 경우 문헌학적인 연구를 하는 어떤 문학연구가는 매체학
의 유행을 위기로 인식하여 '순수한' 문학을 그러한 위험에서 구해내
려고 시도하기도 한다. '문학과 매체학'과 같은 책 제목은 양자를 대립
적인 관계로 보는 가운데 문학의 매체적 특성을 간과하고 있음을 잘
보여준다. 그러나 양피지에 철필로 쓴 텍스트든 아니면 종이에 쓴 활
자 텍스트든, 넓은 의미에서의 문학 텍스트(문헌)는 재료적인 측면에
서 물질적인 성격을 지니고 있을 뿐만 아니라 그러한 텍스트를 구성하
는 내적인 원리에 있어서도 매체적인 특성을 지닌다. 여기서 매체적
이라는 말은 인간의 직접적인 감각적 지각과 인식을 대체하는 신체의
확장이라는 의미와 연결된, 매개적 특성을 의미한다. 즉 문학 텍스트
는 결코 우리의 말이나 생각을 직접적으로 순수하게 전달하는 수단이
아니라, 그것을 자신의 내적인 논리와 법칙에 맞게 변형시켜 전달하는
특성을 지닌다는 것이다.

플라톤에서 소쉬르에 이르기까지 문자는 일반적으로 부정적인 것
으로 간주되어왔다. 이러한 입장에 따르면, 문자는 스스로를 소멸시
켜 거기에 담겨 있는 순수한 목소리를 들려줄 수 있어야만 한다. 문자
에 대한 말의 우위는 플라톤에서 루소를 거쳐 소쉬르에 이르는 음성중
심주의의 전통을 보여준다.

이러한 음성중심주의의 전통과 대결하는 두 가지 큰 흐름이 있는
데, 하나는 해블록이나 옹과 같은 구술문화 연구자들의 연구이고, 다
른 하나는 말보다는 문자에 초점을 맞추는 데리다의 연구이다. 옹과
같은 구술문화 연구자들은 구술문화와 문자문화를 비교하며 양자의
고유한 법칙과 특성을 객관적으로 기술하려고 시도한다. 이로써 문자
텍스트는 지금까지의 음성중심주의에 대한 예속에서 풀려나와 구술
적인 이야기와 대등한 지위를 갖게 된다.[318] 즉 이제 더이상 말과 글 가

운데 어느 것이 더 우월하냐의 문제가 아니라, 이들의 특성에 대한 객관적 기술이 중요한 의미를 갖게 되는 것이다. 이러한 옹의 연구는 구술성과 문자성의 특징에 대해 많은 새로운 인식을 가져다주었지만, 지나치게 이분법적 구분을 고수하는 한계를 지니기도 한다. 그리하여 그는 문자와 마찬가지로 말이 인식적 특성이나 공간적 특성을 띨 수 있음을 간과하였다. 데리다는 구술성과 문자성을 객관적으로 비교한 연구자들로부터 한걸음 더 나아가 음성중심주의가 지닌 형이상학적 특성을 폭로하고 말에 대한 문자의 우위를 강조했다는 점에서 문자 연구에 있어 획기적인 의미를 지닌다. 그러나 여기서 데리다가 말한 문자는 우리가 일반적으로 사용하는 문자 개념과는 다르다는 점에서 본격적인 문자이론 연구로 보기는 힘들다는 한계가 있다. 하지만 데리다를 통해 문자를 말의 단순한 전달 내지 기록 수단으로 보며 말의 일방적인 우위를 강조하는 음성중심주의적 사고를 비판할 수 있게 되었다는 점에서 그의 연구는 중요한 의미를 갖는다.

옹은 문자가 말에서 비롯되는 것으로 보고, 데리다는 말이 문자에서 비롯되는 것으로 본다는 점에서 서로 대립적인 입장을 취하고 있지만, 문자와 말의 이원적 대립 구조를 고수하며 각각의 기원과 상호연관성을 지적하고 있다는 점에서는 공통점을 보인다. 그런데 넬슨 굿맨은 기록체계로서의 문자적 특성을 강조하며 악보나 무용보와 같은, 말에 종속되지 않고 그것과 독립적으로 존재하는 문자체계가 있음을 강조한다. 이러한 관점은 문자를 언어와 독립된 하나의 독자적인 매체의 영역으로 연구할 수 있는 기반을 마련해준다.

비단 옹이나 데리다와 같은 연구가들의 연구가 있기 훨씬 오래전부

---

318. 예를 들어 옹은 글쓰기를 통해 인간은 자신의 의식을 고양시키고 정신을 확장하며 내적인 생의 밀도를 높일 수 있다고 말한다. 글쓰기는 특정한 기술을 필요로 하며 인공적이지만, 그러한 기술을 적절히 내면화한다면 오케스트라 음악과 마찬가지로 오히려 인간 생활의 가치를 높여준다는 것이다. 월터 J. 옹, 같은 책, 130-131쪽.

터, 이미 문학의 영역 자체 내에서 문학 텍스트가 지닌 매체적 성격에 대한 인식이 이루어져왔다. 예를 들어 독일문학사를 살펴보면, 이미 19세기 후반에서 20세기 초반에 이르러 언어가 현실을 재현할 수 없다는 인식과 함께 언어의 위기가 거론된다. 호프만스탈의 「찬도스 경의 편지Brief des Lord Chandos」(1902)[319]는 이러한 언어에 대한 성찰의 시발점이 되었다고 할 수 있다. 그 이후 아르노 홀츠에서 구체시에 이르는 언어실험은 문자가 지닌 매체적 특성에 대한 인식과 이에 대한 반응의 산물이다. 물론 이러한 작가들 사이에서 생겨난 언어에 대한 회의나 매체로서의 문자에 대한 성찰은 철학과 같은 다른 인접 분야와의 연관 속에서만 이해될 수 있다. 그러나 이러한 인접 학문 외에도 문학에 대한 작가들의 생각에 직접적인 영향을 미친 것은 매체의 발달이라고 볼 수 있다. 키틀러가 잘 지적하고 있듯이, 문학이라는 매체의 독점은 매체의 발달과 함께 근본적으로 흔들리고 위기를 맞게 된다. 문학은 더이상 진리를 담보하고 현실을 그대로 전달할 수 있는 유일한 수단이 아니라, 영화나 축음기 같은 다른 매체들과 동등한 지위를 지니며 경쟁적인 관계에 있게 된다. 이러한 다른 시청각적인 매체의 발달은 문학 자체의 변화를 가져온다. 가령 사진의 발명이 리얼리즘적인 회화나 문학에 미친 영향을 생각해보면 될 것이다. 문학이 다른 매체들과 비교되며 자신만의 순수하고 절대적인 지위를 상실하게 되면서, 문학의 매체적 특성이 더 잘 드러나게 된다. 문학 텍스트 역시 문자라는 형상을 사용하는 한갓 매체에 지나지 않으며, 결코 그러한 매체가 지니는 간접적, 매개적 특성에서 벗어날 수 없음이 밝혀지게 된 것이다.

문자 텍스트의 매체적 특성이 부각되면서 이제 그것의 고유한 법칙과 논리가 무엇인지에 대한 연구가 진행되고 있으며, 나아가 타매체와의 경쟁에서 과연 문자 텍스트가 어떤 전망을 가질 수 있을지를 예측

---

319. 원제목은 'Ein Brief'이나 흔히 '찬도스 경의 편지'로 불린다.

해보기도 한다. 매체학자 플루서는 매체의 발전을 이차원적인 그림, 일차원적인 텍스트, 영차원적인 기술영상(특히 컴퓨터)의 순으로 배열하면서 이러한 발전의 필연성을 역설한다. 이에 따르면 역사 이전의 그림에서 역사시대의 매체인 텍스트를 거쳐 탈역사적인 전자영상으로의 발전은 거스를 수 없는 것이며, 문자 텍스트의 몰락은 필연적이라는 것이다. 물론 문자 텍스트의 위기 및 전자영상의 강세는 부인할 수 없는 사실이지만, 문자의 기능과 의미를 비역사적인 방식으로 역사적 특성으로 국한시키는 것은 문제가 있다. 직선적으로 배열된 문자 텍스트와 이에 따른 선형적 독서가 필연적으로 직선적인 역사의식을 발전시키는 것으로 결론내리는 플루서의 생각은, 문자의 형상성이 갖는 이차원적 특성을 간과하고 있다. 심지어 종이라는 물질적 환경을 벗어난 문자는 삼차원적인 것이 될 수도 있다. 또한 플루서의 생각과 달리 문자 역시 변화된 매체적 환경에 따라 끊임없이 변화되기고 있음에 유의할 필요가 있다. 즉 기존에 양피지에 쓰인 글과 종이에 쓰인 글, 필사문화와 인쇄문화가 다른 것처럼, 이제 인쇄 텍스트와 전자영상 위의 문자 역시 근본적으로 다른 의미와 특성을 갖게 되는 것이다. 플루서가 말하는 기술영상의 시대를 사는 우리에게 문자의 몰락에 대한 비관적 예측에 앞서, 우선 문자의 고유한 특성과 그것의 '변화'에 대한 인식이 이루어져야 한다. 그것은 문자의 미래에 대한 보다 정확한 예측을 위해 필요한 작업이기도 하다. 문자에 관한 본 저서는 이를 위해 내딛은 작은 첫걸음이라고 할 수 있을 것이다.

이 책에서는 문자를 가치와 놀이라는 두 가지 범주를 중심으로 살펴보고 있다. 최초의 문자인 그림문자는 주술적, 신화적 배경에서 사용된 그림의 특성을 지니며 종교적, 제의적 목적에 사용된다. 그러나 그림과 달리 문자는 행으로 배열되며 의미라는 가치를 만들어나가기

때문에, 점차 신화적 사고에서 탈피해 역사적으로 사고하는 것을 가능
하게 만든다. (그림)문자는 곡물을 수확하여 창고에 저장하는 농경문
화의 배경하에서 본격적으로 발달하며, 이러한 '생산'과 '축적'이라는
자본주의적 양태에 상응하는 가치로서의 의미의 생산과 축적을 시도
한다. 물론 그림문자는 그것이 지시하는 대상을 모방하며 그것에 종
속되어 있기 때문에 아직까지 고유한 독자적인 생산 논리를 만들어내
지는 못한다. 또한 그림문자는 하나의 문자가 하나의 대상을 지칭하
므로 모든 대상을 표현하기 위해서는 많은 문자가 필요한 비경제적 특
성을 지니고 있기도 하다. 이러한 문제는 표음문자인 알파벳문자가
생겨나면서 사라지기 시작한다. 일정 수의 자음과 모음을 결합하여
원칙적으로 세상의 모든 대상을 지시할 수 있는 알파벳문자는 매우
경제적이고 효율적이다. 또한 그것의 직접적 생성 원인은 아닐지라
도, 알파벳문자가 그리스의 해상무역과의 연결성을 띠며 상업적인
목적에 적합하였다는 사실 역시 알파벳문자가 지닌 경제적 특성을
보여준다. 보통 표음문자가 사용되지 않는 사회의 문화를 구술문화
라고 부를 수 있다면, 이러한 구술문화에서는 신화적 사고와 전통의
보존 및 전달이 중요하다. 이를 위해 반복이라는 범주가 중요한 의
미를 갖게 된다. 이에 반해 표음문자가 사용되는 문자문화[320]에 이르
면 문자의 선형성에 상응하게 새로운 가치의 창출과 이를 통한 진보
가 추구된다. 문자 텍스트를 대상으로 삼고 자신을 인식 주체로 상
승시키는 인간은 이제 과학적이고 합리적인 인식의 발판을 마련하
게 된다.

그러나 그렇다고 기원전 5세기 이후 본격화된 이러한 문자문화의

---

320. 특히 자음과 모음을 모두 표기하는 고대 그리스 알파벳 이후의 문자문화가 이에
해당한다. 자음 알파벳만을 사용하는 문자가 아직까지 구술적 맥락에 사로잡혀 있는 데
반해, 자음과 모음을 모두 표기하는 문자는 그러한 맥락에서 벗어나게 되는데, 이에 대
한 보다 자세한 내용은 이 책의 각주 49를 참조하길 바란다.

의미를 너무 과대평가해서는 안 될 것이다. 왜냐하면 적어도 구텐베르크의 활판인쇄술이 발명되기 이전까지, 문자문화는 필사문화로서 여전히 구술문화의 영향을 받고 있기 때문이다. 양피지 등에 쓰인 텍스트는 쉽게 쓸 수도 읽을 수도 없는 비경제적인 텍스트이며, 대량생산도 불가능하다. 그것은 아직 자본주의의 논리에 맞지 않는 텍스트인 것이다. 또한 이러한 필사본은 제대로 조직되어 있지도 않아 불필요한 장식이 많고 한눈에 들어오게 시각적으로 배열되어 있지도 않다. 이러한 상황은 인쇄술의 발명과 함께 바뀐다. 인쇄술의 발명은 활자라는 단일한 보편적 문자로 이전의 개성 있는 다양한 글자를 통일하며, 텍스트 역시 하나의 분명한 조직 원리에 따라 시각적으로 보기 좋게 배열한다. 또한 인쇄술의 발명은 텍스트를 하나의 상품으로 만들 뿐만 아니라 대량생산을 가능하게 하여, 문자문화에 상응하는 역사적 의식을 빠른 속도로 민중에게 전파한다. 인쇄문화의 시대로 접어들면서 문자 텍스트는 본격적으로 자본주의적 특성을 띠게 되는 것이다. 15세기에 발명된 인쇄술은 한동안 필사본과 공존 내지 경쟁하다가, 18세기에 들어 본격적으로 꽃피게 된다. 이 시기에 이르러 문자 텍스트로 이루어진 문학은 자신을 다른 영역들과 구분되는 독자적인 자율적 영역으로 간주하며, 자본주의적 발전과 경제적 가치 추구에 맞서는 놀이로서의 예술의 특성을 강조한다. 그러나 문자적인 논리에 따르면 이러한 놀이로서의 문학 텍스트마저, 여전히 선형적 글쓰기와 이에 상응하는 의미라는 가치 추구를 통해 가치의 생산과 축적이라는 자본적 논리에서 벗어나지 못한다. 이러한 경향은 19세기 후반까지 지속된다.

문자는 단순히 대상을 지시하며 의미를 형성하는 대상 지시적 측면만 갖는 것이 아니다. 20세기 초에 들어서면서 언어의 위기 내지 의미의 위기가 생겨나면서 매체로서의 문자의 형상적 특성에 주목하게 되는데, 이때 문자의 시각적 형상을 가지고 유희하는 텍스트들의 이면에는 역설적으로 문자의 계산적인 특성이 숨어 있다. 시각적, 공간적인 형상으로서의 문자 텍스트는 보다 효과적으로 조직될 수 있도록 배열되어야 하는데, 이를 위해 연산이 필요하다. 문자 자체가 방정식과 같은 연산에 사용된다는 것은 문자의 연산적 특성을 보다 분명히 드러내준다. 문자가 단순히 의미만 생산해내는 것이 아니라 계산을 통해 공간적으로 배열된다는 사실은, 일반적인 텍스트에서는 잘 드러나지 않지만 구체시와 같은 언어실험적인 텍스트를 보면 명확히 알 수 있다. 이러한 텍스트들은 독자로 하여금 문자가 지시하는 대상과 그것의 의미보다는 텍스트의 형상과 배치 내지 조직에 주목하도록 만든다. 이러한 텍스트 조직을 위한 계산은 또다른 층위에서 의미를 만들어내는데, 이로부터 텍스트의 놀이에 가치를 만들어내는 계산이 숨어 있음을 알 수 있다. 따라서 문자를 가지고 하는 놀이는 가치의 추구로부터 완전히 자유롭지는 못하다.

물론 문자영화나 멀티미디어 문학에서처럼 문자가 자유롭게 역동적으로 움직이며 모든 지시의 의무에서 해방된 것처럼 보일 때, 문자는 계산을 통한 가치의 생산과 축적에서 벗어나 놀이 자체에 내맡겨진다. 그러나 다른 한편, 이러한 문자의 놀이를 표층적 차원에 국한시켜 그 심층에 0과 1로 이루어진 자동연산문자의 배열이 숨어 있는 것으로 파악해 이러한 문자의 놀이가 완전히 가치의 생산과 축적에서 자유롭지 못한 것으로 해석할 수 있을지도 모른다. 그러나 디지털적인 자동연산문자는 존재하지 않는 대상을 시뮬레이션하면서 의미와 지시의 차원에서 벗어날 수 있으며,[321] 이 경우 그러한 연산은 표층적인 허상

---

321. 물론 날씨를 시뮬레이션하는 경우는 실제로 이러한 디지털 자동연산문자가 현실을 지시하는 것으로 볼 수 있다. 이 경우의 시뮬레이션은 현실에서의 지시대상 없이 유희적으로 표층적 차원에서 허상을 만들어내는 시뮬레이션과 근본적으로 구분된다.

으로서의 가치를 만들어낼 뿐 심층적인 의미로서의 가치를 만들어내지 않는다. 그 때문에 자동연산문자의 단계에서 심층적인 디지털 코드로서의 문자는 여전히 계산과 연관되어 사용되지만, 연산문자와 달리 더이상 본질적인 가치의 생산과 축적을 만들어내기보다는 오히려 놀이의 목적에 사용된다고 볼 수 있을 것이다.

:: 참고문헌

국내

루소, 장자크, 『언어 기원에 관한 시론』, 주경복, 고봉만 옮김, 책세상, 2008.

맥루한, 마샬, 『구텐베르크 은하계』, 임상원 옮김, 커뮤니케이션북스, 2001.

옹, 월터 J., 『구술문화와 문자문화』, 이기우, 임명진 옮김, 문예출판사, 1996.

유현주, 「비주얼 포엠의 전통에서 본 독일의 디지털 포엠―매체의 경쟁과 상
　　호매체성」, 『독일언어문학』 제35집, 2007.

Yoo, Hyun-Joo, "Phänomen der Zwischenräume. Intermedialer Prozess bei
　　der konkreten Poesie," 『독일문학』 제110집, 2009.

정항균, 「보토 슈트라우스의 『마지막 합창』에 나타난 카오스모스의 구조와 신
　　화의 세계」, 『괴테 연구』 제21집, 2008.

정항균, 「보토 슈트라우스의 작품에 나타난 구술성과 노래의 기능」, 『카프카
　　연구』 제25집, 2011.

정항균, 『시시포스와 그의 형제들』, 을유문화사, 2009.

정항균, "Wenn *Der Stechlin*-Leser *Zarathustra* läse", 『카프카 연구』 제14집,
　　2005.

진중권 편, 『미디어아트―예술의 최전선』, 휴머니스트, 2009.

포어, 조너선 사프란, 『엄청나게 시끄럽고 믿을 수 없게 가까운』, 송은주 옮김,
　　민음사, 2010.

플라톤, 『파이드로스』, 조대호 옮김, 문예출판사, 2008.

국외

Assmann, Jan, *Das kulturelle Gedächtnis. Schrift, Erinnerung und politische*

Identität in frühen Hochkulturen, München, 2005.

Auwera, Berold van der, "Theorie und Praxis Konkreter Poesie," *Konkrete Poesie II. Text +Kritik*, Heinz Ludwig Arnold(Hrsg.), München, 1975.

Baudrillard, Jean, *Der symbolische Tausch und der Tod*, Berlin, 2005.

Bense, Max, *Einführung in die informationstheoretische Ästhetik*, Reinbek bei Hamburg, 1969.

Bense, Max, "konkrete poesie," *konkrete poesie international*, Stuttgart, 1965.

Bense, Max u. Döhl, Reinhard, "zur lage," *konkrete poesie*, Eugen Gomringer(Hrsg.), Stuttgart, 2009.

Beyer, Renate, "Innovation oder traditioneller Rekurs? Beobachtungen zum wirkungspoetischen Aspekt der Konkreten Poesie," *Konkrete Poesie II*, Arnold(Hrsg.), München, 1975.

Bolter, Jay David, "Digitale Schrift," *Schrift. Kulturtechnik zwischen Auge, Hand und Maschine*, Gernot Grube/Werner Kogge/ Sybille Krämer(Hrsg.), München, 2005.

Bürger, Peter, *Theorie der Avantgarde*, Frankfurt a.M., 1974.

Cancik, Hubert, "Der Text als Bild. Über optische Zeichen zur Konstitution von Satzgruppen in antiken Texten," *Wort und Bild*, Hellmuth Brunner u. a.(Hrsg.), München, 1979.

Dencker, Klaus Peter, *Optische Poesie. Von den prähistorischen Schriftzeichen bis zu den digitalen Experimenten der Gegegenwart*, Berlin u. New York, 2011.

Derrida, Jacques, "Die différance" *Randgänge der Philosophie*, J. Derrida, Wien, 1999.

Derrida, Jacques, *Die Schrift und die Differenz*, Frankfurt a.M., 1992.

Derrida, Jacques, *Die Stimme und das Phänomen. Einführung in das Problem des Zeichens in der Phänomenologie Husserls,* Frankfurt a.M., 2003.

Derrida, Jacques, *Grammatologie,* Frankfurt a.M., 1983.

Ernst, Thomas, *Popliteratur,* Hamburg, 2005.

Falk, Harry, "Goodies for India. Literacy, Orality and Vedic Culture," *Erscheinungsformen kultureller Prozesse. Jahrbuch 1988 des Sonderforschungsbereiches 'Übergänge und Spannungsfelder zwischen Mündlichkeit und Schriftlichkeit,'* Wolfgang Raible(Hrsg.), Tübingen, 1990.

Federman, Raymond, *Surfiction: Der Weg der Literatur. Hamburger Poetik-Lektionen,* Frankfurt a.M., 1992.

Flusser, Vilém, "Alphanumerische Gesellschaft," *Medienkultur,* V. Flusser, Frankfurt a.M., 2005.

Flusser, Vilém, *Die Schrift. Hat Schreiben Zukunft?,* Göttingen, 2002.

Flusser, Vilém, *Kommunikologie,* Frankfurt a.M., 2003.

Flusser, Vilém, *Kommunikologie weiter denken. Die Bochumer Vorlesungen,* Frankfurt a.M., 2009.

Gabriele Gramelsberger, "Im Zeichen der Wissenschaften. Simulation als Semiotishe Rekonstruktion wissenschaftlicher Objekte," *Schrift,* Gernot Grube/Werner Kogge/Sybille Krämer(Hrsg.), München, 2005.

Gomringer, Eugen, "konkrete dichtung," *konkrete poesie,* Gomringer(Hrsg.), Stuttgart, 2009.

Gomringer, Eugen, "vom vers zur konstellation. zweck und form einer neuen dichtung", *konkrete poesie,* Gomringer(Hrsg.), Stuttgart, 2009.

Gomringer, Eugen, "Wie konkret kann Konkrete Poesie sich engagieren? Ein Gespräch mit Eugen Gomringer," *Konkrete Poesie II,* Arnold(Hrsg.),

München, 1975.

Goodman, Nelson, *Sprachen der Kunst: Entwurf einer Symboltheorie*, Frankfurt a. M., 1997.

Grube, Gernot, "Autooperative Schrift—Und eine Kritik der Hypertexttheorie," *Schrift*, Gernot Grube/Werner Kogge/Sybille Krämer(Hrsg.), München, 2005.

Grube, Gernot u. Kogge, Werner, "Zur Einleitung: Was ist Schrift?," *Schrift*, Gernot Grube/Werner Kogge/Sybille Krämer(Hrsg.), München, 2005.

Haarmann, Harald, *Geschichte der Schrift*, München 2007.

Habermas, Jürgen, *Erläuterungen zur Diskursethik*, Frankfurt a.M., 1992.

Havelock, Eric A., *Als die Muse schreiben lernte*, Berlin, 2007.

Havelock, Eric A., *Preface to Plato*, Cambridge, 1963.

Heißenbüttel, Helmut, "Was ist das Konkrete an einem Gedicht?," *Briefwechsel über Literatur*, Helmuth Heißenbüttel/Heinrich Vormweg, Neuwied, 1969.

Hoffmann, E.T.A., *Der goldne Topf*, Stuttgart, 1994.

Jäger, Ludwig, "Versuch über den Ort der Schrift. Die Geburt der Schrift aus dem Geist der Rede," *Schrift*, Gernot Grube/Werner Kogge/Sybille Krämer(Hrsg.), München, 2005..

Karpenstein-Eßbach, Christa, "*Einführung in die Kulturwissenschaft der Medien*, München, 2004.

Kittler, Friedrich, *Aufschreibesysteme 1800 · 1900*, München, 2003.

Kogge, Werner, "Erschriebene Denkräume. Grammatologie in der Perspektive einer Philosophie der Praxis," *Schrift*, Gernot Grube/Werner Kogge/Sybille Krämer(Hrsg.), München, 2005.

Krämer, Sybille, "Die Rehabilierung der Stimme," *Stimme*, Doris

Kolesch(Hrsg.), Frankfurt a.M., 2006.

Krämer, Sybille, "'Operationsraum Schrift': Über einen Perspektivenwechsel in der Betrachtung der Schrift," *Schrift,* Gernot Grube/Werner Kogge/Krämer(Hrsg.), München, 2005.

Krämer, Sybille, "'Schriftbildlichkeit' oder: Über eine (fast) vergessene Dimension der Schrift," *Bild-Schrift-Zahl,* Horst Bredekamp(Hrsg.), München, 2009.

Löser, Philipp, *Mediensimulation als Schreibstrategie. Film, Mündlichkeit und Hypertext in postmoderner Literatur,* Göttingen, 1999.

Masing, Woldemar, *Über ein Goethesches Lied,* Leipzig, 1872.

Mon, Franz, "buchstabenkonstellationen," *Konkrete poesie,* Gomringer(Hrsg.), Stuttgart, 2009.

Mon, Franz, "zur poesie der fläche, *Konkrete poesie,* Gomringer(Hrsg.), Stuttgart, 2009.

Olson, David R., "Literacy as Metalinguistic Activity," *Literacy and Orality,* David R. Olson/Nancy Torrance(Hrsg.), Cambridge, 1991.

Packard, Stephan, "Eine Ästhetik der Überforderung. Imaginäre Lesbarkeit und Opazität in Schriftfilmen," *Schriftfilme,* Bernd Scheffer/Christine Stenzer(Hrsg.), Bielefeld, 2009.

Polaschegg, Andrea, "'Diese geistig technischen Bemühungen...' Zum Verhältnis von Gestalt und Sinnversprechen der Schrift: Goethes arabische Schreibübungen und E.T.A. Hoffmanns *Der goldene Topf*," *Schrift,* Gernot Grube/Werner Kogge/Sybille Krämer(Hrsg.), München, 2005.

Rinsum, van, *Interpretationen. Lyrik,* München, 1986.

Sachsse, Rolf, "Von lesbaren Städten und einstürzenden Buchstaben. Zwei Phänomene und ihr möglicher Zusammenhang," *Schriftfilme,* Bernd

Scheffer/Christine Stenzer(Hrsg.), Bielefeld, 2009.

Saussure, Ferdinand de, *Grundfragen der allgemeinen Sprachwissenschaft,* Berlin, 2001.

Scheffer, Bernd, " 'typEmotion' : Schriftfilme. Schrift als Bild in Bewegung," *Schriftfilme,* Bernd Scheffer/Christine Stenzer(Hrsg.), Bielefeld, 2009.

Schlegel, August Wilhelm, *Kritische Schriften und Briefe(II),* Edgar Lohner(Hrsg.), Stuttgart u. a., 1962-1967.

Schmidt, Siegfried J., "Konkrete Poesie. Ergebnisse und Perspektiven," in: *Wort und Wahrheit. Zeitschrift für Religion und Kultur,* Heft 4, 1969.

Segebrecht, Wulf, *J.W. Goethe. "Über allen Gipfeln ist Ruh." Texte, Materialien, Kommentar,* München/Wien, 1978.

Strauß, Botho, *Beginnlosigkeit,* München, 1997.

Strauß, Botho, *Paare, Passanten,* München, 2000.

Strauß, Botho, *Rumor,* München, 1994.

Strauß, Botho, *Schlußchor,* München, 1996.

Tranter, Stephen, *Clavis metrica: Hattatal, Hattalykill and the Irish Metrical Tracts,* Basel, 1997.

Weaver, Mike, "Concrete Poetry," in: *The Lugano Review,* 01. 1/5-6, 1966.

Weber, Dietrich, *Erzählliteratur,* Göttingen, 1998.

Welsch, Wolfgang, *Grenzgänge der Ästhetik,* Stuttgart, 1996.

인터넷 사이트

http://www.jeffrey-shaw.net/html_main/frameset-works.php, 2011. 5. 31.

http://www.youtube.com/watch?v=-J4O2-nsFBA, 2011. 5. 31.

http://www.youtube.com/watch?v=vtveZ0t48p4, 2011. 5. 31.

http://www.youtube.com/watch?v=Ivx5w95mVqg, 2011. 5. 31.

STUDIUM 
스투디움 총서 **01**

"typEmotion"
문자학의 정립을 위하여

초판 인쇄 2012년 11월 27일
초판 발행 2012년 12월 7일

지은이 정항균 | 펴낸이 강병선
기획 고원효 | 책임편집 송지선 | 편집 고원효 김영옥
디자인 김현우 이주영 | 저작권 한문숙 박혜언 김지영
마케팅 신정민 서유경 정소영 강병주 | 온라인 마케팅 김희숙 김상만 이원주
제작 서동관 김애진 임현식 | 제작처 영신사(인쇄) 신안제책사(제본)

펴낸곳 (주)문학동네
출판등록 1993년 10월 22일 제406-2003-000045호
주소 413-756 경기도 파주시 문발동 파주출판도시 513-8
전자우편 editor@munhak.com | 대표전화 031) 955-8888 | 팩스 031) 955-8855
문의전화 031)955-8890(마케팅), 031)955-2686(편집)
문학동네카페 http://cafe.naver.com/mhdn

ISBN 978-89-546-1997-4 93800

* 이 책의 판권은 지은이와 문학동네에 있습니다.
  이 책 내용의 전부 또는 일부를 재사용하려면 반드시 양측의 서면 동의를 받아야 합니다.

이 도서의 국립중앙도서관 출판시도서목록(CIP)은
e-CIP 홈페이지(http://www.nl.go.kr/cip.php)에서 이용하실 수 있습니다.
(CIP 제어번호 : CIP2012005392)

www.munhak.com